遗忘的时光

[美] 莎伦·古斯金 SHARON GUSKIN 著

龚雨西 译

THE

FORGETTING

TIME

百花洲文艺出版社
BAIHUAZHOU LITERATURE AND ART PUBLISHING HOUSE

图书在版编目（CIP）数据

遗忘的时光 /（美）莎伦·古斯金著；龚雨西译 . —
南昌 : 百花洲文艺出版社，2016.12
　ISBN 978-7-5500-2067-2

　Ⅰ . ①遗… Ⅱ . ①莎… ②龚… Ⅲ . ①长篇小说—美
国—现代 Ⅳ . ① I712.45

中国版本图书馆 CIP 数据核字（2016）第 325875 号

江西省版权局著作权合同登记号：14-2017-0027

THE FORGETTING TIME
Text Copyright © 2016 by Sharon Guskin
Published by arrangement with Flatiron Books. All rights reserved.

出 版 者 百花洲文艺出版社
社　　址 南昌市红谷滩新区世贸路 898 号博能中心 1 期 A 座 20 楼　邮编：330038
电　　话 0791-86895108（发行热线）　0791-86894790（编辑热线）
网　　址 http : //www.bhzwy.com
E－mail bhz@bhzwy.com

书　　名 遗忘的时光
作　　者 ［美］莎伦·古斯金
译　　者 龚雨西
责任编辑 童子乐　邹　婧
经　　销 全国新华书店
印刷装订 北京嘉业印刷厂
开　　本 880mm×1230mm　1/32
印　　张 11
字　　数 260 千字
版　　次 2017 年 3 月第 1 版
印　　次 2017 年 3 月第 1 次印刷
书　　号 ISBN 978-7-5500-2067-2
定　　价 36.00 元

赣版权登字：05-2016-449

献给道格、伊莱和本

在她三十九岁生日的前一晚，记忆中最糟糕、最萧瑟的二月的某一天，珍妮做出了人生中尤为关键的一个决定：她决定给自己放个假。

也许特立尼达拉岛并不是最佳选择，如果她想去得足够远的话，她其实可以去多巴哥岛或者委内瑞拉，但是她喜欢它的发音，特立——尼——达拉，其乐感仿若一句誓言。她买了一张她能找到的最廉价的机票，正好赶在当地的嘉年华狂欢者们准备回家的时候抵达，路边的水沟塞满了她所见过的最华丽的垃圾。街上空无一人，狂欢过后，人们沉沉入睡。清理人员以一种缓慢而自得的，宛如水下漫步的步伐移动着。她从路边舀起了几捧五彩纸屑、飘散的闪烁的羽毛和塑料首饰，并塞进了荷包里，想通过挥发来感受这些轻浮。

她所住的酒店正在举行一场婚礼，一个美国女孩嫁给了一个特立尼达拉男人，所有的客人都在为他们祝福。她望着他们互相围绕着旋转跳跃，那些叔叔阿姨以及他们的孩子在高温下显得有些萎靡，脸颊上的一抹通红使他们看起来比平常更快乐，而那些总是抱团的土著人则有些困惑，他们飞快地说着当地的俚语，笑着、闹着。

这里的湿度很高，但是来自大海的温暖拥抱弥补了这一点，就像给形单影只的人们的一个安慰奖。沙滩正如照片里的一样：棕榈树点缀在碧海蓝天下，触目可及的绿色山峦，还有被飞掠的沙蝇蜇痛的脚踝来提醒你这一切都是真实的，随处可见的小屋内贩卖着烘焙鲨鱼，新鲜出炉的面团包裹着油炸的鲨鱼肉，比她吃过的任何东西都要美味可口。酒店的淋浴时而提供热水，时而是凉水，时而什么都没有。

日子一天天地过去了。她带着几乎从来不看的服装杂志躺在沙滩上，在阳光的沐浴下和大海的温暖水汽中尽情伸展着双腿。这个冬天是如此之长，接连不断的暴风雪正如一连串纽约从没遭遇过的自然灾害一般。她被分配到了公司正在设计的一家博物馆的洗手间，她常常在办公的时候睡着，梦到蓝色的瓷砖，或者梦到午夜之后坐车回到她寂静的公寓，在她迷惑于自己怎么走到今天这一步之前便昏昏入睡。

她留在特立尼达拉岛的倒数第二个晚上便三十九岁了。她在阳台上的酒吧里独自坐着，听着隔壁开放式宴会厅的彩排晚宴。她很开心能避开家里每次必有的"生日早午餐"，那群朋友带着她们的丈夫和孩子以及那些热情洋溢的卡片，向她保证着："就是这一年了！"

什么就是这一年？她总是想问。

然而她知道她们的意思：这一年该找个男人了。这似乎不太可能。自从她母亲去世后，她便再也没有心思去赴母女俩不能事后分析的约会了。那时候，她们在电话上讲述每一个时刻，她还记得那些有时候比整个约会时间还长的无尽的却必要的对话。男人在她的生命中总是来来去去，她总会在他们离开之前的好几个月就感觉到了。她的母亲却总是陪在她的身边，对她的爱就像最基本和必要的地心引力一样，直到有一天母亲不在了。

而现在珍妮点了一杯喝的，并浏览着酒吧菜单，准备选她从没尝过的羊肉咖喱。

"你确定你要选那个？"酒保问道。他只是个男孩，真的，还不到二十岁，有着纤细的身材和带笑的大眼睛，"会很辣的。"

"我能吃辣。"她微笑着对他说道，想着要不要在倒数第二天来一次冒险，再次品尝另一个身体的滋味。但是那个男孩仅仅点了点头，稍后为她上了菜，甚至都没有看她如何应对那份很辣的羊肉咖喱。

那份羊肉咖喱在她口里咆哮着，让她彻底清醒。

"我很佩服你。我觉得我吃不了那么辣的。"隔着她两个座位的一个男人说道。他约莫中年，宽厚的肩膀和胸膛宛如一个半身像，戴着一枚金戒指，竖起的头发就像恺撒大帝的王冠，一双勇敢坚定的眼睛下面是一只拳击手的鼻子。他也是除她之外，唯一没有参加婚礼的客人。她在酒店和沙滩上见过他，但在看到他的商业杂志和结婚戒指之后便失去了了解的兴趣。

她对他点了点头，并且舀了满满一勺的咖喱吃下去，感觉到热量从她的每一个毛孔散发出来。

"好吃吗？"

"事实上很好吃，"她承认，"以一种疯狂的，在你嘴里燃烧的方式。"她抿了一口她点的朗姆酒加可乐，这让她的身体在刚才的火热中感受到了些许凉意和寒战。

"是吗？"他从她的盘子看向她的脸。他的颧骨和额头呈现出明亮的粉红色，仿佛他直直地朝着太阳飞去却幸运地逃脱了，"介意我尝尝吗？"

她盯着他，有点儿迷惑不解，耸了耸肩。管他呢。

"请便。"

他快速地坐到她的旁边。她看着他手里的勺子悬在盘子上，落下并舀起一口她的咖喱，放进了唇间。

"天——啊！"他感叹道。他喝下了一杯水。"老天爷！"但是他是笑着说的，他棕色的双眼从玻璃杯的边缘上方注视着她，带着坦率的欣赏。他也许注意到了她对酒吧男孩的微笑以及她的计划。

难道她不是吗？她看着他，然后在那一瞬间全都看清了：他眼里的兴趣，他流畅自如地将左手微微放在面包篮的后面，暂时遮住了戴着结婚戒指的手指。噢，不！她想着。更何况，他甚至都不是她喜欢的类型。

他是一个利用特权赚了不少钱的生意人，因公事来到西班牙的港口，然后他决定因为交易成功而给自己来点儿小庆祝。庆祝？她必须喝口酒来压制住——谁会那样说？至少她认识的人不会。他来自休斯敦，一个她从未去过也从未想过要去的城市。他古铜色的手腕上戴着一只白色的黄金劳力士手表，这是她第一次从近距离看这种表。当她告诉他时，他取下表并戴在她细小潮湿的手腕上，手表在手腕上晃荡着，显得沉重而闪亮。她喜欢这种感觉，喜欢这种在她有斑点的手上的陌生感，喜欢看着表如一架钻石直升机在她的羊肉咖喱上方盘旋。"你戴这只表很好看。"他说道。他的目光带着某种直接的意图从她的手腕上移到了她的脸上，这让她脸色发红，她把手表还给了他。她在做什么？

"我想我应该走了。"她自己都觉得听起来很勉强。

"留下来再和我多聊聊吧。"他的声音里带着一丝恳求，但是他的眼里却充满无畏，"来吧，我已经一周没有和人好好说过话了。而你是如此的……"

"我是如此的……什么？"

"不同寻常。"他朝她笑了笑，一个知道何时如何运用他的魅力的男人的迷人微笑，这是他武器库里的一个工具。当他看着她时，就像阳光下发光的金属，带着某些真诚闪耀着——在一阵热浪中，她立刻感受到了真实的情感。

"噢，我很平常。"

"不。"他打量着她，"你来自哪里？"

她又抿了一口酒，这让她的界限有点儿模糊。"噢，谁在乎那个呢？"她的双唇感到凉爽的同时又在燃烧。

"我在乎。"他又笑了笑，迅速、迷人，转瞬即逝。但是，很有效。

"那好吧，我住在纽约。"

"但你不是一个土生土长的纽约人。"他像在陈述一个事实。

她有点儿气愤："为什么？你觉得我没有纽约人那么坚强？"

她感觉到他的目光在她的脸上停留着，努力想保留任何让她脸颊越来越烫的证据。"你很坚强，好吧，"他慢吞吞地说，"但是你的弱点在显露。那可不是纽约人的特征。"

她的弱点在显露？这对她来说可是个新闻。她想问问在哪里，这样她就可以把它藏进属于它的地方。

他靠近她一些。他身上的味道像椰子防晒乳、咖喱和汗液的混合物。他说："你到底来自哪里？"

这是一个棘手的问题，她一般不愿意回答。中西部，她会说。或者，威斯康星州，因为她在那里待了最长的时间——如果包含大学的话。但是在那之后，她便再也没有回去过。

她从未告诉过任何人实情。除了，由于某些原因，比如此时此刻。"我不来自任何地方。"

他换了个姿势坐着，皱着眉："什么意思？你在哪里长大的？"

"我不是——"她摇了摇头，"你不会想听这些的。"

"我在听呢。"

她抬头看着他。他在这里。他在听着。

但是"听见"不是该用的词语。或许它是一个通常用于被动的词，暗示着一种沉默的接受，接受来自另外一个人的声音。"我听进去了"，则正是他现在正在做的，让她觉得出乎意料地有力和亲密——主动倾听，就像动物在丛林中用听觉求生存一样。

"那么……"她吸了一口气，"我父亲从事的是那种使我们到处搬家的销售工作。这里四年，那里两年。密歇根州、马萨诸塞州、华盛顿州、威斯康星州。只有我们一家三口。之后他差不多……继续搬家——我不知道他后来去哪儿了。一些没有我们的地方吧。我母亲带着我住在威斯康星州，直到我高中毕业，之后她搬到新泽西州，直到她去世。"现在说出来的感觉仍然很奇怪，她试图从他专注的双眼中移开视线，但没有这个可能，"总之，后来我搬到纽约，因为那里的大部分人也都不属于任何地方。所以我对任何地方都没有特别的忠诚度。我不来自任何地方。这不是很好笑吗？"

她耸了耸肩，希望她刚才在跨过界限之前就停止不说了。那些话从她心里涌出来。她本没有真的打算说的。

"这听起来真是孤单，"他仍然皱着眉说道，说出来的话像一根小小的牙签刺痛着她本没有打算露出来的软肋，"你难道没有家庭吗？"

"嗯，我在夏威夷有个阿姨，但是——"她在做什么？为什么她要对他说这些？她没有再说，有点儿胆寒。她摇了摇头，"我不能这样做。抱歉。"

"但是我们什么都没做啊。"他说道。毫无疑问，他的脸上划过一道豺狼般贪婪的影子。她想起了莎士比亚的一句台词——当她们在商场经过十几岁的男生身旁时，她母亲经常在她耳边说的一句话："恺撒大帝有一副精瘦且饥饿的面容。"她母亲总是说着类似的话。

"我的意思是，"珍妮结结巴巴地说，"我一般不会像这样说。我不明白为什么我现在要跟你说这些。一定是朗姆酒起作用了。"

"为什么你不该告诉我呢？"

她瞥了他一眼。她不敢相信自己对他敞开了心扉——意味着她开始被这个来自休斯敦且戴着结婚戒指的生意人所具有的不可否认的相当大的魅力所吸引。

"因为，你是一个——"

"一个什么？"

一个陌生人。但是那听起来太幼稚了。她脱口而出她想到的第一个词："一个共和党人。"她轻轻地笑了，想把它当作一个玩笑。她甚至都不知道那是不是真的。

怒气如山林火灾般在他的脸上蔓延。

"这让我成了什么了？某种市侩之人？"

"什么？不。完全没有。"

"然而你是这么想的。我可以从你的脸上看得一清二楚。"他现在坐直了，"你觉得像我这样的人没办法和你感同身受？"他曾经充满倾慕的双眼，正带着受伤的愤怒直直地盯着她。

"我们可以回到刚才聊咖喱的时候吗？"

"你觉得我们不会心碎，不会在自己的孩子出生时失声痛哭，或者在大千世界中不会思考自己的位置吗？"

"好的，好的。我明白了。当你被刺痛的时候会流血。"他仍然盯着她，"如果你刺痛了我们，难道我们就不会流血吗？这句话来自威尼斯——"

"你能理解吗，夏洛克？真的能吗？因为我并不确定你真的理解了。"

"注意你在喊谁夏洛克！"

"好吧。夏洛克。"

"嘿。"

"随便你说什么了，夏洛克。"

"嘿！"他们现在相视一笑了。

"所以，"她斜瞥了他一眼，"孩子，啥？"

他挥了挥他粉色的大手，略过了这个问题。

"不管怎么样，"她又问，"我怎么想的有关系吗？"

"当然有关系了。"

"有吗？为什么？"

"因为你很聪明，同时你属于人类，而且你此时此刻就在这里，和我交谈。"他说道，真诚地倾向她，以一种在任何情况下都会惹人厌的方式轻轻触碰着她的膝盖。她感到全身一阵战栗，超过了她要压制这种感觉的意愿。

她低头看着被他吃过的盘子。

她想到，也许他有一座豪宅，里面住着三个孩子和一个会打网球的妻子。

她认识过这样的男人，当然，她从来没有和他们调过情——比如，一个乡村俱乐部的男人，一个有商业天赋的男人。与此同时，她感觉到他身上还有什么在吸引着她——是他警视中的机敏和他感情中的波动，以及她觉察到他脑子里无时无刻不在思考着的东西。

"听着，我明天就从亚萨莱特自然中心退房了，"他说道，"你想跟我一起吗？"

"那是什么？"

他不耐烦地晃了晃腿："是一家自然中心。"

"远吗？"

他耸了耸肩："我租了一辆摩托车。"

"我不知道。"

"随你便吧。"他示意埋单。她感到他的精力迅速地转移方向了，准备离开了，她想要让他回来。

"那好吧，"她说，"为什么不呢？"

那个中心有几个小时的路程，但是她并不在乎。她在摩托车上紧贴着他的背，沉醉在飞速中，尽情享受着迷人的景色和小镇混乱的山路，新盖的混凝土房子紧靠着破败的木房子，它们的金属屋顶在阳光下整齐地排列着。他们在中午之前抵达，互相之间形成了一种融洽的沉默，跟着一位导游穿越热带雨林。她对他说出的鸟名哈哈大笑：蕉森莺和大怪鸥、须钟雀和蓝冠翠鸿、灰腹棕鹃和船嘴霸鹟。当他们坐在种植园的宽大阳台上喝下午茶时，气氛已经十分缓和轻松了。他们望着多巴哥蜂鸟在门廊上吊着的喂食器周围盘旋，五六只蜂鸟在空中呼呼地扇着翅膀，就像变魔术一般。

"感觉回到了殖民时代。"珍妮说道，靠向了她的柳条椅子。

"那些过去的好时光，是吧？"他高深莫测地斜眼看着她。

"你在开玩笑，对吧？"

"我不知道。对某些人来说那是个好时代。"他脸上的神色茫然了片刻，紧接着突然大笑起来，"你以为我是那种浑蛋啊？要知道我可是一名罗兹学者。"他轻轻地说道，但她知道他是想打动她。而他成功了。

"你真的是？"

他缓慢地点点头。他敏锐的双眼开始浮现困惑的神情。

"我在英国牛津大学贝利奥尔学院获得了经——济——学硕士学位。"他发出一个个的音节，假装是一个乡下人。

他想逗她笑，而她也笑了："所以你难道不应该在哈佛大学或者哪个地方教书吗？"

"首先，我现在赚的钱是我教书可以赚到的二十倍，即使是在哈佛大学。并且我不受制于任何人。不管是学院的哪位领导、校长或者某个巨额捐献人被宠坏的儿子。"他摇着头说道。

"一匹孤狼，是吗？"

他假装噘起嘴："一匹孤狼。"

他们一起笑了，互相默契地笑了。她感到她肩膀之间的什么放松了——一块她以为是骨头的肌肉，一阵轻松之意向她扑来。她的司康饼在她手中碎了，她舔干净手指上的碎屑。

"你真是太可爱了。"他说道。

"可爱啊？"她做了个鬼脸。

他很快改口："是美丽。"

"好吧。"

"不，真的。"

她耸了耸肩。

"你不知道，是吗？"他摇着头，"你知道很多事，但你并不知晓这点。"

她本来有一些讥讽的话想说，但还是决定坦诚面对。

"是的，"她叹了口气，承认道，"我并不这样觉得。很悲伤地说，因为现在——"她正准备说她快四十岁了，并且正在迅速地失去她曾拥有过的一切，她都准备好指出她头上的三根白发以及眉间逐渐加深的皱纹，然而他只用一只手便把那些未说出口的话都挥开了。

"你可以活到一百岁，但仍然很美丽。"他说道，就好像他真的相信会这样。而她无法控制地相信了，这真是一句动人的话。她朝他微笑着，感受着这一切的同时，又产生了一种反胃的感觉，仿佛她正在被推向一个没有预料到的海岸，而她需要朝反方向努力划水才能安全回到家。

在回去的路上，她再次抱紧了他的腰。她很感激周围的声音太大，以至于他们无法向对方说什么，不需要做什么决定，不需要担心什么，只有棕榈树和金属屋顶在她眼前飞速掠过，风吹着头发打在她的脸上和她紧靠着的温暖身体。此时此刻，快乐从她脊柱的底端开始向上冒起，令人眩晕地弥漫在她的周身。所以这就是：此时此刻。她觉得像是一篇启示录。

难道这不正是她所追求的吗？这种飞驰而过的轻松感，抓住他的腰，牵引着她跟随而去。她怎么能不沉沦进去？尽管她知道最后会满身乌青地坐在泥泞里。她推测一定还有别的方式去体验那种急速中快要窒息的活着的感觉——也许是由内而外产生的呢？但是她不知道那是什么，也不知道怎样才能获得。

之后骑行结束了，而他们略显尴尬地站在酒店外面。很晚了，他们也累了。她的头发上沾了不少风中的尘垢。现在他们正处在一个颠簸的时刻，但是没有东西可以帮他们加速通过。我应该进去并收拾行李了，她想着。但是现在宴会厅正在举办婚宴，他们可以听到钢制的平鼓已经敲响了，它独有的、微弱的打击声在夜空中回荡着——这些鼓是由早在多年前石油公司丢弃的油罐演化而来的，这是来自垃圾堆中的音乐。她想要抗拒谁呢？湿润的空气如一只潮湿的大手包裹着她的身体。"想走走吗？"他们不约而同地说道，仿佛真该如此一样。

麻烦，麻烦，麻烦！一起散步的时候，她对自己这样说道。但是她牵着的手是那样温暖，让她不禁又想，也许就让她放纵自己这一回。也许一点儿关系都没有。他的妻子也许是那类有着强硬、完美脸庞的女人，金色的头发下闪耀着巨大的钻石耳钉。他的妻子会穿着白色短裙和网球教练调情。所以珍妮为什么要在乎呢？但是，不，这是错误的，不是吗？这个男人的双眼是温暖而真诚的，甚至如果你能同时做到精于计算和真诚以待的话，然而也许你做不到。而他喜欢珍妮，喜欢她不完美的脸庞，她湛蓝漂亮的眼睛、轻微的鹰钩鼻和卷曲的头发。所以，也许——他的妻子很动人。她有着一头棕色的飘逸长发和一双善良的眼睛。她曾经是一名老师，但现在在家照顾孩子们，耐心又温柔。她早已洞见这种生活的残酷性，在耗尽了她的生命力的同时，又在不断滋养她——她奉献了自己的爱。就是这样，这个男人是被爱着的，从他举手投足间的轻松姿态以及脸上的光泽看得出来。而现在他的妻子和他们的孩子正睡在大床上，因为这样更方便，并且她喜欢孩子们温暖的小小的身体依偎着她。她是如此思念他，她也许会想到在那些漫长的旅途中他可能会做出什么，但她选择相信他，也因为他眼里的无所畏惧和那种生活——

为什么珍妮要对自己做这些？难道就不能让自己拥有些什么吗？

他正在辨认沙滩上散落的贝壳，而她完全陷入了自己的沉思中无法自拔。

她心不在焉地点着头。

"不，你看，"他说道，用他温暖的大手把她的头转向了海边，"你得看看。"

散落的贝壳正在穿过沙滩朝海里移动着，仿佛大海正在用它无法抗拒的魅力吸引着它们。

"但是——怎么会这样？"

"是沙蟹。"他说道。他的手仍停留在她的脸上，所以把她的脸转过来面向他，亲吻她一次、两次并非难事。只有两次，她在想，只是蜻蜓点水，然后他们就马上返回，但是他马上第三次亲吻了她。这一次她感到所有的欲念像在瓶中关了足足一百年的精灵化作一缕青烟升了起来，包围着这个她几乎不认识的男人——虽然她的身体已经认识了他，她紧紧地抱着他，并像亲吻此生至爱一般亲吻着他。他们的防御消失了，正如他们的衣服。也许某些奇妙的化合反应触发了信息素，也许他们早在远古法老时代就已经是恋人了，而直到现在才找到对方。而谁知道原因呢？真的，谁知道呢？

"天——啊！"他感叹道。他从她身上移开了一点儿，而她很开心地发现他脸上所有的自信已经全部一扫而空，他和她一样对这一切感到震惊——他们被这本不应该存在却发生的激情力量吓得目瞪口呆，就好像睡衣派对上的某个通灵板召唤来了一个实实在在的鬼魂。

和一个混迹于女人之间还不戴套的陌生男人在沙滩上享受性爱是

一个极其糟糕的主意（难道不是喝喝酒吗？这真的是她的人生吗，一杯廉价的鸡尾酒？）。但是她的身体并不这么认为。而在她的一生中从没有完全顺服于什么，也许是时候了。她能听到钢制平鼓在空中像一圈又一圈的金属泡泡响过，以及那高耸的茅草屋顶下正在跳舞的狂欢者们的欢呼声和新娘新郎的欢笑声。而她年近四十，也许会终生不结婚。某处还有一位动人的妻子带着他们面色红润的孩子睡在那张大床上，而她没有人在等她，她没有家、孩子或者丈夫。除了眼下这个温暖的身体，这个有着快速稳定的心跳和足以燃烧生命的热情的身体，完全没有人去爱她。

就好像她所生活的那一页突然从装订册中被扯了下来，而她在松散的那一边，被扯掉却获得自由的一边，朝着沙岸飘落，月亮高挂夜空。

当最终的激情过后，他们在沙滩上紧紧拥抱着对方，喘息着。

"你……"他摇了摇头，带着惊奇的微笑，那双充满生机、带着仰慕的眼睛欣赏着她被沙子摩擦的洁白的身子在沙滩上发光。他没有再想，他说完之前，就让自己停了下来。作为一个成年人，他早已有自己的原则。而她不知道他本来要说关于她的什么，尽管她知道她的余生都会在思考有哪些可能。她突然有一种冲动，想要跟他诉说些什么——告诉他所有的一切，她所有的秘密。赶快，趁现在，在温暖开始消逝之前，抱着也许她还有什么可以继续抓牢的希望——一个她可能保持联系的男人。

保持？她都差点儿嘲笑自己了。尽管此刻的情景就像一个笑话，但她还是忍不住要往相反的方面想。

结局很快就明了了。她仍在想着到底发生了什么，当他们沉默地走回酒店时，仍在脑子里回放着这一切。他们肩并着肩，他的手轻轻地贴着她的背，以一种既爱抚又引着她向前的姿势走着。

"那么到此为止了。"他站在他的房门外，"和你在一起的时光很开心。"

他的脸色表现出适当的温柔和低落，但是她能感到他的意识变得清醒，他心中的急迫与她的所思所想完全相反，她知道如果不说点儿什么，那么她想留住那美妙感觉的意念完全无法抵抗他想赶紧离开走廊回到自己房里的迫切。

"我们应该……交换邮箱或什么吗？嘿，你会来纽约做生意吗？"她努力使自己的话听起来很放松，但他只是忧伤地看着她。

她咬了咬嘴唇。

"那好吧。"她说道。她能做到。她曾做到过。他俯下身并亲了亲她，一个如丈夫般干涩的亲吻，但她仍然觉得有一小部分自己被夺走了。

后来她才意识到她都不知道他姓什么。她本不需要知道，这就是其缺陷所在——他们之间的关系如此清楚，甚至都不需要自我介绍。后来她希望知道他的姓氏——不是为了出生证明，也没有抱任何希望去找他并打扰他的生活，只是单纯地为了这个故事本身。这样她就能有一天告诉诺亚："某天夜里我认识了这个男人，那夜成了我一生中最美好的一晚。而他的名字是——"

杰夫——杰夫什么之类的。

也许她本不想知道他的姓。也许她原本计划如此。因为在休斯敦找一个叫杰夫什么的人根本不可能，而这只会让诺亚和她更加亲近，让他更加属于她。

"可是我还没过够呢。"当神经学医生告诉杰罗姆·安德逊他的人生从功能上来说已经结束时，杰罗姆脱口而出。

"当然不是。安德逊先生，这绝不是一份死刑判决。"

然而他指的不是他的生命，而是他的工作。他的工作就是他的生命——当你对其倾尽所有时。

"是安德逊医生。"他纠正道。当他看着神经学医生坐在桌子对面，准备告知他病情的时候，她优雅的双手不知该何处安放，而他慢慢地不再惊慌。

自从他妻子去世的那一年后，他所遇见的每一个女人都不是希拉，也就没有下文了。但是突然之间他再次注意到了鲜活女人所特有的细节：医生因感到同情而略微湿润的双眼，他仅能模糊辨认出她在呼吸时白大褂下起伏的优美曲线。他看到当她坐在桌边时，阳光洒满她的光滑黑发，空气中弥漫着抗菌肥皂味儿和某些轻盈熟悉的味道——柑橘味的香水。

当他看着她的时候，体内有什么被唤醒了，就好像他从一个长长的午睡中醒了过来。现在？真的吗？好吧，从来没有人说过人的大脑或者身体是简单的。而他们在一起肯定可以解决一些麻烦问题。那可以成为一项研究的素材。他应该就此发一封邮件给彼得森，他正在做一些关于意识与身体联系的有趣研究。他们可以称之为一项对爱神／死神的调查。

"安德逊医生？"

桌上的钟嘀嗒响着，在那声音之下，他能听到他们两人的呼吸声。

"安德逊医生，你能明白我跟你说的吗？"

呼吸，一个形容吸入和呼出的词语。失去一个这样的词，你也就失去了所有。

"安德逊——"

"我能明白吗？能，我还没有病得那么重。看起来我还能分析基本的句子结构。"他感到渐渐无法控制自己的声音。

"你还好吗？"

他测了测自己的脉搏，感觉正常，但是他不相信自己的感觉。"我能借一下你的听诊器吗？"

"你说什么？"

"我想查一下我的心率，看一下我现在的状况怎样。"他微笑着，这让他不得不聚集起一些衰弱的力量，"麻烦了。我马上还给你。我保证。"他眨了眨眼。到底怎么了？她随时都可以诊断他为精神病。

她从修长的脖子上取下听诊器，递给了他。她的眼神带着迷惑和警觉。难道这个无药可救的人还残留着魔力的火花吗？他从她背后窗户的反光中瞥了自己一眼，对着外面停车场上闪烁的金属车身几乎看不清自己：这个脸颊深陷的幽灵真的是他吗？他从没有真正在意过自己的外形，除了知道有时候会有助于和他研究的对象接触，而他现在深刻地感受到了失去它的痛苦。他仍然有头发，然而他那被女人们所喜爱的卷发早已没有了。

听诊器闻起来微微像她的味道。他意识到为什么他对她的香水很熟悉了。当他们去一些高档的地方吃晚饭时，希拉总是会喷类似的香水。也许是他买给她的。他完全不知道那是什么，她总是写下她想要的东西，而他会忠实地在圣诞节或生日时买来送给她，从来不曾注意细节——他的注意力在其他事务上。

心率有一点儿高，但没有他之前想的那么高。

希拉肯定会嘲笑他的："别这样啦，不要再检查自己了，一切靠感觉。会吗？"——正如在他们新婚之夜（已经是四十四年前了吗？）她笑话他时一样，在同房的中途，他不断地问她问题："这样感觉舒服吗？像这样？但是这样，正好这里，这样不舒服？"在他想知道哪些有用的渴求中，他的好奇心就像欲望本身一样激励着他。而这样有什么错呢？性，就像死亡一样，很重要。而为什么没有人会在意问那些重要的问题呢？金赛在乎，库伯勒·萝丝也在乎（而他也是，起码曾努力过），但是像他们这样的人很稀少，而他们常常要面对愚笨保守的科学设定的敌意……随它去吧，杰。他听到希拉这么说。就随它去吧。

他本应该感到尴尬的——在新婚之夜，他的新娘在笑话他，正如喜剧一般——但这只是向他证实了他所做决定的英明之处。她笑话他是因为她明白他是哪类人，她接受他想探寻的需求，以及他所有的一切，一个人所拥有的一切怪癖和弱点。

"安德逊医生。"医生绕过桌子走过来，将她的手放在他的胳膊上。这是多年来他从未想到过的，当他作为一个住院医师传递坏消息时——触摸的力量。他可以透过他的棉衬衫感受到她指甲下的微弱压力。他一想到她会移开他的手就开始出汗，所以他粗鲁地移开了他的胳膊，当她意识到被拒绝之后惊得本能地皱起了眉头。她坐回到了桌后，她的两边竖立着执业执照，宛如穿着拉丁制服的忠诚的小兵。

"你还好吗？有任何疑问吗？"

他极力使自己的思维回到她正在告诉他的事情上，回到她刚说出口的那个词——"失语症"上。那个词仿佛一个穿着夏装的美丽女孩拿着一把匕首指向他的心脏。

失语症，源自希腊语 aphatos，意思是：无法说话。

"预后已经确定了？"

一辆推车从房间外的走廊经过，装着液体的玻璃瓶发出叮当的响声。

"预后确定了。"

当然还有其他问题。

"我不确定我能明白。我没有得过脑创伤或者中风。"

"这是失语症的一种罕见种类。原发性进行性失语症是一种影响脑中语言中心的进行性的痴呆。"

痴呆。这倒是一个他很乐意失去的词语。

"就像——"他迫使自己说出来，"老年痴呆症？"他在医学院学过这个吗？是他忘掉的什么重要疾病吗？

"原发性进行性失语症是一种语言障碍，但是对的，你可以说它们是相通的。"

"真是一家人啊。"他笑了。

"安德逊医生！"神经学医生看着他就像在看一个精神错乱的人。

"放轻松，罗滕伯格医生。我没事。只是——在处理，像他们说的。

我的人生，毕竟……"他叹了口气，"正如它的曾经。'在死亡的睡眠中，美梦也许会来到／当我们摆脱了这死亡的纠缠／我们必须稍停片刻。'"他对着她笑了笑，但她表情如一，"噢，天哪，你这女人，不要看起来这么担心——难道耶鲁不再教莎士比亚了吗？"

他猛地拽下听诊器，递给了她。你看到我必将失去的东西了吗？他心里有股怒火。那些我从未想过我会失去的。失去莎士比亚之后还叫生活吗？这倒是一个值得问的问题。

工作之外还有生活吗？

但是他还没有过完他的人生。

"也许你想和某个人聊聊——有一位社工——或者，如果你更愿意，和一位心理医生——"

"我就是一名心理医生。"

"安德逊医生。听我说——"他听着，但是对她眼里的担忧毫无感觉，"很多得了原发性进行性失语症的人能够照料自己很多年，而你的病还在初期阶段。"

"所以我能够喂饱我自己、擦洗自己以及其他的那些？在未来的很多年？"

"很有可能。"

"只是讲不了话，或者无法阅读，或者无法和其他人用任何方式交流。"

"这个疾病是进行性的，正如我已经说明的。是的，最终会这样，口语和书写上的交流会变得极其困难。但是每个病例都不一样。在很多情况下，损伤是逐渐进行的。"

"直到？"

"类似帕金森综合征的症状会出现，伴随着记忆力、判断力、移动力等功能的减退。"她停了一下，"在很多情况下，这会影响到预期寿命。"

"而治疗方案是……"

她再次停了下来。

"到如今还没有治疗原发性进行性失语症的方案。"

"啊，我明白了。那感谢上帝，这不是一个死刑判决。"

所以原来这种感觉，他一直都想知道。他原来只知道坐在桌子的另一边是什么感觉。那是很多年前了，那些让心理科住院医师最难忘的诊断岁月，被称为"练习"，然而那也许更像施虐狂。他还记得走进患者等候的房间时的焦虑（手放在口袋里——那是当时的准则：手要放在口袋里，声音保持镇定，但那是愚弄不了任何人的虚张声势），结束之后便能长舒一口气。他们专门为这种时刻准备了一瓶伏特加放在心理科洗手间的水池下面。

眼下的这位医生，这位他们带他过来看的顶尖神经学医生（发型精致，举止优雅——她脸上的妆容本身就是一种虚张声势）肯定每个月都要传递不少这类坏消息（毕竟这是她的专长之一），而细微之处仍然看得出些许憔悴。他希望她也在某处为自己准备了一些喝的，当这结束之后。

"安德逊医生——"

"是杰里。"

"你需要我们帮你联系谁吗？也许你的孩子，兄弟姐妹，或者——你的妻子？"

他感受到了她的注视："我一个人。"

"哦。"

他难以忍受她眼里的同情。

他接受了所有的事实，但与此同时也拒绝接受现实。他还没有结束，他也不允许自己结束。写完那本书仍然是有可能的。他可以很快地写作，那就是他要做的。他可以在一两年之内完成，在他对简单的名词乃至整个语言感到陌生之前。

他之前就感觉自己越来越累。他之前就知道那会是什么。为什么有时候他不能叫出一些事物的正确称呼——即使他心里知道他认识那些事物。那些词语不会从他嘴里说出或从他笔下写出，而他原以为那只是因为疲惫。他不再年轻了，而且总是加班加点。或者也许他在上一次印度之旅中染上了某种病菌，所以他去做了一次检查，一件事接着另一件事，看完一个医生又是一个医生，但他并不害怕。他这个人从未惧怕过死亡，也从未让痛苦减缓他的脚步，他曾战胜过肝炎和疟疾，对于更轻的疾病，他毫不在意，完全投身于工作，所以他没什么好怕的。但不知怎么回事，他走到了今天这一步，在悬崖的边缘。但是一切都还没有结束，还没有。

那么多词语。哦，他还没有做好放弃任何一个的准备。他爱着所有的词语——莎士比亚、盐瓶、希拉。

如果希拉在的话，她会对他说什么呢？她总是比他聪明，虽然当他这么说的时候人们会发笑——一名幼儿园老师会比心理医生聪明？然而很多人都是白痴，真的，他们只看到了她的金发和他的学历，可是即使只有半个脑袋的人都能看出她有多精明，她是多么明白事理，她让自己知晓多少。

如果希拉在这里……

但是她在吗？她会来看他吗，在他需要她的时候？她的气味仍在此处。他对灵魂没有特别的经历，他也不相信灵魂。这是一个缺少数据的课题，尽管各处有过一些勇敢的尝试，如杜卡斯管家的例子、迈尔斯的切尔滕纳姆鬼魂，更别提 19 世纪初期威廉·詹姆斯及其家族对心理学的研究。

他闭了一会儿眼睛，试着去感受她的存在。他感觉到，或者想要，某些东西、一次触动。噢，希拉。

"杰里。"罗滕伯格医生低声说道，"我真的认为你应该找个人聊聊。"

他睁开了眼睛："请别找心理医生。我很好。真的。"

"好吧。"她柔和地说道。

他们安静地坐了一会儿，隔着桌子看着对方，就如他们在一条汹涌的河流的对岸。其实人类是一种多么奇怪的生物啊！他想着。人与人之间的联系是多么神奇。

够了。他向前倾，喘了口气："那么，我们说完了吗？"就当帮我一个忙吧，他想着。你将在此从一个即将瓦解的男人的荒谬注视中解放出来。

"你还有任何其他问题吗？任何其他关于这个疾病的措施？"

她想从他这里得到什么呢？一阵恐慌忽然向他袭来。他紧紧抓住椅子的边缘，并且看到她在这次示弱的迹象中最终放松下来。他强迫自己示弱。

"没有你能回答得了的。没有马上要解决的问题。"他能够不摇晃地站起来，并向她稍稍致敬。

他看到她注视着自己拿起公文包和外套，也发现她因为困惑而感到不安。总而言之，这不是她所预料的反应。

就让这成为对你的一个教训吧，他想着。他关上了背后的门并靠着墙，努力在走廊的明亮荧光灯下喘着气，宛如身处健康的人和生病的人这两者轰轰作响、无法停止的呐喊声中。

永远不要抱有希望。这就是他的人生格言。

珍妮穿着她最好的黑色礼裙跪在粉色石砖上想让自己冷静冷静。污浊的洗澡水从地板上渗了出来，打湿了她穿着丝袜的膝盖，在天鹅绒边缘沾上了点点污迹。她一直都很喜欢那条裙子，因为它的高腰很能衬托她的身材，而天鹅绒增添了一番欢乐，带有波希米亚的风情，但现在，上面有着一条条蛋黄和像泡沫般发亮的洗发水斑块造成的条纹印记，这已经变成她最华丽的破烂衣服。

她站了起来，从镜子里瞥见自己。

好吧，她简直就是一团乱。她的睫毛膏将她的眼睛下方晕染成黑色，就像一名橄榄球运动员；她的眼影在太阳穴附近划过一道耀眼的金铜色；她的左耳在流血；她的发型仍然完好无损，在她脸庞周围飘动着、卷曲着，就仿佛没有收到那条讯息。

让她以为能够休息一个晚上，不需要照看诺亚的这种想法真是活该。

而她原本也是很激动的。

珍妮本来知道为了和一个还没见过面的人的约会而紧张是很不理智的。但是她喜欢鲍勃的照片，喜欢他坦率的面容和友善、微微眯起的双眼，她也喜欢电话里他幽默的声音，那种让她体内产生深深共鸣的东西，逐渐苏醒了。他们已经聊了一个多小时了，很愉快地发现他们之间有如此多的共同点：他们都在中西部长大，大学毕业后去纽约发展；他们都是一位强势母亲的独生子女；他们都是长相得体，但不太擅长社交的人——很惊讶地发现在他们所钟爱的城市里，自己独自一人。他们情不自禁地会想（他们没有明说，但是都感觉到了，在他们声音的回响中，在他们轻松自如的笑声中），是否那种渴望就可以马上告一段落了。

而他们即将共进晚餐！晚餐毫无疑问是一个好兆头。

她需要做的就是度过那个白天。那是个难对付的上午，比建筑本身更多的是夫妻治疗，费迪南夫妇在犹豫把第三个房间做成健身房还是一个男人的空间，而威廉姆斯夫妇在最后一刻才坦承他们想把婴儿房拆成两部分，因为相比于一间主卧室，他们其实需要两间。这也没关系，她不在乎他们是否睡在一起，只是为什么他们不能在她定下最终方案之前就告诉她呢？这一整天，在这些会面之间，她总会在鲍勃激动的短信轰炸中（等不及啦！）查看手机。她想象着他（他是高是矮？也许比较高……）坐在隔间中（或者任何程序员工作的地方），在他手机因为收到她的短信（我也是！）而振动时的振奋样子——他们两个像青少年一样，你来我往地发短信，像这样度过一天。因为每个人都需要一些可以依赖的人撑下去，不是吗？

而且说老实话，她期待着能度过一个没有诺亚的夜晚。她已经快一年没有约会过了。和鲍勃的晚餐激发了她，让她想起她现在过的生活并不是她所计划的。

她的整个童年贯穿了她母亲不断重复的一个单身母亲所做的牺牲——说话的同时，总是一副再轻不过的悔恨的微笑，就好像放弃你剩下的人生，就是你为了你生命中唯一重要的事所付出的代价。尽管

026

她试过，但珍妮完全想象不出她的母亲除了她本身的其他样子——她穿着熨烫妥帖且束紧的护士制服，她的白鞋子和灰色短发，她那仿佛知晓一切的锐利的蓝色双眼，丝毫没有经过时间和化妆品的摧残，也显示不出丝毫悔意（她并不相信这个）。

你不会给露蒂·齐默尔曼添乱。甚至连和她一起工作的外科医生似乎都有些怕她，有时在超市遇见她和珍妮时，她的眼睛会准确地从自己装满了蔬菜和豆腐的推车移向他们的六罐培根和薯片，他们会紧张得畏缩。你也无法想象她会出去约会，或者穿着除了她那件法兰绒格子睡衣之外的衣服睡觉。

当珍妮决定生下诺亚时，她就坚信她会和她母亲不一样。这也许就是为什么她会在那晚坚持计划，即使后来事态发展得明显出错了。

她本来打算提前十分钟到诺亚的学校，然后在查收鲍勃的短信和透过四号教室的窗户监视诺亚之间交替打发时间。其他学生在做着将涂成蓝色的通心粉粘到塑料盘子上之类的事，而她的儿子，如往常一样，正好站在桑德拉的旁边，看着她监督大家的同时，两只手来回抛着一个培乐多彩泥球。珍妮压下一阵妒意，从他上学的第一天起，诺亚就对这位安静的牙买加老师有种难以言表的依恋感，像只小狗一样到哪儿都跟着她。如果他对任何一个保姆有一半的喜欢，这会让珍妮出去约会变得容易得多……

班主任玛丽萨，她总是洋溢着愉悦抑或是咖啡因的气息，从窗户瞄到了她，向她挥了挥手，就像在引领一架飞机一样，并做出口型：我们能聊聊吗？

珍妮叹了口气——又要谈？她在走廊的板凳上重重地放下一摞南瓜灯笼的建筑图纸。

"洗手进行得怎么样了？有进展吗？"玛丽萨闪过一抹鼓励的微笑。

"一点点吧。"她说道。她在说谎，但是她想着总比"完全没有"要强些吧。

"因为他今天又没有上艺术课。"

"那真是太糟糕了。"珍妮以一种她希望没有贬低通心粉项目的方式耸了耸肩，"但是他似乎觉得还好啊。"

"而且他变得有点……"她皱了皱眉，为了礼数而不好往下说。直接说吧，珍妮想着。肮脏。她的儿子很脏。他每一块露出来的皮肤要么黏黏的，要么被墨水、粉笔或胶水弄脏了。他的脖子上曾有一块记号笔弄的红色污点，到现在起码已经有两周了。她已经尽全力用纸巾和洗手液去清洗他的手和手腕，那就像在沙砾上研磨一般，宛如她用一层膜压住了他。

有些小孩会不停地想洗手，而她的儿子不经过一番争斗根本不会靠近一滴水。感谢老天，他还没有到青春期，就还没有开始发臭，不然他就会像地铁里的流浪汉一样，难闻的味道从下一节车厢就可以闻到了。

"还有，我们将要烘焙。明天，蓝莓松饼。我真不想让他错过那个！"

"我会跟他说的。"

"很好。因为——"玛丽萨将头转向了另一边，棕色的眼睛中涌出一股担忧。

"怎么了？"

老师摇了摇头："那会对他比较好，就这样。"

只不过是松饼罢了，珍妮想着，但是没有说出来。她站了起来，她能透过小窗看到诺亚。他在换装区，帮助桑德拉选帽子。她开玩笑地给他扣上一顶软呢帽，而珍妮畏缩了一下。他看起来很讨人喜欢，但是他们现在最不需要的就是头虱了。

摘下帽子，诺亚。她默默地用意志力告诉诺亚。

但是玛丽萨的声音一直在她旁边喋喋不休："还有，听着……你能让他不要老是在班上提起伏地魔吗？这会对其他一些孩子造成不安。"

"好的。"珍妮问，"伏地魔是谁？"

"《哈利·波特》系列书里面的。我的意思是，我完全明白如果你想跟他读那些书，我也很喜欢它们，只是……我是说，当然诺亚比较超前，但是那些书并不是很适合其他学生。"

珍妮叹了口气。他们总是会对她儿子做出错误的假设。他有一个不可思议的头脑，似乎是从天上吸收信息——也许是他不知从哪里听到的一些评论，谁知道呢？但是他们总是会曲解这个事情。

"诺亚一点儿都不了解哈利·波特。甚至连我自己都没读过那些书。而我绝不会让他看那些电影。也许是另外一个孩子告诉他这些的，一个有哥哥或姐姐的孩子？"

"但是——"老师的棕色眼睛眨了眨。她再次张了张嘴想说什么，但是又似乎犹豫了一下，"好吧，听着，就跟他说不要再提那些黑暗的东西了，好吗？非常感谢。"她说着，打开门，便看到一群欢闹的四岁孩子身上布满了蓝色颜料和通心粉。

珍妮站在门口，一直等到诺亚瞧见她。

啊，这一直都是她一天中最好的时刻：他一看见她时眼睛放光的样子。当他蹒跚前进时咧开了嘴朝她笑着，在教室里跑着跳着，猛地投向她的怀抱。他像猴子一样把腿绕在她的腰间，将前额抵住她的额头，带着一种他自己独有的愉悦的引力看着她，就好像在说：噢，是的，我记得你。那是一双她母亲的眼睛在看着她，也是她自己的眼睛，从她自己脸上看去是很清澈的蓝，宛如一声有礼的"非常谢谢你"，但是在诺亚的脸上，那双眼睛被大量金色的卷发所包围，就完全产生了另外一种效果，以至于人们总是会忍不住看他第二眼，仿佛一种神眷的美落在一个小男孩身上，简直就是某种把戏。

他使人快乐的能力总是让她感到吃惊，只要当他看着她的脸时，她就会这样觉得。

而现在，她和诺亚在天色变暗的十月的一个下午走了出来，感到这个世界随时都在用望远镜探视着她身边这个一蹦一跳的小人儿。他们在树下手牵着手走着，路旁的一排褐色沙石一直延伸到他们看不到的地方。

她口袋里的手机振动了下，把她的意识突然带回了鲍勃身上，那些隐形的大概特征（低沉的声音、愉悦的笑声）还没有和一个完整的人紧密联系起来。

"感觉我们很早之前就认识了。奇怪吗？"

"不！"她回复道，"我也这么觉得！"（这是真的吗？也许……）她应该发亲昵表情吗？那是不是太直接了？于是她只发了一个 ×。他立即回复了：× × × ！

噢！她感到体内有一股暖流流过，就如她在一个冰冷的湖里游进了一片温暖的地方。

他们经过了街角的咖啡馆，里面的香味吸引着她。她决定为接下来的对话增加点儿精神。她拉着诺亚走了进去。

"我们去哪里啊,妈妈?"

"我只是想喝一杯咖啡。很快的。"

"妈妈,如果你现在喝咖啡,你会一直清醒到清晨。"

她笑了,这就像一个成年人会说的话。"你说得对,诺诺。我就来杯脱因咖啡,好吗?"她说。

"那我能来一份脱因玉米松饼吗?"

"好吧。"离他的晚餐时间已经很近了,但是,管他呢!

"喝一杯脱因冰沙?"

她弄乱了头发:"给你来杯脱因的水,朋友。"

当他们终于拿着给自己的奖励坐在门廊时,咖啡散发着香气。夕阳的余晖落在建筑之上。晚霞透出蔷薇色的温柔光线,周围的石砖房屋和褐色沙石也反射出淡淡的红色,斜射在树上将落未落的叶子上。前方的瓦斯灯闪烁着。这些就是说服她租下这块地方的决定性因素,尽管就花园水平和没有直射日光来说,租金很贵。但是屋内的红木制品、赏心悦目的树篱和前面的瓦斯灯让她觉得舒服,仿佛她和诺亚可以在那里安全地相偎相依,远离这个世界,忘记时间的流逝。她还没有接受这个事实:那个窗前老是闪烁的光亮会在白天抓住她的视线,又在晚上反射在厨房的后窗上,不止一次地吓她一跳,让她误以为房子着火了。

她用抗菌纸巾把诺亚的脏手擦干净,递给了他松饼。

"你知道吗,他们明天要在学校做松饼。你觉得怎么样?"

他咬了一口,满是饼干屑。

"那我之后要洗手吗?"

"嗯，做吃的会有点儿凌乱。因为有面粉和生鸡蛋……"

"噢。"他舔着手指，"那我不做。"

"我们不能一直这个样子啊，臭臭。"

"为什么不呢？"

她没有费心去回答他——这个问题已经存在很久了，而她有别的事要跟他说。

"哎。"她轻轻推了他一下。

他正忙着，忙着吃他的松饼。她怎么能让他点那个呢？这个松饼太大了。"听着，我今天晚上要出门。"她说。

他盯着她，放下了松饼："不，你不出门。"

她深吸了一口气："对不住了，孩子。"

他的眼里闪过一道野性的光芒："但是我不想你出去。"

"我知道，但是妈妈有时候要出门的，诺亚。"

"那带我跟你一起去。"

"我不能。"

"为什么不能？"

因为妈妈想在你上大学之前至少有一次能和别人亲热。"这是大人的事。"

他对她露出了狡黠的微笑："但是我很早熟。"

"很好的尝试，小伙计，但是不行。一切都会没事的。你喜欢的安妮，记得吗？她上个周末来过妈妈的办公室，还和你一起玩了乐高。"

"如果我做噩梦了怎么办？"

她考虑过这个问题了。他经常做噩梦。只有一次噩梦是她在外面的一个活动上与客户交流时发生的。她回去的时候，发现他面目呆滞地在《爱探险的朵拉》动画片面前发抖，而保姆（之前看起来是那样生气勃勃，还带了自己做的布朗尼）躺在沙发上，微弱地举起几只手指向她示意，憔悴而震惊。那个保姆再也没有来过。

"那么安妮会叫醒你并拥抱你，跟妈妈打电话。但是你不会的。"

"如果我哮喘发作了呢？"

"那么安妮会给你喷雾器，而我会立刻赶回家。但是你已经很长一段时间没有发作了。"

"请不要走。"他的声音迟疑着，仿佛已经知道是无用功了。

她已经打扮好了，一边弄乱自己的头发，一边心不在焉地看着网上一个视频上喜欢笑的少女在演示如何正确地上眼影——出乎意料地居然很有用。

突然，她听到客厅里传来诺亚的高声叫唤："妈咪！妈妈！快来！"

难道《海绵宝宝》已经播完了吗？那些节目不是无限循环播放的吗？

她穿着黑色棉袜走向客厅。一切如常，一碗小萝卜放在皮革咖啡桌上没有被动过，海绵宝宝在屏幕里用它奇怪的弓形腿缓缓走着、吼叫着，但是丝毫没有诺亚的影子。有什么在厨房那边闪过。是那只闪烁的瓦斯灯的反光吗？

"嘿，看这里！"

不是那只闪烁的瓦斯灯。

当她绕过拐角处，一眼就瞥到了他。他站在厨房台面的旁边，台面上有一盒开了的有机 ω-3 脂肪酸褐色鸡蛋，他在有弹性的金色头上一个接一个地敲碎鸡蛋。她感到自己的夜晚要溜走了。

不，她不准。怒意不知从何处产生——她的生活！她的生活！她唯一的生活！难道她不能享受一丁点儿乐趣——就一个晚上？难道她真的要求太多吗？

"看，妈咪。"他说着，表情十分甜美，但是他脸上绽放的任性却显而易见，"我在做一个蛋诺亚。明白了吗？就像蛋酒一样！"

他怎么会知道蛋酒是什么？为什么他总是会知道别人没有告诉过他的事情？

"看。"他又拿起了一个蛋，摇摆着手臂，朝墙的正中央猛地投去，当鸡蛋四处飞溅的时候，他欢呼起来，"快速直球！"

"你到底怎么了？"她说道。

他退缩了，鸡蛋落在他的另一只手上。

她试着调节声音："为什么你要这么做？"

"我不知道。"他看起来有点儿害怕。

她努力使自己镇定下来："你必须洗个澡。你知道的，对吧？"

他一听到那个词就抖了抖。鸡蛋液从他的脸上流了下来，渗入他脖子的空隙里。"不要走。"他说着，蓝色眼睛带着他的需求直直地将她钉在墙上。

他一点儿都不笨。就算是这个世上最厌恶的事情他也能够忍受，只要能让她待在家里。他就是这么希望她留下。鲍勃——一个她从来没有见过面的人，难道可以和他比吗？

不，不，不，她会去的！看在老天的分儿上，她受够了！她不会屈服于这种敲诈，特别是一个孩子的敲诈！毕竟她才是那个成年人——单身妈妈群里面不是总是这样说的吗？由你来制定规则。你必须坚定立场，因为你是唯一的大人。你向孩子们屈服，并不会对他们有任何帮助。

她把他抱了起来（他很轻，他还是个婴儿，她的宝贝，才四岁大）。她抱着他走进浴室，当她打开水龙头并测水温时，她得紧紧地抱住他扭动不安的身体。

他像一只被困的小兽般扭动和尖叫着。她走到浴缸的边缘，迅速地脱下他的衣服，并将他放在防滑垫上（他的脚滑动着，手臂挥舞着），放了洗澡水，退后了几步。

他的尖叫声估计可以一直传到第八大道。他就像捍卫生命一样抗争着，但是她做到了，她把他压在水里，并往他头上挤了洗发露，反复不断地告诉自己，她并没有折磨任何人，她只是给了儿子一个非常有必要的清洗而已。

当一切终于结束的时候（只不过几秒钟的时间，却感觉没有尽头），他正躺在浴缸里的一块鼓起的地方，而她在流血。在之前的混乱之中，他伸长脖子咬了她的耳朵。她努力想用毛巾包裹他，但是他从她身边扭开了，爬出了浴缸，进了他的房间，在地面上拖行。她从药柜里拿了些抗生素吃，并且听着他的咆哮声在整个房子里面回响，这使她体内的每一个细胞都充斥着悲伤。

她看着镜子里的自己。

无论她是谁，她看起来都不是一个要出去第一次约会的女人。

她走进了诺亚的房间。他在地板上，全身赤裸，摇摆着，双臂抱住双腿，苍白的皮肤在星星发出的绿色荧光下微微发亮——那些星星是她贴在天花板上的，好让这个小房间显得大一些。

"诺诺！"

他没有看她。他把头埋在双膝之间轻声哭着："我想回家。"这句话从他刚开始学会走路的时候就偶尔会伤心地说出口。这是他说出的第一句完整的话。她总是给他相同的答案："你已经在家了。"

"我想要我的妈妈。"

"我在呢，宝贝。"

他把视线从她身上移开："不是你。我想要我另外一个母亲。"

"我就是你的妈咪，亲爱的。"

他转过头来，悲伤的眼睛锁定了她："不，你不是。"

她身上感到一阵冷意。在这些假星星的奇异灯光之下，她站在这个发抖男孩的上方，她仿佛从远处看到了自己。她脚下的木板很粗糙，就像一个人可以掉落的洞，人就如掉落在时间之外。

"我是。我是你唯一的妈妈。"

"我想要我另外一个妈妈。她什么时候到？"

她尽力控制住自己。可怜的孩子，她想着，我是你仅有的妈妈。我们是彼此仅有的了，我们俩。但是一切都会解决的，我会做得更好。我保证。她在他旁边蹲了下来："我不会走的，好吗？"

她会给鲍勃发一条道歉短信，然后他们之间便结束了。她能怎么解释呢？还记得那个我提过的可爱儿子吗？嗯，他有点儿不同寻常……不，他们之间的关系太过脆弱，以至于并不能经得起这些抱怨，而总会有另外一个孤独的纽约女人等候着他。她会取消今晚约好的保姆，但仍然付她钱，因为已经快到约好的时间了，而她实在不能再失去这个保姆了。

"我不会走的。"她再次说道，"我会取消和安妮的约定。我会陪在你的身边。"她很感激，已经不是第一次了，没有其他成年人在场目击这脆弱的时刻。

但是谁在乎别人怎么想呢？诺亚湿答答的脸上渐渐恢复了红润，他歪向一边的笑容使她不禁恍惚，不再有别的想法。他仿佛在看着太阳。也许她的母亲终究是对的，她想道。也许有些力量太过强大而抵抗不了。

"过来，小呆瓜。"她伸出了双臂，让一切随风而逝——礼裙、约会，这个惊心动魄的夜晚以及她未来会面对的所有惊心动魄的夜晚。这时候，她仿佛苍老了一些，正视着她生命中的唯一。

她现在手臂里抱着的男孩才是最重要的。她亲了亲他可爱、潮湿的头。终于有一次他很好闻。

他抬起了头："我的另外一个母亲马上就要到了吗？"

安德逊睁开了双眼，在惊恐中环视着房间。

他的书页，到哪儿去了？他对那些书页做了什么？

房间很昏暗，空气中弥漫着灰尘。装满了一半文件的箱子堆满了每一堵墙的侧面，在他周围越堆越高，仿佛他变矮了六英尺，而非在办公室里的小床上渐渐睡去。窗户又高又窄，仿佛堡垒里撕开的一条裂缝，现在一丝光亮射进来照在地板上，四处都堆着书，书稿被他昨晚生气地扔在地上。他很快起来，一页一页地收集好书稿。之后他再次坐了下来，将手稿放在他的腿上：一摞庞大的文档，就像一只猫。他用手抚平边缘，这使他的手心发痒。这一捆书稿看起来不多，却涵盖了他一生工作的总结。他翻开标题页，看着献词——致希拉。

他现在尝试着感受房间里的她，但是做不到，她就像被别针别住的蝴蝶，固定在书页上。他意识到希拉的去世是他生命中有史以来最糟糕的事，却并没有实质性地改变他生命的进程。另一方面，自从他被诊断的这五年，失语症已经近乎将他毁灭。

他翻回第一页。哈，在那里——他写的话。

也许这看起来很难相信，但可能会有证据表明死后的重生是真实存在的。

不要认为仅仅是因为他做了这个梦，这些句子就会在夜里自动消失是不合理的，任何已经发生在他身上的事都是不合理的。昨天他和伦敦科学探索学会的图书馆员通电话，商量他要捐赠的文献。他想确保即使他的办公室会关闭，任何觉得他的研究有用的严肃科学家也可以找到那些资料。他想告诉她阿蒙森寄来的发生在挪威的新例子，为的是保证这些会被有效归档。但是当他找到应该出现老同事的名字的那句话时，那个名字却不在上面。

"那个上面的文件。"相反，他说出口的却是这句令人窘迫的话。

图书馆员有点儿不解："您指什么？哪个上面的？"

安德逊看到了挪威的峡湾、森林和女人。他脑海里浮现出阿蒙森的面孔，他的蒜头鼻和下巴上的胡须，那双活泼、充满疑惑却从不会愤世嫉俗的眼睛。

"关于胎记的新文件，记得吗？"

"哦，你是说斯里兰卡那位教授的研究？"

"不，不，不。"他心里涌起一股绝望之情，想要挂掉电话，但是他吸了一口气，暗示自己继续，"关于胎记的研究，来自那个人的研究——那个人在上面。北部。你知道我说的是谁！"他对着那个可怜的女人咆哮道，"在欧洲。那些冰川……那些……峡湾！"

"噢。我会确保阿蒙森的研究顺利归档的。"她最后冷静地说道，而他感到了一丝胜利的滋味，因为她现在会认为他是个十足的浑蛋而非智力不全的人。

一周之前，他从卧室里的书架上抽出《暴风雨》并翻到最后，但是当他读到那句"我们的狂欢即将结束"时，那些词似乎在他的脑海里颤抖着，然而现在即将消失不见。他怎么可能不知道那个词——"狂欢"？这部剧和里面的对话他读了起码有一百次了。他居然需要查阅那该死的字典。他真应该把整部字典抄一遍，他想着，直到他的手变肿，把他写的书里的每一个字都抄一遍，那样他就能将所有他不能忍受失去的词语全部留在记忆中。

他翻着腿上放着的书稿。当然他要把它们发到他的经纪人邮箱里（这不再是一个纸质的世界了），他也会将它们打印出来，那样他就能像现在这样感受这些书页，感受他腿上的重量了。他一生的作品，最典型的例子，从普通大众中提取的，十几年的病人分析所构成的案例，撰写草稿多年，始终追求清晰明了。这是他最后的机会来做出一些事情：在他脑子还好使的时候，他将像疯子一样用四年半来完成这项工作，赶在脑中的浓雾来临之前。有时候他会忘记吃饭。

学术界总会认为安德逊是失败的。他自己知道。曾经，他第一次辞掉在医学院的工作时，他的同事们仍然尊敬他——当他的书有两次被《美国医学会杂志》审阅，一次被《柳叶刀》审阅时。不过时间长了，他的同事也便遗忘他了，或者更准确地说，他们忘记他们曾经尊敬过他。十几年了，那个学术圈里没有人再注意过他。当然他在超自然现象研究学会里很出名，他被邀请去所有研究超感觉力或濒死经验或媒介的地方演讲。但是他绝无可能再被科学界所接纳，这是他唯一真正属于过的团体。他最终还是放弃了那场战斗，在希拉劝诫他这样做的十几年之后，一切都结束了。

但是如今他在给一群不一样的读者写书：他的目标读者的重要性一点儿都不比这个世界差。

"如果人们能理解你的数据——不是学术界，我说的是真实的人们——这也许会为他们带来一些改变。"希拉曾经不止一次地对他这样说，但当她已经开始和致命的心脏病抗争的时候，他才逐渐意识到她逻辑里的力量。

当他现在考虑到他的未来读者时，他想象的人是像他自己一样，回到这一切都没有开始的时候——当他还在医学院时。他看到自己在一个寒冷的星期五晚上从他的办公室穿过广场回家，苦苦思考关于躯体化症状障碍的一个研究，忽然被书店的温暖和灯光驱使着。走进书店，想快速浏览一番，他看了一下桌上的图书，想找几本能吸引他注意力的——而那本书在向他召唤。他拿起了书并翻到了第一页。也许这看起来很难相信，但可能会有证据表明死后的重生是真实存在的。

证据？他想象着作者心里对自己说。不可能。但他还是在附近的皮革椅子上坐了下来，并开始阅读……

安德逊知道那是一个幻想。但他也曾经是那样的一个人。他也曾经需要证据。而他现在可以提供证据了。他可以留下他的印记。他本来觉得拥有了足够证据，直到昨天，直到他和他的文学经纪人聊过之后，发现每一个出版商都拒绝了他。当他挂了电话之后，他将手稿踢得到处都是，四散的书页像灰尘一般。

如今他再次注视着那句话。

也许这看起来很难相信，但可能会有证据表明死后的重生是真实存在的……

不，他不会被这个所阻止。他想到了另一个安德逊，那个发现了南极的挪威人，他的成功因为他的竞争者罗伯特·弗尔肯·斯科特的失败而显得渺小起来。斯科特和他的团队在冻土地带逝去。一个因尝试而死的勇敢的人，寒冷一点一点地侵蚀了他的指头、他的脚。又是一个远征南极的伤亡事件，伟大的未知啊！

她迟到了。

这一天开始得很糟糕。诺亚在半夜又醒了，从噩梦中惊醒，并从头到脚都被尿液给浸湿了。她早上试着用毛巾清洗他发臭的身体，他扭动着、呜咽着，但她最终还是放弃了，她在他身上拍打着爽身粉，然后将生着闷气、散发着不会认错的垃圾箱气味的他送到了幼芽幼儿园。

所以，她迟到了。如果不是要去肖家就没关系的。肖家的创新会让每一件事都朝着计划之外进行。他们在两周之前搬了进来，而那之后，她几乎每天都要来他们家，包括感恩节的早上。

今天他们有一个清单。他们从厨房的电器用具开始，结束于客房浴室。

他们三个人站在狭小的浴室里面，盯着一股细流从贴着昂贵瓷砖的浴室隔间流向崭新的棋盘格地板。

"你看到了吗？"萨拉·肖指着细流上的一个发亮的红色抓手，"它漏水。"

为什么你们会在客房浴室洗澡呢？她很想问，但是没问。相反，她拿出了卷尺测量了浴室隔间的边缘，正如她所料，是标准尺寸。

"嗯，这是标准的宽度。"

"但是你看到它漏水了。"

"是的……我在想……"

萨拉带着一种猫头鹰般不解的表情看向珍妮，珍妮已经明白她在皱眉头。萨拉道："在想什么？"

"我是说，这个问题是关于浴室隔间的还是水量的？因为如果用了大量的水，这是可以理解的……"珍妮深吸一口气，并一口气说了下去，"今天有人在这里洗过一次澡还是两次澡？你们洗澡时间很长吗？"

天啊，她讨厌工作中的这部分。她还不如问他们有没有在里面发生性行为。如果有的话，她觉得他们本应该告诉她，那样她就可以定制尺寸……

法兰克·肖清了清嗓子："我想我们的洗澡用水相当，嗯，正常……"

他开始说着时，珍妮口袋里的手机振动了，她说："稍等片刻。"

她瞥了一眼手机。幼芽幼儿园。噢，看在老天的分儿上。"听着，我很抱歉，我得接个电话。我马上回来。"她走进了旁边的房间。那些老师现在想要干什么？也许是想抱怨今天诺亚身上有味道。那么好吧，他是，但是……

"我是米里亚姆·惠特克。"幼儿园园长沙哑的声音在摩擦着她的耳朵。

那一瞬间，她屏住了呼吸，膝盖定住了——这就是之前与之后的那个时刻吗？那个大家都害怕会到来的时刻？就如苹果核卡在喉咙里，或是从楼梯上跌撞而下。她靠着墙："诺亚还好吗？"

"他没事。"

"噢，谢谢老天。听着，我正在和别人会面，我能回你电话吗？"

"齐默尔曼小姐，这件事很严重。"

"哦？"园长的语调让人紧张不安，她在耳边握紧了手机，"发生什么了？是诺亚做什么了吗？"

随之而来的漫长的暂停让她的思维慢慢发散，告诉她所需知晓的一切内容。她可以听到那个女人在电话另一头的呼吸声。浴室里，萨拉·肖用小声却又隐约能让她听见的声音和法兰克讲话："工作怠慢。"她觉得她听到了这个。

"是他午睡的时候哭了？拉了别人的头发？还是什么？"

"事实上，齐默尔曼小姐……"园长猛地吸了一口气，"我们应该面对面谈谈。"

"我会尽快赶到。"珍妮迅速说道，但她的声音动摇了，恐惧像骨头一样刺穿了她专业主义的表皮。

幼芽幼儿园的园长米里亚姆·惠特克是一个集狮子、女巫和衣柜于一体的人。整体像一个移动的盒子，从她街舞奶奶的眼镜到尖尖的及踝靴子，再到一身黑衣，都能看得出来。她留着长发，一头及肩银发带着意想不到的欲望摩擦着她宽厚的肩膀，仿佛是对时间的奇特竖起了中指。她已经在这个着迷于学校的社区所建的首家幼儿园当了十五年的园长了，因此对于相关领域的大格局，她觉得自己的地位似乎颇为重要。珍妮一直都觉得惠特克女士对成人娱乐方式有傲慢之意，但透过其表面觉察到了一种同情之意和漫无目的的暖意。

然而现在，处在盆栽植物和书虫海报之间，坐在惠特克女士对面的一张橘色的塑料小椅子上，珍妮在这个年长女人的脸上看到了远比她平常华而不实的权威更让人不安的表情——焦虑。这个女人几乎和她一样紧张。

"谢谢你的到来，"另外一个女人说道，清了清她的嗓子，"在如此短的时间内。"

珍妮使她的声音保持平静："发生什么事了？"

随之而来的是停顿，珍妮尽可能地保持呼吸平稳，她听到了幼儿园园长的每一次心跳声、艺术教室的水龙头的声音。一位老师在唱着清洗，每一个人都洗得干净，某处的一个孩子，不是她的，在尖叫。

惠特克女士抬起了头，目光聚焦在珍妮肩膀稍左的位置："诺亚最近一直跟我们提到关于枪的事。"

难道这就是他们要说的事情，诺亚说过的一些话？但是那很容易解决。她感到身体开始放松下来："难道不是每个小男孩都会那样做吗？"

"他一直在说他玩过枪。"

"他也许说的是玩具枪呢。"她说道。

惠特克女士看着她，眼神里包含着一种严厉的意味："确切地说，他的原话是一支 0.54 口径叛逆者步枪，他还说火药味闻起来像臭鸡蛋。"

她感到了一丝自豪之情。她的儿子知道一些事情——诺亚总是这样，脑子里有些稀奇古怪的事，就像学者的脑筋，只不过他所知道的必定是他从哪里听来的任意事实而非数学方程式。爱因斯坦的脑子是这样的吗？詹姆斯·乔伊斯呢？也许他们也和诺亚一样，在小时候被别人误会。但是现在关键的是要怎么和桌子对面坐着的朝她怒视的女人解释。她说："我不知道他从哪里听来的这些东西，真的。我会告诉他别再提起与枪有关的事。"

"你在试着告诉我你不知道他在哪里用过枪吗？或者他怎么知道枪闻起来像硫黄？"

"他没有用过枪，"她耐心地说道，"而至于硫黄嘛——我不知道。他有时候会说些奇怪的东西。"

"所以你在否认了？"她不肯看着珍妮。

"也许他在电视上看到什么了。"

"他一直看电视，是吗？"

噢，这个女人啊！

"他会看《爱探险的朵拉》《海绵宝宝》以及棒球比赛……也许娱乐、体育节目上播了关于打猎的广告，或者别的什么。"

"还有一件事。诺亚提到了很多关于《哈利·波特》系列丛书的事。然而根据你说的，你没有给他读过那些书或者放过电影。"

"是这样的，没错。"

"但是他似乎非常了解它们。他一直在到处说着什么杀人咒语之类的。"

"瞧，诺亚就是这个样子的。他会说各种各样的事。"她将腿换了一种姿势。她的臀部在狭小的椅子上要麻木了。她会缩短对加洛维家的拜访时间。加洛维太太也许此时正在跟她所有的朋友打电话说她错了，她还是不会推荐珍妮·齐默尔曼建筑。她因孩子的胡言乱语而在流失客户，她说："所以这就是你打电话让我从一个重要的商业会面过来的原因？因为你觉得我家的小男孩说了太多关于枪和哈利·波特的事？"

"不是。"她整理了一下桌上的文件，用她关节凸出、戴着戒指的手穿过她的银发，"我们今天在学校谈到了纪律。今天发生了一件咬人事件……但是那并不重要。我们讨论了我们的规则，伤害别人是绝对无法接受的。诺亚提出——他自己提出——他曾经在水里待了很久，以至于他失去知觉了。他实际上用了'失去知觉'这个词。对于一个四岁的孩子来说，是很奇怪的用词，你不觉得吗？"

"他说他失去知觉了？"珍妮试着接受这个说法。

"齐默尔曼小姐，很抱歉，但是我必须问你。"她的目光终于集中在珍妮的脸上，宛如冷冰冰的愤怒的针刺一般，"你有没有过将你儿子的头放在水下面，以至于让他昏过去了？"

"什么？"她对着另外一个女人眨了眨眼。那句质问是如此的恶劣和出乎意料，她花了好一会儿才领会过来，"没有！当然没有！"

"你能明白为什么我很难相信你吗？"

她不能在那张椅子上多待一秒了。她跳了起来，在房间里来回走动着："他讨厌洗澡。也许就是因为这个。我洗了他的头发。这就是我的罪行。"

那个女人的沉默透露了她内心的轻蔑。惠特克女士一直注视着她。

"诺亚还说什么别的了吗？"

"诺亚说他大声叫唤他妈妈，但没人帮他，然后他被压到水下面。"

珍妮僵住了。"压到下面？"她重复着。

惠特克女士简单地点点头："请坐。"

她感到十分困惑，以至于不能再站着了。她一屁股坐回那张小椅子上，说："但是，像那样的事从来没有发生在他身上。他为什么会那样说？"

"他说他被压到水下面，"惠特克女士有力地强调，"而他出不来。"

珍妮终于领悟过来了。"但是，那是他做的梦啊，"她很快地说道，"他做过的一个噩梦。他梦到自己被压到水下面出不来。"

她回想起某个晚上的一个片段——诺亚紧握着拳头捶打着她，叫喊着："放我出去，放我出去，放我出去！"他们的夜间闹剧，一直闹到早上才停。值得注意的是，她完全忘记了这回事，直到第二天的晚上才想起来。

"他做同样的噩梦好几年了。他只是有些困惑。"

她抬头看了一眼，但是惠特克女士的表情就像一扇沉重的金属大门，你可以一直敲，但是大门无法打开。

"所以你必须明白我进退两难的局面。"惠特克女士缓慢地说道。

"你进退两难？不，我不明白。很抱歉。"

"齐默尔曼小姐，我有很多年和小孩子相处的经验，从我的经验来看，他们不会像这样说他们做过的梦。那种困惑，并不常见。"

常见？不，诺亚身上没有一处是常见的，不是吗？珍妮努力回想。这并不仅仅是他知道的一些事情，而是更深的一些东西，不是吗？她是什么时候第一次意识到诺亚和其他小孩不同的？她是什么时候不再去参加单身妈妈俱乐部的？就在区分出不同的边缘某处，发生过无数次，当妈妈们的讨论从夜间酣睡和婴儿气喘转到洗澡和幼儿园时，她分享了他的噩梦和恐惧，他漫长的、令人费解的哭泣，她分享完后环顾四周，看到的只有茫然的表情而非赞同的点头。这只是诺亚与众不同之处的一部分——她一直都这么告诉自己，只是现在……

惠特克女士清了清嗓子，发出一种难听的声音："一个怕水的小孩子说起被压在水下面……还对一个初级老师极其依赖，当她不在的时候，会控制不住地抽泣好几个小时——"

"我那天中午过来接他了……"

"……还有其他证据显示你们家收拾得不是很整洁，考虑到这个男孩身上有味道的事实……那么，你能明白吗？我有一种义务，他的老师和我有一种义务……"她抬起了头，银发闪过，宛如挥过一把剑，"去向儿童保护服务机构报告任何关于伤害儿童的迹象……"

"保护服务机构？"

那些话深深地落到一座深不见底的井里。她产生一种发热、刺痛的感觉，仿佛两颊被人狠狠地扇了两巴掌。加洛维夫妇、她的财政担忧，所有扰乱她头脑的东西都消失不见了。

"你一定在开玩笑吧？"

"我向你保证，我没有。"

这不可能。不是吗？她是一个好母亲。不是吗？

她转过头，看向窗外的操场，努力使自己冷静下来。她尽全力将内心的惊慌压了下去。

"瞧，"她尽量使声音保持平稳，"你有没有在他身上看到过任何痕迹，或者任何虐待的证据？我的意思是，他是一个快乐的小孩。"而且是真的，她想着。她能感受到诺亚的快乐，任何人都可以。"和他的老师谈谈吧。"

"我谈过了。"惠特克女士叹了一口气，用手指揉着太阳穴，"相信我，我不会随便对待这类事。一旦你进入了系统——"

"诺亚很古怪，"珍妮突然说道，打断了她的话，"他喜欢想象。"她把视线移向窗外。一只乌鸦在梳理羽毛，对着她竖起了脑袋。她的目光转回到了房间里，面对着她的对手，"他会说谎。"

惠特克女士挑起了眉毛："他说谎？"

"他会编故事。大部分是一些小事情。就像有一次，在宠物动物园，他说：'乔爷爷有一只猪，记得吗？那只猪声音真大。'但是他没有爷爷，更别提一个有猪的爷爷了。或者在学校——有位老师说他跟全班同学说他夏天去了湖边小屋，然后他十分喜欢那里。他说自己是如何从小船上跳到水里的。他对自己能在圆圈分享时间发言感到骄傲。"

"是吗？"

"那么，听我说，并没有什么湖边小屋。而至于游泳……我甚至都不能让他去洗手。"她笑了起来，房间里回荡着她单调的笑声，"而在晚上，在他睡着之前，他会说他想回家，还会问他的另一个妈妈什么时候来之类的话。"

惠特克女士凝视着她："他说这样的话有多久了？"

她想了想。她能听到诺亚还是幼童时的声音，他哀伤地哭诉："我想回家。"有时候她会笑话他："你就在家里啊，小傻瓜。"而更久之前，当他还是个婴儿时，有一段时间（现在已经有些模糊了，但发生的时候极度让人痛苦），他会哭好几个小时，一边在她怀里扭动着，一边叫着："妈妈！妈妈！"

想到这里，她说："我不知道。有一段时间了。但是不是很多小朋友都会有想象中的朋友吧？"

园长看着她思索着，仿佛一个弄错了基本算术的小孩。"这已经超过想象的范围了。"她说道。这个结论在珍妮的耳朵里轰轰作响，在她脑海里一个等待已久的密室里回响着。她意识到这点已经有一段时间了。

珍妮感到所有的争论已经脱离她的掌控了，她说："你说的是什么意思？"

她们的视线相遇，之前的冷酷消失了，那个女人的眼神里流露出一种珍妮无法抵御的悲伤之意。她说："我认为你应该带诺亚去看一名心理医生。"

珍妮看向窗外，仿佛那只乌鸦有不同的看法，但是它飞走了。"我马上就办。"她说道。

"很好。我有一份你可以选择医生的名单。我今晚发邮件给你。"

"谢谢。"她挤出一丝笑容，"诺亚在这里过得很开心。"

"是的。那么，"惠特克女士揉了揉眼睛，她看起来很疲惫，每一根银白的头发都是她需要监督别人家小孩的证据，"我们会很期待他的返校。"

"返校？"

"在他接受治疗之后不久。我们会在夏季学期开始之前和你联系，重新评估这个情况。好吗？"

"好吧。"珍妮低声说道，在那个女人再说出别的她无法忍受的话之前踉跄着走向门口。

房间外面，她沉重地坐在一张小靴子和小外套之间的板凳上。不会跟儿童服务机构打电话，那么，她避开了那个灾难。她因为心情放松而陷入了一阵茫然。在茫然中的一个遥远的角落，闪烁着一个本来走偏但是现在开始燃烧的火花，她在焦虑（长期以来都存在的）：诺亚怎么了？

"得了失语症的莫里斯·拉威尔。"来自洛杉矶神经病学会的期刊。

在他五十八岁时，拉威尔被诊断为失语症，之后他不再有艺术作品出现。更显著的是，他能够以音乐的方式思考，但是无法将他的想法用文字或表演的方式表达出来。控制口头（语言）和音乐思维的大脑半球为拉威尔理解和创作能力的分离提供了解释。

"杰！"

安德逊将他还没吃的一盘食物滑到他正准备读的文章上方，并抬眼一瞥。一个魁梧的家伙，下巴上的一绺山羊胡仿佛一座漂浮的中央小岛，他拿着托盘，好奇地俯视着面前的安德逊。没有比这更糟糕的事了。

他原本知道来到医学院的咖啡厅是个坏主意，但是他想着学校里闹哄哄的活动，也许朝着熟悉的建筑漫长地散步对他会有一些好处。此时，他对着那个男人点点头并咬了一口苹果。苹果尝起来又冷又干。

"你来了啊！"那个男人说道，"我前几天还在跟赫尔斯利说我敢肯定你已经搬到孟买或者科伦坡了。"他挥了挥修剪整齐的手，"或者类似的地方。"

"没有。我还在这里。"安德逊抬头看着他的同事，开始冒冷汗。他认识这个男人十几年了，但是想不起来他的名字。

当他们还都是住院医师的时候，这个男人就已经是一颗冉冉升起的新星了，他们既是好友又是竞争对手，同时被人们谈论着。过去的二十年，他们一直在同一家机构工作，到如今仍然惊讶于命运和兴趣引领他们所选择的不同方向。如今那个男人是医学院里的主席，而安德逊是……安德逊是……

安德逊在强迫自己坐过去一点儿，让这个无名之人坐在他的旁边。他惊讶于一些身体所拥有的被压缩的力量。他的食物所冒出来的蒸汽使他的鼻子发痒。他想着也许他会吐出来，那倒会立即结束这顿饭。

"那么，你这么久以来都藏到哪儿去了？有好几个月没见到你了！你听说最新的新闻了吗？"

安德逊谨慎地回答道："我不确定。"

"有人说科维茨有可能获得——你懂的——诺奖。"

"诺奖？"安德逊盯着他。

他悄声说道："诺贝尔奖。只是谣言，你知道的，但是——"他耸了耸肩。

"哈。"

"他最近的研究确实是具有开拓性的。它们真的改变了我们对大脑的现有看法。我们都很自豪。"

"哈。"安德逊再次说道。那个男人斜着眼看着他，而他能一眼看穿那个男人在想什么——你本可以成为其中的一部分，你本可以做出些什么，如果你没有莫名其妙地偏离方向的话。你本可以改变人的生命。

他们都这么觉得，安德逊意识到。他们一直都这么想，只是他一直都太忙，以至于没有认真权衡过。他环顾四周，看着所有正在聊天和吃饭的同事，银色餐具叮当作响。大部分是医生，谨慎却善于健忘的人们。他甚至能通过他们将叉子插入烤过的通心粉的姿势来觉察到他们自命不凡的氛围。他认识他们中的一些人十几年了，并一直都认为这是他所属的团体——这些他忘掉名字的陌生人，这些不想跟他有一点儿关系的人。

"所以你的灵魂事业开展得如何？发现任何新灵魂了吗？还是旧灵魂？"那个无名之人自己笑了起来，"其实，我一直都想给你打电话来着。科琳发誓说我们的阁楼闹鬼，我告诉她应该来找你。'杰会帮你查个水落石出。'我跟她说。因为，有可能只是松鼠。"他眨了眨眼。一个对一切都感到很满意的男人。在他的信念中，他的工作是有价值的，而安德逊的没有价值。

如果是其他时刻，安德逊会点点头，关注力会在别处，会让其他人的嘲弄落在他不得不打造的礼节的外壳上。他通常的回答会是假装没有听出那些探究背后的幽默，并用他工作上一个极其严肃的讨论来回答他们，就好像他的数据真的有可能引起他们的兴趣，就好像他仍然能改变他们的想法一样。"那么，实际上，我最近在斯里兰卡有一个有意思的病例……"他也许会这么说，一直说到他们眼里的嘲弄变成无聊。

而如今，他直视着眼前这个熟悉的但无名的男人发亮的小眼睛，脑海中浮现出一句话，而他说了出来："去你妈的。"这是他这段时间以来说过的最流畅和精练的话。

那个男人微眯着眼睛。他张开了嘴又闭上了。他往嘴里舀了一些汤，他的脖子和脸颊上浮现出红色斑点。他用纸巾擦了擦嘴。有那么一小会儿，他什么都没说。然后，那个男人说："噢，天——那是拉特纳吗？我已经连着好几个星期试着联络他了！"他拿起散落着没吃完的午餐的托盘，急忙离开了安德逊的桌子，去寻找更有利的地方了。

安德逊从他盘子下抽出了关于拉威尔的文章，摊平放好，再次开始阅读起来。他低下头看着正文，希望能看到"走开"的通用符号。这一周他已经试了三次去阅读这篇文章，但是发现他的脑子奇怪地抗拒完成这个任务。

……控制口头（语言）和音乐思维的大脑半球为拉威尔理解和创作能力的分离提供了解释……

也许他在拒绝接受现实，所以他无法读完这篇文章。也许失语症在阻挠他试图理解它的进展的不同方面。如果不是他感到很懊恼，其中的讽刺意味也许会让他莞尔一笑。

在圣让德吕游泳，拉威尔——一位杰出的游泳者——突然发现他无法"协调他的动作"……

圣让德吕。他也去过一次那个海岸，很多年前，在他的蜜月期。他和希拉一直沿着法国海岸行驶。他有两周的假期，并保证不会提起实验室或实验鼠。通常没有话题让他感到既困惑又自由。他们吃着并聊着食物，他们游泳并聊着海水和夜晚。

他们当时住在海边的一座白色的大酒店，叫作什么大酒店或者其他的。上下浮动的渔船。水上的月光，在空气中，从希拉的雪白肩膀上反射出来。没有什么比得上那里的月光，就如所有画家所知道的那样。

他试着再次将注意力集中在文字上面。

……拉威尔——一位杰出的游泳者——突然发现他无法"协调他

的动作"……

当时他是什么感觉——当他突然发现无法控制自己的身体的时候？他会觉得一切都结束了吗？他有没有在水里胡乱挥动，甚至下沉？

拉威尔得的是中强度的韦尔尼克失语症……对语言的理解能力保留得比口语或写作能力多……音乐语言能力受损不小……其中有个显著的差异是音乐表达能力（写作或乐器）的丧失和音乐思维的相对保留。

一个显著的差异，他想着，他们应该在我的墓碑上写下这句话。他让自己再次读了一遍那段话。

有个显著的差异是音乐表达能力（写作或乐器）的丧失和音乐思维的相对保留……

那就意味着，那些文字终将在安德逊的脑海里沉没，就如他正在辨认自己写下的文字。拉威尔可以继续创作管弦乐作品，他可以在脑子里听见它们，但是他不能表达出来。他不能写下音符。它们永远被关在里面，只为一位唯一的观众演奏。

尽管患了失语症，拉威尔还是能很轻松地识别曲调，尤其是他自己的作曲，可以很容易地指出错误的音符或节奏。声音价值和音符识别能力被完好地保存下来……失语症让分析辨认能力——看、听写和说出音符——几乎不可能存在，会出现一种无法想起音符名字的症状，就如普通的失语症会让人"忘记"一些常见物品的名字一样……

咖啡厅里，隆隆作响，前台收银的叮当声、托盘的碰撞声，在这些声音之下，他听到了一阵连续的鼓声，象征着他的未来，正在向他走来。也许拉威尔创作出另一个杰作，一首更好的波列罗舞曲。也许他在脑海中构建了它，一个小节接一个小节，但是发现自己无法写出一个单个音符，来唱出一段简单的旋律。从早到晚，那些旋律会在他脑子里循环播放，以一种只有他能掌控的方式精确地连接与分开。从早到晚，旋律从他的咖啡杯上缓缓上升，在他淋浴时从水龙头上泻下来，冷热交替，纠缠又分离——被囚禁着，却无法停止。

难道那还不够让人发疯吗？

难道他当时彻底消失在海里不是更让人解脱吗？

如果他没有大声呼喊——如果他们没有看见他——他会开始下沉。他的四肢最终会停止胡乱挥舞，自然而然的求生冲动会慢慢被海浪的平静所淹没，太阳的光辉洒在海面上……他本可以放松下来，之后，让他的身体下沉——也带走所有未完成的协奏曲……所有一切都消失了，瞬间。

那并不需要太费力，安德逊想着。他本可以简单地放松对生命的执着。他本可以放弃自己。

有那么一刻，安德逊感到一阵轻松之意，让他的心情平复下来。他本没必要读那篇文章，他想道。他本没必要做任何事。

他本可以让一切顺其自然。

但是想继续下去的欲望在敲打着他，就像一名拳击手倒在地上失去掌控，无法冲出拳击场来重新调整自己。他铺开他面前的纸张，集中注意力，再次开始阅读起来。

当珍妮半拖半哄骗着诺亚走在街上时，路边的瓦斯灯在三月的潮湿混乱里闪烁着，仿佛一座遥远的指明方向的灯塔。他的露指手套掉在路上的某个地方了，而他冰冷的手紧握着她的手，将她往下拉扯，让她难以前行。

她从信箱里拿出了一大叠潮湿的、乏味的信件（更多的是账单和二次通知），并迅速地关上了大门，将雪挡在外面。

屋内很温暖，在地铁的高峰和大风的噪声之后，只剩下几乎让人不安的安静。他们两个人在房间里茫然地站着，诺亚看起来昏昏沉沉的，沉默寡言。她关上了木质百叶窗，只留下落地灯暗淡的黄色光亮，并将他放在播放着 DVD 的沙发前："看，宝贝，是你最爱的小丑鱼尼莫！"然后，她将他的一叠棒球卡片放在他的腿上。他最近像现在这样的状态越来越多，他的欢呼很压抑，仿佛来自医生办公室的阴沉声音已经深入他的骨子里。他一言不发地坐着看他的动画片，他也没有想要起来玩耍或者在房间里抛球。

她无法驱除寒意，她的牙齿仍在打颤。她是多么希望这次能成功。她本来很确信这次找的医生会为他们改变一切。

她烧了一壶水，为自己泡了一杯茶，为诺亚准备了一杯奶油糖果热可可。她在马克杯里放了很多棉花糖，以至于快要看不见杯中的液体了。她盯着像白色的小牙齿般的微小糖果在起泡的褐色可可中欢快地上下浮动，然后急忙弯下腰从通道的边界穿过并走向客厅，蹲坐下来，这样诺亚就看不见她在哭泣。振作起来，珍妮。就像将一只号叫的猫塞进一个包里，不过她做到了。她压下了啜泣，让它在胃里翻滚着，并站了起来。从后窗看去，雪一直在下，落在后院里。

当她拿来热巧克力时，诺亚正安静地坐着，看着动画片，并将他的小手放在塑料活页卡片上，他金色的脑袋向后靠在沙发上。过去的四个月是情感上的不断尝试和工作上的惨重损失，但是她得承认她已经习惯那个金色的脑袋总是在她视线范围内来回晃动，知道他就在身边的欣慰感。三个保姆和两所幼儿园已经退掉了，在最后一次惨败（诺亚从娜塔莉幼儿园的大门冲出去，一直走到弗莱布许大道，离川流不息的车辆只有几英尺远）之后，她就放弃了，并将他和他的新保姆请到她的办公室里玩。他们足够安静地（实在太安静了！）坐着，用他的乐高玩具拼东西，而她的助理皱着眉头在做设计，珍妮则努力想把她现有的项目多完成一点儿。

她来到沙发前，坐到他的身边，手中握着茶，试着取取暖。她甚至都不介意他身上的味道——如今诺亚走到哪里都带着那个病态的发甜的、微微凝固的味道。

她觉得兰森医生已经足够友善了，当然他也应该如此——以每小时三百美元的价格来说。他拿出时间来与诺亚谈、与她谈，但是到最后他与其他人并无区别。他也没有答案给她。他会提醒她再等等。

但是等待正是她所做不到的。当她向他解释这一点时，他则为她推荐了另外一名心理医生的名字，以防她自己需要治疗……仿佛在治疗上花费更多钱是他唯一能给出的答案。

"我们现在已经做了三个月的疗程了。"她说道，"而这就是你能告诉我的？他每晚都做噩梦，白天经常哭泣。而让他洗澡简直是不可能的。"

迈克·兰森医生轻轻地在波斯地毯上拍打着他的黑色皮革运动鞋，厚厚的镜片得意地架在他渐秃的头上。他看起来并不像纽约最杰出的儿童心理学家之一——不管《纽约》杂志上怎么写的。他坐在皮革扶手椅里，手指交握，毛毛虫般的两条眉毛长在他谨慎、粗睫毛的眼睛上方。即使在每一个疗程中都回答过他的问题，她仍然感觉到他在权衡是否她才是所有问题的根源。

"诺亚已经开始逐渐信任我了。"他小心地说道，"他开始诉说更多关于他的幻想。"

"他的另外一个母亲？"她的双手时而紧握，时而放开。她把双手放在膝盖上。

"那个，还有其他事情。"

"但是为什么他会想象有另外一个母亲？"

"通常这些幻想是由家里发生的事情导致的。"

"如你所说，但我们已经讨论过这点了，家里什么都没发生过。"

"没有超常的压力？"

她发出轻微嘶哑的笑声。没有什么不是你们导致的——医生。她说："治疗开始之前什么都没发生过。"事实上，她已经快要花光她的积蓄了。她已经将她的个人退休金取现，并且花了她母亲留下的为诺亚上大学准备的一点儿遗产（她现在的目标只是让他能够平安地去上幼儿园）。这个月她不得不取消了和四位潜在客户的会面，因为她不能带诺亚去会面或是去现场参观，而她本身也没有多少时间，时间都用来带诺亚看医生了。不久之后，她将没有工作，没有工作，就没有办法来支付医疗账单，也仍然没有答案。

这些月来，她一直在带他去看别的医生：神经学家、心理学家、精神病学家。诺亚和珍妮都很厌恶这些，漫长地乘坐地铁，在拥挤的办公室里无尽地等待，诺亚没精打采地翻着一本《霍顿孵蛋》，而她也翻着一本《时代》杂志一年的合集。那些医生和他聊天，对他的脑子做检查，他们再次检查了他的肺（是的，他有哮喘，但是，很轻微），接着他们让他去了隔壁房间，并和她谈话，到了最后，她会既释然又沮丧地发现他们什么都没发现，也就什么解决方法都提供不了，除了保证会有更多的检查之外。而与此同时，她一直在等兰森医生的治疗时间空出来，因为他理应是最好的医生。

"我到现在已经去看了三个专家、两个心理医生了，再加上你。却没有人能告诉我到底是怎么回事，甚至没有人能给我一个可能的诊断。"

"这个孩子才四岁。对于获得一个准确的心理健康的诊断来说，他太小了。"

"医生，我甚至都不能给我的孩子洗澡。"她最后一次尝试，是在一周之前，他已经使自己进入到一种状态，可以触发哮喘。

这是他十八个月以来的第一次哮喘发作。她将喷雾器对着他的脸，他不规律的呼吸声在她耳边放大开来，就像失败的声音。她对自己做出承诺：她不会再继续等他好转。她现在就会倾尽所有来帮助他。

"行为疗法也许会有帮助——"

"他做过了，没效果，什么都没效果。医生——麻烦您了。您做这一行很多年了，您有没有碰到过跟诺亚类似的例子呢？"

"我想想，"兰森医生向后靠去，将双手放在他宽大的灯芯绒膝盖上，"也许曾有那么一例。"

"曾经出现过类似的例子？"珍妮屏住了呼吸。她不敢直视他的眼睛，转而将视线集中在他的鞋尖上。兰森医生跟随着她的视线，他的眉毛皱在一起，他们两个人一起看着他的黑鞋子在波斯地毯的红色方块上轻踏着。

"那是我很多年前在贝尔维尤医院当住院医师的时候。那里有个小孩经常提起他在战争时期所受到的创伤。他会画跟刺刀有关的暴力图片——强奸。"

她打了个冷战。她可以看到那些画仿佛就在眼前——用红色蜡笔画的血，张大了嘴的简单的人物线条。

"他来自新泽西州的一个小城镇，据所有人说，他来自一个充满爱心的、完整的家庭。他的家人对天发誓，他从来没有见过任何他画的那些景象。那非常让人惊恐。他只有五岁。"

一个和诺亚相似的例子。关于诺亚谜题的碎片终于开始慢慢拼凑在一起了，形成一幅画。她心里感到一阵轻松，但也有一丝不祥之兆。

"那他的诊断是什么？"

那位心理医生皱了皱眉："他比诺亚稍微大一点儿，但是对于确诊来说还是太小了。"

"诊断是什么？"

"儿童期初发精神分裂症。"他将毛衣搭在肚子上，仿佛他说出的话让温度下降了几度，"当然这很少见，当孩子这么小的时候。"

"精神分裂症？"这个词在刚刚变冷的空气里悬挂了一会儿，像一根锯齿状的冰柱闪烁着，在理解降落之前闪烁着，"你认为诺亚得了精神分裂症？"

"他太小了，就像我说的，难以得出一个适当的诊断。但是我们必须考虑它。我不能排除它。"他的眼睛在粗睫毛之下坚定地看着她，"随着时间增长，我们会了解更多。"

她向下盯着地毯。地毯上深红色的图案很密集，深不见底，方块之中又见方块。

他停了片刻，说："有时候会存在遗传成分。你说过你对他父亲的家庭完全不了解？"

她痛苦地摇了摇头。在多年来毫无结果的零星的夜间谷歌之后，她试着认真地搜索来自休斯敦的杰夫。一周之前，她更进一步了——她把两天之中最好的时间用来浏览过去二十年来每个记录在案的罗兹学者。她集中寻找每一个杰夫，来自得克萨斯州或其他州的每位学者，结果是没有人看起来稍微像一点儿那个告诉她自己叫杰夫的男人。她曾给特立尼达拉岛的酒店打电话，但是现在那里变成假日酒店了。

所以杰夫——如果他真的叫杰夫的话——并不是一位罗兹学者。他或许也没有去过牛津大学读书（她也在牛津大学贝利奥尔学院的名单里搜过他，一无所获），也许他甚至都不是一个生意人，他编造了这一切——但是为什么呢？她想过这是为了要引起她的注意，但是现在她想知道的是：他有没有经历过一个全面爆发的精神病的困境呢？

珍妮感到医生目不转睛地注视着她，就像一只棕色多毛的蝙蝠悬在她的上方，但她无法抬眼去看他。她看向膝盖，穿着灰色的连裤袜，她突然觉得她的膝盖看起来很可笑，那种灰色，那种圆形。

"我知道你想要答案。"兰森说着，"但这是我们能做到的最好的了。随着治疗的进行，我们能够也将会重新评估。与此同时，我们可以尝试各种抗精神病的药物。我们可以给诺亚开很小的剂量。如果你愿意的话，我可以给你开一张处方。"

那些话从她脑子中划过，仿佛它们在缓慢地冻死，但是那个词——药物——珍妮被震醒了。

"药物？"她抬起了头，"但是他才四岁！"

医生很抱歉地点点头，摊开了手掌："那些药也许可以帮他过一种更正常的生活。我们会每几个月重新评估一次，直到我们把握了准确的剂量。当然还有，我会一直让他过来。一周两次。"他从旁边桌上的笔筒里拿出一支圆珠笔，开了一张处方。

他从纸板上抽下那张纸递给了她，仿佛这是日常生活的一部分。他的脸色在这爽快中看起来很糟糕。"要不你花些时间好好考虑一下，"他说道，"我们下周再谈。"他伸出的手里拿着那张抗精神病的处方。珍妮有一种奇怪的、难以抗拒的欲望，想在他面前将它揉成一团。但是，她拿了过来，并将它塞进了口袋里。

现在，珍妮舒服地坐在她儿子旁边，忍耐着将他拉到她的腿上并不断亲吻他脑袋的冲动，说："感觉还好吗，小臭虫？"

诺亚心不在焉地点点头，他的脸上被热巧克力浸出了小胡子，眼睛盯着电视屏幕。

她的电话振动了——但不是来自心理医生，为诺亚找到了一服中药或 ω-3，而是来自鲍勃的一条短信——这个男人，在所有人之中，数个月前，是她原来的网上调情对象。

"嘿！事情好转了吗？想不想再试试？"

她短促地笑了笑，一种大声、悲伤的笑，像一只沮丧的海豹的鸣叫。之后她没有回复便关上手机，抿了口茶。然而，这对她一点儿好处都没有。她需要更有力的东西。

那晚，珍妮让诺亚早早入睡了。他处在一种想要拥抱的情绪里，用手臂将她的头拉低，亲吻她的唇，他的手指在黑暗中轻轻擦过她的脸。

"这是你身上的哪一部分？"他悄声说道。

"那是我的鼻子。"

"这个呢？"

"那是我的耳朵。"

"而这是你的头。"

"是的。晚安，小臭虫。"

"晚安，妈咪。"他打了个哈欠，然后（她知道它会到来，总是这个时候，当他已经一半入睡，而她想着也许这一次会有所不同，也许这次他不会这么说）说，"我想回家。"

"你已经在家里了，甜心。"

"我的另外一个妈妈什么时候来？"

"我不知道，臭臭。"

"我很想她。"他的脑袋转到枕头里面，离她远远的，"我真的、真的很想她。"他的身体开始发抖。

尽管这是一个幻觉，但他的悲痛是真实的。她见过了足够多的悲痛，所以知道。"你很受伤，是吗？"她轻轻地说。

他转向了她，嘴巴瘪着。他用手臂环住了她，而当他哭泣的时候，她将他的头靠向她的身体，让他在她衬衫上擦着鼻涕。

"我真的很抱歉，宝贝。"她低声说道，轻拍着他的头。

"我太想她了。"他现在真的哭了起来，从他胸膛里完全发出了巨大的喘气声和抽泣声，仿佛一股浓烟。任何人都会觉得这是一个心碎的小孩，一个被抛弃的小孩。然而她从来没有一次让他一个人过夜。"让它变好吧，妈咪。"

她在这件事上别无选择："我会的。"

珍妮走出了房间，感到自她母亲去世后前所未有的悲伤。她把电脑拿到了厨房里，拿出了利培酮的药方。然后她拿出了一个杯子和多年前一位客户送给她的一瓶波旁威士忌，喝了一大口。

杯子上有个猫咪追逐蝴蝶的图案，这是一个以为她养了一只猫的同事送的。今晚看起来令人欣慰，就像来自一个本不相信但还是放进口袋里的幸运饼干的乐观运气。波旁威士忌在她腹部温暖地打旋，在她恐慌的脑子里跳了一支烟雨朦胧的舞蹈。

她将电脑拿过来，打开了搜索窗口。

止汗药的功效。

不是。

抗精神病药对孩子的功效。

心理医生给儿童开这类药，是在某些严重的情况下，当他们认为好处大于风险的时候……同时，关于这类药与死亡、危险、副作用有关的报告在增加。在一份来自《今日美国》的研究中，美国食品及药物管理局从 2000 年至 2004 年收集的数据显示，美国食品及药物管理局数据库里列出的非典型抗精神病药是起码四十五例儿童死亡案例的

"主要嫌疑"。其余还有一千三百二十八项关于糟糕的副作用的报告，其中有些是威胁生命的。

我的天！不！

在服用抗精神病药后，一个人会失去自我的意识，头脑不清，情绪被毁，记忆丢失，这些都是治疗的后果。

她快速地关上了网页，打开了另一个窗口，又一个。打开一个接一个的窗口，每一个都面临着某些新的惨状，直到瓶里的波旁威士忌渐渐被喝光，而她的眼睛感觉在流血一般。

她含住了酒，感受着液体在燃烧着她的舌头。杯上的猫咪如恶魔一般，或者说，很平常。随时随地，它都有可能猛扑上去，用牙齿将那只美丽蝴蝶的蓝色翅膀撕成碎片。

她搜索利培酮并浏览列出来的副作用：困倦、头昏、恶心……一直往下。当她终于看完了，她感到头晕、恶心、焦虑、出汗、发痒、发热和肥胖。她的头在旋转，虽然也有可能是酒的作用。

她想到，她那么努力去为她的孩子提供健康的食物，大豆奶酪比萨，有机豌豆、花椰菜和小萝卜，奶昔，无激素牛奶，绿叶菜……她将加工食物减到最低，在一周之后丢掉万圣节糖果。从不让他吃在公园里贩卖的冰棍，因为它们添加了红色和黄色的色素。然后你们就给他吃这个？

她拿过那张处方并将它揉成一团，又在桌上将它摊平并盯着它看。过了一会儿，她站了起来，将那瓶波旁威士忌放回橱柜里。

她想过跟一个朋友打电话让她过来，来安慰她或给出急需的建议，但是她无法忍受将那份诊断分享给任何人，去听到她自己的恐慌从电话里传过来。

她一直都认为自己是一个成功的人。她会努力工作，白手起家，建立自己的事业，甚至在经济困难时期存活下来；她独自养大了诺亚，为他们两个人创建了一个舒适的家。如今她在唯一重要的事情上面失败了。

她在笔记本电脑上又重新打开了一个窗口。她盯着闪烁的光标看了一会儿，然后向网络上的众位大神发了一个信号：

求助。

她确信她不是第一个，也不是最后一个，去谷歌上求助的人。

披头士乐队，求助，视频网。

电影《帮助》，PG13级剧情片。背景是二十世纪六十年代的密西西比州，一个南方社会的女孩从大学回来，立志要成为一名作家……

帮助网站。我是地平说学会的一名成员，我要做一个关于为什么其他人无法相信地球是平的演讲……

她将头放在键盘上休息，又抬了起来，手指在鼠标垫上移动着，对着这部机器里的鬼魂讲话。

我甚至都不知道该问什么……

我如何邀请一个女孩去返校节？

我的儿子想要另外一个母亲……

妈妈们可以管教别人家的小孩吗？

另一种人生……

维罗尼可斯姐妹——"在另一种人生中"——歌词——视频网……

在前世，一个关于死而复生的纪录片，包括免费流媒体采访……

哈，一个新时代的医生。在过去一年里，她在母亲的生活中已经看过太多类似的纪录片了。她母亲曾是一个务实的人，有一大堆务实的朋友，但是当她确诊之后（白血病，最糟糕的一种），她所有的朋友立马都知道了。一个接一个，他们上门拜访，并带来了中国顺势疗法的棕色粉包、关于墨西哥疗程的水晶、纪录片和小册子，而珍妮和她母亲尽可能地以此作为乐趣来接受。她会花好几个小时坐在她母亲的床边，和母亲一起看那些电影，取笑它们的时候，紧握着她母亲的手。关于精神通道、炼金术治疗、萨满击鼓的纪录片，一个接一个，尽是胡言乱语。珍妮边哭边笑地听着她垂死却坚强的母亲用尽最后一点儿力量去嘲弄那些俗气的画面，电影中的沙滩和彩虹，展现了它们所不可能传递的希望。那是珍妮人生中最美好的一段时光。不知何故，她母亲的嘲弄让她相信母亲并不需要那些古怪的东西，她会依靠纯粹的意志和现代医学生存下来。她们同时还尝试了另外一种实验性疗程，比那个让她产生无比痛苦的腹胀要好些。这就足够了。

然后，是的（她点击视频网上的链接，渴望她自己从现在的恐怖和同样难以忍受的过去中分心出来，去找一些东西，可以让她沉重的脑子轻松一点儿），好，那里有一个，这里也有……那个关于大海波涛的老一套摄影……出现了太阳和瀑布……当然了，还有长笛，以及同样低沉的声音的旁白……是同一个人吗？那是他一生的工作吗？为新时代的纪录片做旁白？

"一个生命与死亡以及生命重新开始的庄严循环，每一阶段都有自己的启示……"

生命的庄严循环……

噢，她母亲会对那句话发笑的。"你觉得那句怎么样，妈妈？"她大声说道，用假装的洪亮的声音背诵着那些词，"生命的庄严循环！"

她停顿了一会儿，仿佛在给她母亲一些时间来回答，而她心里很清楚，周围并没有人。

"在美国，一些具有开拓性的科学探索者一直在研究死而复生……"

"探索者，妈妈！"她喊道，明白她没有逗笑任何人，连死者都没有，但是这也阻止不了她的尝试。要么是这样，要么就是开始哭泣，而她知道那样不会有任何好结果，"他们是探索者！"

"这些探索者之中最出名的是杰罗姆·安德逊博士。"

"我打赌他是一名博士！他得了什么，庸医的博士学位？"她打了个嗝儿，大笑着说。

"……多年来，他一直在研究似乎可以回想起前世生活细节的小孩子。这些孩子，一般才两到三岁，会提到关于想念他们原来家庭和亲人的特定细节——"

珍妮按下了暂停键。房间安静下来。

明显地，她听错了。她将视频后退了一点儿。

"杰罗姆·安德逊博士，多年来，他一直在研究似乎可以回想起前世生活细节的小孩子。这些孩子，一般才两到三岁，会提到关于想念他们原来家庭和亲人的特定细节——"

她再次按下了暂停键，而这一次一切都暂停了——移动的画面、她的意识、她的呼吸，在她胸膛里，心跳仿佛也暂停了。

在屏幕上，她可以看见一个头的轮廓，肯定是安德逊博士的。他有着黑色的卷曲头发和一张棱角分明的脸。他正在和一个看起来来自南亚的小男孩讲话，约莫三岁，穿着破烂的裤子。在他身后，砖块在红泥上砌成了一道墙。画面看起来很粗糙，仿佛是多年前拍摄的。她一直盯着屏幕，盯得久到眼前的画面变成了别的：男人，男孩，地点，时间。

但是这个……很荒谬。

在屏幕上，那个小男孩面对着成年人。他看起来极度不自在。他可能得了痴疾，她想。

她又重新放了一遍。

"杰罗姆·安德逊博士，多年来，他一直在研究似乎可以回想起前世生活细节的小孩……"

她不会上当的。是那瓶波旁威士忌在起作用了，削弱了她的判断能力。

她将那个画面暂停住。

她曾经亲眼见过那些善于操控人心的人是如何欺骗轻信者的。她知道没有什么是绝望之人做不出来的。而她现在不是如此吗？

然后她听见了。

现在去诺亚的房间还没有用，或许可以试着叫醒他。她了解规则。十分钟之后，呜咽声会变成尖叫声，尖叫声会变成"妈妈，妈妈"。

她会发现他在被子下扭动着、挥舞着、尖叫着："放我出去，放我出去，放我出去！"

没有比看着自己的孩子在黑夜里崩溃而无法阻止更糟糕的事了。任何事都能让人好过些。

甚至药物？甚至这个？她看着屏幕上的画面。

啜泣声越来越大，音调逐渐升高。马上他会叫唤她，而她会走到他床边，并试着徒劳地安慰他。他睡着了，被汗湿透了，他会在她怀里剧烈扭动。

那个博士和小男孩仍然在那里，在她的电脑屏幕上冻住了。她拿起了处方，并放在摊平的手掌上。

来个人告诉我到底该怎么做，她想。

她坐在厨房的桌子旁，对着电脑，手里拿着处方。她的儿子在梦中哭泣着。她盯着屏幕上的画面，想知道什么时候它会不再具有那股魔力。

Purnima Ekanayake，来自斯里兰卡的一个女孩，一出生，在她左胸膛和下肋骨上便有一组浅色胎记。当她在两岁半到三岁之间时，她开始谈论前世的生活，但是她的父母刚开始并没有注意到她的言论。当她四岁时，她看到一档关于卡拉尼亚神庙的电视节目，那是一座距离她们家一百四十五英里远的著名寺庙，她认出了寺庙。之后，作为校长的父亲和作为老师的母亲带了一组学生去卡拉尼亚神庙。Purnima 也去了。在那里的时候，她说她在寺庙旁边的河流对岸居住过。

六岁时，Purnima 已经提过二十来次关于她的前世生活，描述了一个制作焚香的男性在一次交通意外中去世。其中她提到两个焚香品牌——安碧佳和盖塔皮查。她的父母从来没有听说过这些，而他们镇中没有店贩卖那些牌子的焚香。

一位新老师来到 Purnima 所在的镇上教书。他周末回到卡拉尼亚和他妻子一起生活。Purnima 的父亲告诉了他 Purnima 说过的话，而那位老师决定去卡拉尼亚核查是否有逝去的人知道她的叙述。那位老师说 Purnima 的父亲给了他以下内容：

她曾在卡拉尼亚神庙边的河流对岸居住过。

她曾制作过安碧佳和盖塔皮查焚香的木棒。

她曾在自行车上贩卖焚香木棒。

她在一场涉及巨大汽车的事故中去世。

之后，他和并不相信死而复生的他妻子的弟弟去核查是否有那么一个人和她的叙述相符。他们去了卡拉尼亚神庙，并坐渡船过河。在那里，他们询问关于焚香制作者的事，并打听到有三家小型的家族焚香产业，其中的一个老板称呼他的品牌为安碧佳和盖塔皮查。在两年前 Purnima 还没出生时，老板妻子的弟弟，也是他的同事——Jinadasa 在送焚香木棒去集市的路上被一辆巴士撞死了。

之后，Purnima 的家人马上拜访了那位老板。在那里，Purnima 做出了关于家庭成员和其生意的各类正确的评论，而老板则接受她是 Jinadasa 的重生。

珍妮合上了她手中的书，并为晚餐而皱眉。她在等待一个她不认识的男人，他的研究要么是打破思维的，要么是纯粹胡扯，而他如今手中掌握着诺亚的未来，但她甚至都不能读完他的书。

　　她试过了。这本书看起来很严肃——她得在网上预订，因为二十年前出版此书的学术出版社已经破产了，而买纸质书花了她整整五十五美元。这两周，她一再尝试着读这本书，就如她计划的这次会面一样，然而无论什么时候，当她专心致志地阅读安德逊的某个例子时，她的脑子就开始充满疑惑。

　　这本书里写满了案例研究，来自泰国、黎巴嫩、印度、缅甸和斯里兰卡的孩子们做出关于他们有其他母亲或其他家庭的陈述。这些孩子会有和他们家里或者乡村文化不一致的表现，并且有时候会对住在几个小时路程之外的陌生人产生强烈的依恋，似乎他们前一世就认识那些人。他们通常有恐惧症。这些案例都十分令人信服，并有种奇怪的熟悉感……但是它们怎么会是真实的呢？

　　她发现自己重温这些相同的案例后，并没有弄清楚到底是该相信还是不该相信。到最后，她完全不能阅读它们，只能单纯地吸收，像一阵湿冷的薄雾，让人觉得深深不安。那些似乎记住了前世的孩子原来在亚洲某处贩卖茉莉花或者在农村种水稻，直到他们被一辆摩托车撞倒，或者是被一盏煤油灯烧死——和诺亚一点儿关系都没有（或者完全相关）的生活。

珍妮的手指滑过她儿子柔软的头发，仅有的一次对他们头上固定在墙上的电视表示感激。（什么时候那些加入到机场的餐厅会假设它们的顾客需要无尽地盯着电视屏幕？）她从文件夹里抽出她从电脑上打印出来的资料，再次看着那位医生的资料：

杰罗姆·安德逊

医学博士：哈佛医学院

文学学士：耶鲁大学，英国文学

哥伦比亚长老医院任精神科住院医师

纽约

康涅狄格大学医学院任精神病学教授

罗伯特·B.安斯利

心理学和神经行为学教授

研究前世人格的学院，康涅狄格大学医学院

这些话的意思足够清晰，而她紧抓着不放的是：一个受过教育的人。她只不过是在咨询另一位专家的意见罢了。不过如此。而他使用的方法并不重要，只要他能获得结果。也许这位医生拥有特别的能够抚慰孩子的方法，就像有些人能够安抚马一样。这是一个实验性的疗程。你总是会读到像那样的内容。诺亚得了什么病并不重要，或者安德逊认为他得了什么病也不重要，只要他被治好。

她浏览着为诺亚整理好的文件夹。当她企图赢得新客户时，用的也是同样的文件夹，只是里面是镇上的房子和公寓，而这本里面的每一部分都被彩色标签标注好，表明诺亚一年的生活。文件夹里包含了诺亚所有的信息，他说过的和做过的所有古怪的事，除了一件关键的事。她没有提到兰森医生及他的可能诊断，担心安德逊可能会回避接诊或有精神疾病的孩子。

在一家生意很好的餐厅见他是一件很古怪的事。安德逊医生提议过在她家里会面——这是他通常的方案，会让孩子更舒服一些——但是她需要首先了解一下这个人，快速地检查检查，所以他们最后折中，约好在拐角的餐厅见面。但是，什么样的医生会做家访啊？也许他终究还是个庸医。

"齐默尔曼女士？"

一个男人站在她面前——一个又高又瘦的人穿着超大的深蓝色羊毛衫和卡其布裤子。

"你是安德逊博士？"

"杰里。"他短促地笑了笑，闪过一排白牙，并向她伸出了手。之后，诺亚将视线短暂地从电视上移开，并用他的小手轻触了一下安德逊的大手。

无论她之前期待的是什么（很专业的一个人，也许有点儿书呆子气，有着立体的轮廓和她在视频里瞥见的黑色卷曲头发），但这个男人并不是。这是一个消瘦到只剩精华的人，有着高高的颧骨和埃及猫神的发光眼睛，以及渔夫般饱经风霜的皮肤。他肯定曾经英俊过（他的脸有一种原始的美），如今却显得异常朴素，就好像他在很多年前就把英俊留在了路边，就如一件他并不需要的东西一样。

"我很抱歉——如果我冒犯了你，只不过在视频上你看起来——"

"年轻些？"他朝她的方向稍微弯了下腰，一丝微弱的气味从他身上散发开来。她感到那简洁、从容的外表下面似乎有着不墨守成规的特征，"时光飞逝啊。"

就假装他是一位客户吧，她告诉自己。她转换了模式，露出了职业性的微笑。"我有点儿紧张，"她说道，"这并不是我通常会做的事。"

他坐在她的对面说："这是件好事。"

"是吗？"

他的灰色眼睛真的是不正常的明亮。"这通常表明案例会更有力一些。不然你就不会在这里了。"他清晰地说着，每一个词都清楚地发音。

"我明白了。"她还没有习惯把诺亚的病当作一个可能"有力"的"案例"来看。她本可能会反对这个说法，但女服务员（紫色头发，忙碌着）已经在发放菜单了。当她转身回到厨房时，一个用哥特字母印的 YOLO 文身在她肩上苍白的皮肤上凸显出来。

YOLO，一句口号，一句战斗口号，玩滑板的人口中的及时行乐——你只活一次。

但是这是真的吗？

这就是问题所在，不是吗？她从来没有很深刻地想过这个问题。她一直没有时间或倾向去思索其他的人生——这一生去经营它已经足够困难了。这是她所能做的全部，去为他们的食物、租金和衣服付账，努力给诺亚关爱和教育，让诺亚刷牙。而最近她几乎没有完成好其中的任何一件。这次必须成功。她没有别的选择了，除了给她四岁的孩子吃药之外。但是她一直在想什么呢？

噢，对了。其他的人生。而她并不确定自己相信这个。

然而，她还是来了。

安德逊在桌子对面满怀期望地看着她。诺亚在看电视，在他餐桌垫上信手涂鸦着。那个信奉只活一次的女服务员过来帮他们点单，又像一阵阴沉的紫色云朵离开了。

珍妮伸出手轻轻地碰了碰她儿子的肩膀，仿佛在保护他免受那个人热情的劝说——"听着，诺诺，为什么你不去柜台旁边站一会儿，并在那里看球赛？那里可多了。"

"好啊。"他从椅子上滑了下去，仿佛很开心被释放了。

随着诺亚渐渐听不到他们的说话声，她的身体似乎缩进了座位里。

柜台附近的电视上，有人来了个全垒打，诺亚和这里的常客们一起欢呼着。

"他喜欢棒球啊，我发现。"安德逊说道。

"当他还是个婴儿的时候，这是唯一能让他平静下来的方式。我曾叫棒球比赛为婴儿安眠药。"

"你也看吗？"

"不会专门去看。"

他从公文包里拿出了一个黄色便笺本并做了些笔记。

"然而我没看出来那有什么不同寻常的，"珍妮继续说道，"很多小男孩都喜欢看棒球，不是吗？"

"他们当然喜欢了。"安德逊清了清嗓子，"在我们开始之前，我敢肯定你有些问题想问我。"

她低头看着标满彩色标签的文件夹。那个文件夹就是诺亚，她问：

"这个是怎么做到的？"

"你说医疗方案？是这样的，我会问你一些问题，然后我会问你儿子——"

"不，我是指——死而复生。"她说这个词时畏缩了一下，"它是怎么运作的？我不明白。你是说所有的这些孩子都——死而复生了，然而他们记得前一世的一些事情，是吗？"

"在一些案例中，这似乎是最为可能的解释。"

"最为可能？但是我以为——"

"我是一名科学研究者。我记录孩子们的陈述并核实他们说的，再提出解释。我不会直接跳到结论。"

但是结论正是她一直所希望获得的。她拿起了文件夹并放在胸前，从物质上获得了安慰。

"你很怀疑？"他说道。她张开嘴准备回答时，他举起一只手阻止了她，"没关系，我的妻子起初也曾怀疑过。幸运的是，我不做相信与否的工作。"他挖苦地抿抿嘴，"我收集数据。"

"数据？"她抓住了这个词，仿佛抓住了一条奔流不息的河流中的一块潮湿的石头，"所以她不再怀疑了？"

"嗯？"他看起来有些不解。

"你说——你的妻子起初也曾怀疑过。所以她现在相信你的工作了？"

"现在？"他抬头看着她的脸，"她——"

他没有想完。他的嘴张开了一会儿，似乎要继续说，让他们两个人都有点儿尴尬，然后他猛地闭上了嘴。然而那一刻已经发生了，无法收回，就仿佛他的防御，那个保卫一个人的基本天性的普通力场被莫名其妙地打破了。

"她去世了，六年前。"他最后说道，"我是说——她已经不再活着了。"

他悲恸欲绝，是这里出错了。他很孤单，他被给予沉重打击。珍妮知道那是什么感觉。她环顾四周，看着房间里正在津津有味地吃着法国吐司的孩子们，他们的父亲温柔地为他们擦去滴下的糖浆口水。那些人在对岸，而她在悲痛的这一边，和这个正耐心地等着她随便说些什么的悲伤男人在一起。

她使自己的声音放软："我们要继续吗？"

"当然。"他说着，比她想象中更有精神。他很快让自己振作起来，他脸上优雅的表情重新调整了过来。他在黄色便笺本上方举着削尖的铅笔。

"你第一次发现诺亚做出不平常的事是什么时候？"

"我想……是那些蜥蜴。"

"蜥蜴？"他思索着。

"诺亚才两岁。我们当时在自然历史博物馆。我们去参观蜥蜴和蛇的展览。而他……就……"她停顿了，"我猜用唯一的词来形容就是'呆若木鸡'。他站在第一座水槽的正前方，然后开始尖叫。我还以为出事了，然后他说：'看，一只松狮蜥！'"

她瞥了安德逊一眼，发现他十分专注地在听她说。其他的心理医生从来没有对那些蜥蜴感兴趣。他俯身做笔记，而她发现他那件柔软而昂贵的蓝色毛衣的袖子上有个十分明显的洞。也许那件毛衣跟她一个岁数了。

"我很惊讶，因为那个时候他的词汇量有限，他才刚刚两岁，说的全都是'我想要妈妈——妈妈、水、鸭子和牛奶'。"

"妈妈——妈妈?"

"他通常会这么叫我,或者是妈咪——妈妈。我猜他喜欢为我取这个独特的名字。不管怎样,我原以为那是他编出来的。"

"编出什么?"

"那个名字——松狮蜥。那听起来像是幻想,就像一个小孩凭空想象的,一条长了胡子的龙。所以我还笑话他,觉得他很可爱。然后我说:'事实上,宝贝,那是只——'并往旁边的牌子看过去,你知道的。然后不出所料,它叫作松狮蜥。"

"所以我就问他:'诺亚,你怎么知道松狮蜥的?'而他说——"她再次看向了安德逊,"他说:'因为我养过一只啊。'"

"因为我养过一只?"

"我原以为……我不知道我原以为的是什么。他只是个孩子,喜欢编故事。"

"而你从来没有养过蜥蜴?"

"天啊,没有。"他笑了,而她感到一阵舒展,一种可以自由谈论诺亚与众不同之处的轻松感,"不仅仅是松狮蜥,他知道所有的蜥蜴。"

"他知道它们的名字?"安德逊低声说道。

"那个地方的所有蜥蜴。在他两岁的时候。"

她曾经如此震惊,如此为他显而易见的智力而自豪,为他的天赋——为什么不说出来呢?他知道所有蜥蜴的名称——这是她从来不曾了解的事物。她十分激动,看着他凝视着每一座微型雨林,如此巧妙,布满苔藓,里面的居民几乎不移动,除了偶尔一弹舌头或者在原木上急促爬行一段,而他纯洁的声音在大喊着:"妈咪——妈妈,是只巨蜥！是只壁虎！那是只长鬣蜥！"她曾经欣慰地想，这样一来，以后他的人生会很清晰：拿着奖学金去了最好的中学和大学，他强大的智力让他能够畅通无阻地获得一段成功的人生。

之后，渐渐地，她的骄傲变成了困惑。他是怎么知道这些事物的？是他记住了某种图书或者视频吗？但是为什么他之前没有提起过？是什么人教他了吗？这些问题从来没有澄清过，她仅仅是接受它作为他的特别之处。

"也许在朋友家有相关的书或者视频？"安德逊现在提问道，仿佛在读取她的思维，他平静的声音将她带回了餐馆嘈杂的谈笑声中，"或者他的幼儿园？也许是他在某处看到的一些东西？"

"那就是奇怪的地方。我四处问了问——我覆盖得挺全面的。什么都没有。"

他点了点头："你介意我自己四处问问情况吗？在他的学校以及问问他的朋友和保姆们。"

"我不介意。"她斜眼看着他，"听起来你似乎在找寻其他的解释。你不相信我吗？"

"我们必须像怀疑者一样思考，不然就完全——"他耸了耸肩，"现在，你有没有发现他的行为有任何变化，在那次参观蜥蜴之后？"

"我想，他的噩梦更加严重了。"

"告诉我那些事。"说着，他的头俯向他的记事本。但是突然之间有太多太多要诉说的了。

"你也许会想看看这个。"她将象征着诺亚的文件夹放在桌子上，并向他滑了过去。

安德逊缓慢地翻着页，全神贯注地阅读着细节。这个案例没有他希望的那么有力——那些噩梦和恐水症都是司空见惯的事，如果是不同寻常的强烈的话，那个步枪和《哈利·波特》很有意思，但也是不确定的，而对于蜥蜴的知识这件事是有希望的，但是只有在他可以证明这个孩子的专业知识没有其他清晰的来源的情况下。更重要的是，没有具体的事件可以引导出他前世的性格——枪支和《哈利·波特》丛书就如空气一样，在广泛流传，而一只宠物松狮蜥也没有什么值得深入研究的。这个孩子向他的老师们提起过一座湖边小屋，但是如果没有湖的名字，那对他也没什么用。

他抬头看了她一眼，她正在用方糖建一个结构。正如大部分人一样，她是一个矛盾体：沉稳的蓝色眼睛，不安分的双手。当她看着安德逊的时候，她的眼睛在评估，谨慎小心，但是当她看向她儿子的时候，一股容易感知的暖意从她的脸上流露出来。他仍然希望她对他足够信任到可以邀请他去她家里。这家餐厅很吵，在这样的环境下，想要对一个孩子问出什么来很困难。

他看着她敏捷的手指搭建的小小的白色砖房："很棒的……"

那个叫什么？那个词突然从语言之神手中落下来，就像落入他口中的糖。"……圆顶建筑。"他继续道。起码回到对一个案例的研究上对他的词汇量有好处。他体内的小孩在她迅速拆除它的时候感到很惋惜，她将方糖整齐地放回盘里。

他抿了一口茶，并轻敲着文件夹："你整理得很彻底。"

"但是——你觉得怎么样？"

"我觉得他的案例有希望。"

她看着儿子，他趴在桌子上，全神贯注地盯着柜台旁的棒球比赛。"但是你能帮到他吗？"她低声问。

他能闻到她呼出来的咖啡味，他已经很久没感受到一个女人的温暖呼吸吹拂到他脸上了。他又抿了一口茶。当然，他之前也应对过母亲们——十几年来遇到的母亲们：怀疑的、生气的、悲伤的、轻视的、有帮助的、满怀希望的，或者绝望的，正如眼前这位。重点是要保持冷静和控制力。

女服务员的到来让他免于回答这个问题。堆起来的笑容供养着女服务员和她唯一的人生。（为什么人们会将那句话文在自己身上？难道他们真的觉得只能活一次的人生很激励人吗？）服务员皱着眉放下了一盘热腾腾的薄煎饼。

他看着珍妮叫来了男孩。

现在他能好好看看男孩了。当然，他长得很可爱，但是他眼里的警觉性引起了安德逊的注意。偶尔他眼里会出现那些有前世记忆的孩子意识里会有的其他维度，还算不上是警戒心，更多的像是一个来到新国家的陌生人在潜意识的阴影下无法克制地想家。

安德逊对着男孩微笑着。他已经处理过多少案例了？准确地说，有两千七百五十三例。他完全没有理由紧张起来。他不会允许自己紧张的，他问："哪一队赢了这场比赛？"

"洋基队。"

"你是洋基队的球迷吗？"

小男孩吃了一大口煎饼："才不是。"

"那你支持哪个队？"

"国民队。"

"华盛顿国民队？你为什么支持他们？"

"因为那是我的球队。"

"你去过华盛顿特区没？"

他母亲开口了："不，我们没有。"

安德逊努力温和地说道："我在问诺亚。"

诺亚拿起了一只勺子，并将舌头伸出去舔他碗中反射出来的失真男孩像，然后道："妈咪，我可以回去看球赛了吗？"

"现在还不行，宝贝。等你吃完了再去看。"

"我吃完了。"

"不，你还没有。而且，安德逊医生想跟你聊聊。"

"我受够医生了。"

"就再看这一个。"

"不要！"

他的声音很大。安德逊注意到附近的几位女士朝他们的方向瞄了过来，并判断着这位母亲，对她产生了一丝感同身受之情。

"诺亚，拜托——"

"没关系。"安德逊叹了口气，"我是个陌生人。我们需要更好地了解对方。这需要时间。"

"拜托了，妈咪——妈妈。今天是开幕日。"

"噢，好吧。"

他们看着他跳下了椅子。

"所以，"她强有力地看着他，仿佛在做成一笔交易，"你会继续见他？"

"见？"

"作为一个病人。"

"这个过程并非像你想的那样。"

"我以为你是一名心理医生。"

"我是的。但是这项工作——这并不是临床实践。这是研究。"

"我明白了。"她看起来有点儿不解,"那么,接下来要做什么呢?"

"我需要继续和诺亚谈话,看看能不能发现他记得的具体的事物——一个城镇,一个名字,可以让我们追踪下去的。"

"你是说,像一条线索?"

"正是如此。"

"然后他就可以去看……他前世曾经住过的地方?就是这样?那会把他治好吗?"

"我不能做出任何承诺。但是在我们解决了一个案例并找到前世的性格后,研究主体确实会倾向于镇定下来。他也许会自己慢慢淡忘,你知道的。大部分孩子会,在他们六岁左右的时候。"

她小心地理解着他的话:"但是你怎么能找到——前世的性格呢?诺亚从来没有说过那么明确的事。"

"到时候看事态发展吧。这需要时间。"

"他们都这么说,所有的医生。但是问题是——"她的声音颤抖着,并生硬地停了下来。她再次尝试着,"问题是,我没有时间了。我快要把钱花光了,而诺亚一点儿都没有好转。我现在必须做些什么?我需要看到一些效果。"

他从桌子对面感受到了她的需要,那种感觉紧紧抓住了他。

也许这是个错误。也许他应该回到他在康涅狄格州的房子里……然后做什么呢?没有任何事做,除了躺在如今是床的沙发上,盖着二十年前希拉买的佩斯里羊毛围巾,而那仍然散发着微弱的柑橘和玫瑰的味道。只不过如果他那样做的话，还不如死去算了。

她皱皱眉，把目光从他身上移开，明显地想试着重新控制住自己。他不会用虚假的承诺安慰她。谁知道他能不能帮助她的儿子呢？更何况，这个案例比较无力。没有什么可以继续调查的事物，除非这个孩子突然变得十分善谈。他低头看着桌子，看着早、午餐剩下来的食物，男孩吃了一半的薄饼，用过的餐桌垫……

"那是什么？"他问。

那个女人正在用一张纸巾擦眼睛，道："什么？"

"那个餐桌垫，上面写了什么？"

"这个？这是幅涂鸦。他在随手涂鸦。"

"我能看看吗？"

"为什么？"

"我想看看，拜托了。"他努力让自己的声音保持稳定。

她摇了摇头，但她移开了盘子和橙汁，并递给了他那张薄薄的方形纸，说道："小心点儿，边上有糖浆。"

安德逊接过了餐桌垫。他的手指感到黏黏的，闻到了糖浆和橙汁的味道。然而在他还没有开始适当地检查纸上的标记时，他已经感到血管里的血液开始沸腾了。

"他并不是在涂鸦。"安德逊安静地说道，"他在为比赛计分。"

珍妮站在客厅的中央。房间很暗，除了来来往往的车辆的前灯在墙上一闪而过。她可以在微暗中认出熟悉的形状：沙发、椅子、台灯。然而那些物品在她看来不太一样了，轻微的不协调，仿佛地上出现过小震颤。

她听见安德逊在厨房里转来转去。她打开了窗户，新鲜的空气带着早春的湿润清新透了进来。瓦斯灯在黑暗里摇动着，它的火焰总是移动着，一会儿在这儿，一会儿在那儿。

一件事导致了另一件事。诺亚在没有人教他的情况下给一场棒球赛记了分，所以她邀请安德逊来家里这个更安静的地方和诺亚交流，然后他们花了一下午的时间参与诺亚最爱的活动：诺亚对着墙丢出弹力球并接住球，而安德逊站在他旁边拿着黄色记事本，评价着投掷的准确度。（"八分。""才八分？""好吧，也许九分。""九分！太好啦！一个九分！"）诺亚的士气在安德逊的关注下得到了鼓舞，而她已经好几个月没有见过了，而安德逊看起来完全判若两人。他很轻松地笑着，并且看起来真的对诺亚抛球和接球的技巧感兴趣（让珍妮感到惊讶的是，她一直都觉得这个游戏难以置信地无聊）。他和男孩相处得如此自然，以至于当她得知他自己没有孩子时感到十分惊讶。

你怎么会不喜欢一个和自己的儿子玩得如此开心并流露出明显喜

爱的人呢？上一次有哪个男人这样做过，那是什么时候呢？

　　不管安德逊问他多少次问题，或者以什么方式，这都不重要。诺亚已经不再和医生聊任何与投球或接球无关的话题了。安德逊的笔记本上并没有添加任何新的内容。

　　到了傍晚，珍妮很清楚他们一点儿进展都没有。连诺亚都觉察到空气中的沮丧之气，并开始以一种散漫的方式在房间里四处投球，直到那只球和另外两只一起掉进了天花板上的照明器材里面，珍妮才结束了这场游戏。为了让他和她自己放松下来，她采取了最后一招：她放了他最喜欢的电影《海底总动员》，是关于一条走散的小鱼寻找它的爸爸的故事。珍妮、诺亚和安德逊一起坐在沙发上看。珍妮把注意力放在五彩缤纷的鱼上面，努力不去想其他的，但是那些画面并不能吸引住她。恐惧的心理在缓慢地吞噬着她，仿佛在用毒药毒她——现在怎么办？现在怎么办？现在怎么办？

　　安德逊坐在诺亚的另一边，他的脸从侧面看显得高深莫测，宛如墓碑上一名骑士的雕像。在电影放完之前，诺亚已经睡着了，他的头靠在珍妮的肩上，但是他们还是看完了电影，迷失在各自的世界里。当电影里的父亲找到儿子时，她感到一阵痛苦袭来，嫉妒电影里所有鱼类的幸福。之后，她抱着诺亚去床上，他的双腿悬挂在她身体的两边，像一个巨大的婴儿，她帮他盖好被子。那时才六点钟。

　　当珍妮回来后，那个高个子男人在来回走动着。让他来公寓里，而诺亚却不在房间，似乎有点儿奇怪。就好像这位医生突然之间变成了一个男人——并不是说她会对他感兴趣（他对她来说年龄太大了，太冷漠），但是仍然有人用男性的气味改变了空气中的分子。

她看着他走动了片刻，似乎完全沉浸在自己的思考当中。

"那么，"她最后说道，"我们现在做什么？"

他停下了脚步，仿佛很惊讶地发现她在那里："嗯，我们可以明天再试试——如果你觉得可以的话。行吗？"

"明天？"她摇摇头，"我明天要去见一个客户……"但是他没有在听。

"与此同时，我们需要根据已有的信息和他们合作。我们将与学校核实关于蜥蜴的事以及他在那儿的其他表现。现在太晚了，"他瞄了一眼手表，"但是我明早会跟他们发邮件的。你可以提前跟他们说一声吗？"

"我想可以。"她一想到因为这件事找惠特克女士，心里便有些畏缩。惠特克女士对此肯定没什么耐心，她理所当然地还有可能告诉安德逊，诺亚已经在见一位心理医生了……

"当然还需要一份声明来说明他们并没有教导孩子们为棒球比赛计分。"他自己笑了起来，"虽然那样会十分不同寻常。"

"不管怎样，你为什么需要合作？"

"这样它会成为一个有多条来源的更加有力的案例。"

"更有力的案例？"她希望他能不再将诺亚当作一个案例来看待。

"是的。"

"你是指——为了发表文章或者什么吗？"

"对的。"

"那么，我不想跟那些有任何关联。"

"嗯？"

"我是一个注重隐私的人。我们很看重隐私。"

"那当然。我们会将那本书里的所有名字全部更改。"

那本书！她突然明白了他兴奋的原因。她一直都很好奇他是哪种类型的医生，而现在她知道了：那种在写一本书的医生。

"什么书？"

"我在撰写一些案例。它不会变成学术界的无名之作，就像其他著作。这一本是为社会大众写的。"他急切地补充道，仿佛无名是一个大问题。

"我不喜欢诺亚被写进书里。"

他凝视着她。

"这对你很重要吗，医生？"

"我——"他话没有说完，脸色变了些。

她无法相信他。他正在写一本书。她记得在她母亲临终前，她的朋友们送给她的所有书——每个人都尝试着通过送给她们的特别饮食和瑜伽动作来消除一些绝望之情。尽管她的母亲只是短暂地意识清醒，那些书还是一直被送来。到最后家里装满了一柜子的那类书。

现在肯定没有书可以帮到她，她母亲也不在了。这里只有这个陌生人带着他的议程。她感到疲劳将她笼罩着，让她突然之间变成了别的什么——一种残忍的情绪使她吓了一跳。几个月以来，人们一直坐在桌子对面冷静地告诉她，她的儿子身上出了一些问题，而她全部听进去了，尽她所能，不让自己内心的惊慌流露出来。但是这个男人，这个有着明亮、质疑的双眼和灰白肤色的人——这个人也在害怕失去什么。她感到了他内心的焦虑已经到了绝望的地步，而知晓这一点正是打开她巨大挫败和愤怒大门的钥匙。

"这就是你知道他为一场棒球比赛计分后如此兴奋的原因，不是吗？那并不会帮我们找到任何'前世的性格'。那只是你珍贵著作的一个有用细节。你到底在不在乎帮助诺亚？"

他对她说话的方式有些畏缩："我——"他不确定地看着她，"我想帮助所有的孩子。"

"是的，通过让他们的母亲来买你的书？"她说这句话的时候，觉得这个男人看起来不像是被金钱这样粗俗的事所驱动的，但是她控制不住自己。

"我——"他再次开口，然而停了下来，"那是什么？"

他们都听到了，接着从卧室穿过走廊。一声呜咽。

"我想我们把诺亚吵醒了。"安德逊低声说。

呜咽声变成咝咝声，就如风向上穿过烟囱。

"不。他没有醒来。"

那个声音蓄满力量后席卷了整个房间。一阵飓风，大自然的力量，之后咆哮声慢慢地有了具体的形式，变成了一个词："妈妈！妈妈！"

每次，这都让她很惊讶，那股情感的迸发远远不是一个小男生所能做到的。珍妮疲倦地站着，双腿不禁颤抖起来。她看向安德逊。她并不相信他，但他是唯一在这儿的人："你不来吗？"

然后他们一起走向了诺亚的房间。

查奈·库玛拉旺于1967年在泰国中部出生，身上有两块胎记，一块在后脑勺，另一块在左眼上方。当他出生的时候，他家里人并没有觉得那两块胎记有什么特别的含义，但是当他三岁的时候，他开始提起关于他前世的生活。他说他曾是一名叫布亚·凯的老师，在去学校的路上被枪射杀了。他说出了前世的父母、妻子和两个孩子的名字，并反复恳求和他住一起的奶奶带他回到前世父母的家里，一个叫考普拉的地方。

最终，他奶奶这样做了。她带着查奈坐巴士去了考普拉附近的一个镇，距离他们家乡有十五英里。他们两人下车之后，查奈带路来到了声称是他前世父母住过的房子。这里住着一对年老的夫妇，他们的儿子布亚·凯·劳那克曾是一名老师，他在查奈出生的五年之前被杀死了……一到那里，查奈便将布亚·凯的父母认作了自己的父母，他们和一些其他的家庭成员住在一起。他们对他的陈述和胎记感到印象深刻，并邀请他过段时间再来。当他再次拜访的时候，他们测试他，让他挑出布亚·凯的物品，而他做到了。他认出了布亚·凯的一个女儿，并且叫出了另外一个女儿的名字。布亚·凯的家人接受了查奈是布亚·凯的再世，而他后来多次前来拜访。他坚持要布亚·凯的女儿叫他"父亲"，如果他们不这么做的话，他则拒绝和他们交谈。

——吉姆·B.塔克《前世今生》

一扇门打开了，而她落空了。

　　当时的情况就是这样，之后珍妮这样想道，站在黑暗客厅的中间。然而诺亚在他的忍者神龟被子下面尖叫和扭动的样子与平时并无不同。他的嘴巴张着，他潮湿的头发贴在脸颊上。她走向他的床边去安慰和控制住他，但是安德逊走得更快，他一下子就来到诺亚的旁边，向他倾身，握住了他乱踢被子的脚。

　　一个陌生人在碰她的儿子，而她的儿子在呼唤她。谁在呼唤？

　　"妈妈！"

　　"诺亚。"她边说边走向床边。而安德逊抬头看着她，并示意她停了下来。

　　"诺亚，"安德逊轻声说，他的声音很坚定，"诺亚，你能听见吗？"

　　"放我出去！"诺亚叫道，"妈妈！放我出去！我出不去了！"

　　"诺亚，没事的，这只是一个噩梦罢了，"安德逊说道，"你在做噩梦。"

　　"我不能呼吸了！"

　　"你不能呼吸了？"

　　"不能呼吸！"

　　珍妮知道这是在梦里，但是她情不自禁地说："诺亚有哮喘，我们得去拿喷雾器——在抽屉里。"

"他在呼吸。"安德逊修长的身体悬在诺亚瘦小的挣扎的身体上方，他的手仍然握着诺亚的脚。别碰我儿子，她想着，但是没有说出来。她什么都没说。她向安德逊发出了一条沉默的讯息：稍有差错，哥们儿，我会立刻把你踢得屁滚尿流。

"诺亚，"安德逊坚定地说道，"你现在可以醒过来了，没关系的。"

诺亚停止了扭动，他睁大了双眼："妈妈。"

"我在，宝贝。"她从床脚回应他，但是他没有看向她，她不是他所需要的。

"我想回家。"

"诺亚，"安德逊再次说道，诺亚的蓝眼睛转向了安德逊并看着他，"你能告诉我们在梦里发生了什么吗？"

"我不能呼吸。"

"为什么你不能呼吸？"

"我被困在水里。"

"你在——海里还是湖里？"

"不。"诺亚费力地呼吸着。珍妮感到自己的肺仿佛也在挣扎。如果他停止了呼吸，她也会的。

诺亚蜷坐成一团。安德逊不必再握着他的脚。他吸引了诺亚的注意力，诺亚道："他伤害了我。"

"在你梦里？"安德逊迅速说道，"谁伤害了你？"

"不是我梦里，是现实生活里。"

"我明白了。谁伤了你？"

"保利。他伤了我的身体。他为什么要那么做？"

"我不知道。"

"他为什么要那么做？为什么？"诺亚抓住了安德逊的手，眼里充满着困惑。珍妮则仿佛隐身了一样，变成了床尾的一抹影子。

安德逊专心地回看着他："他做了什么？"

"他伤害了汤米。"

"汤米？那是你的名字吗？"

"是的。"

珍妮在听儿子说着，那些话在她脑子里古怪地回响着，仿佛她从遥远的地方听到这些。然而她就在这里，在这个熟悉的房间里，伴着她的是一个一个粘贴在天花板上的夜光星星，以及上面有她手绘的大象和老虎的衣柜，而诺亚，她的诺亚，她脑海里的那扇门打开又关闭，又打开。

"我明白了，"安德逊说，"那很好。你还记得你姓什么吗？"

"我不知道。我只是汤米。"

"好吧。你有家人吗，当你是汤米的时候？"

"当然。"

"你家里都有谁？"

"家里有爸爸妈妈和我弟弟，我们还养了一条蜥蜴。"

"它叫什么呢？"

"树蜂。"

"树蜂？"

"它是一只松狮蜥。查理和我叫它树蜂，是因为它看起来像和哈利战斗的那只树蜂。"

"我明白了。那哈利是谁？"

诺亚翻了个白眼："你知道的，哈利·波特。"

在床尾，珍妮听到自己深吸了一口气。她屏住了胸腔里的呼吸，让它在里面燃烧。在这个熟悉的房间里，正发生着不熟悉的画面：那个高个子男人靠向诺亚，那张明亮的圆脸几乎擦到了另外一张棱角分明的脸上。

"那你和你的家人住在哪里呢？"

"我们住在红房子里。"

"红房子？它在哪里？"

"在田野里。"

"那田野在哪里？"

"阿什夫。"

"阿什夫？"

"就是那里！"

"那就是你住的地方？"

"那就是我家！"

珍妮听到自己呼出一口气，在房间里发出一声轻响。

"我想回到那里。我能回到那里吗？"

"我们正在努力做这件事啊。我们能谈一会儿保利身上发生什么事了吗？可以吗？"

他点了点头。

"当他伤害你的时候，你还记得是在哪里吗？"

他点了点头。

"你在水边吗？"

"不是。在保利的旁边。"

"当他伤到你的时候，你在他的家里？"

"不是。在外面。"

"好的，是在外面。那他做了什么呢，诺亚？"

"他——他射中了我。"他哭了起来，抬头看着安德逊。

"他射中了你？"

"我在流血……他为什么要那么做？"

"我不知道。你觉得他为什么要那么做？"

"我不知道！我不知道！"诺亚开始激动起来，"我不知道为什么！"

"好吧。没关系的。那在他射中你之后，接下来发生什么了？"

"之后我就死了。"

"你死了？"

"是的。之后我就来到了——"他的双眼在房间里搜寻着，"妈咪——妈妈！"

不知怎么的，她肯定是眼泪滑了下来，她在床边蹲着，她大口大口地呼吸着，他在看着她，说："你还好吗？"

她看向了男孩，她的男孩，她的孩子——诺亚。"没事。"她朝自己湿润的眼睛弹指说，"只是我的隐形眼镜罢了。"

"你应该把它们取下来。"

"我过会儿就取。"

"我好累，妈咪。"诺亚说。

"你当然累了，宝贝。我们继续睡好吗？"

诺亚点点头。安德逊挪开了，而她在诺亚旁边坐下来。诺亚将他可爱、出汗的双手放在她的肩上，而她将额头抵住他的额头。他们一起躺了下来，一如他们过去组成的单一实体。

那晚，当珍妮第二次出现在诺亚房间的时候，安德逊正好在厨房里。她在安静黑暗的客厅里走动着，看着那些和一个小时之前不一样的物件。

她告诉自己：我是珍妮，诺亚是我儿子。我们住在第十二大道。

一辆车经过，在墙上反射出白光。

我是珍妮。

诺亚是我儿子。

诺亚是汤米。

诺亚是被射杀的汤米。

她同时相信但又不相信这一切。诺亚被射杀，他在流血——这些话让她很受伤。

她突然希望自己从来没有跟这个人打过电话，可以回到只有珍妮和诺亚的时候，一起过生活。但是已经回不去了，是吗？这难道不就是成年的教训，做母亲的教训？你必须处在当下，过好你现在的生活，此时此刻。

安德逊坐在厨房里，上网搜索阿什夫。

那些感觉都回来了——那种兴奋，那种力量，那些话语。

他最后会找到的，一个有力的美国案例……也许是他一生最重要的案例，可以连接大众的。如果他能找到前世的性格（而他很乐观，能找到），也许他能获得媒体的兴趣。无论什么情况下，这都是他需要完成的那本书的最好的美国案例。他很确信他能说服珍妮让他出版本书。

他现在有了他所需要的了，阿什夫、汤米、查理、一只蜥蜴、一个棒球队……他曾经用更少的线索解出了更大的谜题。

"你本来可以先问的。"珍妮说。他没注意到她走进了厨房。

"嗯？"弗吉尼亚州有一个叫阿什夫的镇，离华盛顿特区不远，而华盛顿正是国民棒球队所在的地方。

如此简单。

"来用我的电脑？"

他抬头看她。她似乎对他很生气。

"噢！我很抱歉。我想上一下网。"他指着电脑，注意力转到阿什夫镇的主页上。

国民队是华盛顿的一支球队。弗吉尼亚州郊区有一个阿什夫镇。所有他需要的只是一些死亡通知，一个死去的孩子的消息总是会上报纸的……他这周周末就会查到一个名字，也许更快，他现在确定了。这就好像汤米希望自己被找到一样。

"那么我猜诺亚说的那些话对你很有帮助了？"

他更加仔细地看着她。她脸色苍白，嘴唇紧闭。他应该和她一起坐下来并帮她消化已经发生的事。但是他是如此迫切，就如试图阻止一阵波涛。"那很有帮助，"他尽量轻松地说道，"这是个很好的突破。我们会找到汤米的，我能感觉到。"

"汤米？是的。"她用力地摇了摇头，仿佛要甩掉心中所想，"所以，医生，是哪个？淹死还是射死？"

"你说什么？"

她再次摇摇头，而他第一次怀疑她是否头脑清醒："你认为诺亚有这个——体内有另一个人，这个汤米，对吧？所以我想知道，是哪一个？他是被淹死了，还是被射死了？还是什么？"

"还不清楚。"

"没有什么是清楚的。"她愤慨地对他说道。

安德逊离开电脑前。"科学很少是。"他谨慎地说道。

"科学？这跟科学有关吗？"她发出一声干笑，并环顾厨房，目光停留在水池里装满半壶水的脏水壶。"也许确实不清楚，"她说，"因为这都是诺亚编出来的。"

"他为什么要这么做？"

她打开了水龙头，开始用空手使劲擦洗水壶。"对不起，"她越过冲洗的水流说，"我不确定我能做到。"

他看着她，绞尽脑汁地想着能起作用的方法、语气、环境，对她儿子可能有的益处……他处理过上千次了……他怎么能现在怀疑自己呢？他曾经有一次成功说服一位印度的婆罗门母亲让她的女儿去拜访她前世家庭里的贫民。那场景现在还历历在目：她闪亮的橘色纱丽滑过一座泥土小屋的门廊。曾几何时，他会觉得他能单纯地用他强大的意志力说服任何人。

"好吧，"他冷静地说，"如果你想的话，我会离开。但是你将怎么做？"

她一动不动："做？你在说什么？"

"你说你不能继续这么做，"他让自己的声音保持镇定且通情达理，"你说你快要没钱了，那些医生也没有帮助你。那么——如果我现在离开，你对诺亚的安排是什么？"

他感到有些懊恼，他在利用她的绝望之情来针对她。但是这符合她的最佳利益，不是吗？还有她儿子的最佳利益以及他自己的最佳利益，甚至希拉的。难道她不希望他能完成并出版那本书吗？他想知道得费多少工夫才能说服珍妮让他写关于诺亚的事。

"我会——"但是她说不出话来了。她转向他，没戴手套的双手红红的，在滴水，她的恐惧直白地写在脸上，而他替她感到难过。

"过来，我给你看看我找到的信息。虽然不多，但是也许是个开始。"

他拍了拍旁边的椅子。她在牛仔裤上擦了擦手并坐了下来。他把电脑屏幕转向她，一些漂亮房子点缀在晴朗的高尔夫球场上。屏幕上显示着：欢迎来到阿什夫！

"你在弗吉尼亚州郊区一个叫阿什夫的镇上有认识的人吗？"

她摇摇头："我从没听过。"

"那很好。所以我们有了一个可以开始的地方。当然，托马斯是一个常见的名字，我们也不知道诺亚说的是哪一年，但是我们可以根据《哈利·波特》来确定是发生在过去不久的事。我们会搜索当地报纸上任何一个叫托马斯的孩子被射死或淹死的讣告。但是我认为我们有一个不错的开头。你知道国民队,"他补充道,"是华盛顿的球队。"

"是吗?"她警惕地眯眼看着屏幕上那片广阔的草地。她并不相信他,他也知道,然而她需要他,他们互相需要对方。

圣雄甘地指定了一个由十五位杰出人士组成的委员会,包括国会议员、国家领导人和媒体从业者,来研究这个案例(香提·戴维的案例,一个小女孩,从她四岁的时候开始,似乎记得一位来自马图拉的叫 Lugdi 的女人的前世)。委员会说服她的父母,允许她随他们一起去马图拉。

1935 年 11 月 24 日,他们和香提·戴维一起坐火车离开了。委员会的报告描述了一些所发生的事情:

"当火车快要抵达马图拉时,她因喜悦而脸红。当我们抵达马图拉之时,德瓦卡迪什寺的大门就会关闭。她准确的原话是:'Mandir ke pat band ho jayenge.' 这句话在马图拉非常经典。"

"引起我们注意的第一件事就是在到达马图拉后发生在站台的事。那个女孩正在 L.Deshbandhu 的怀里。她还没走十五步就碰到一位穿着经典马图拉裙子的年龄较大的男人,她之前从未见过他。他走进这一小群人中并站住了。她被问到是否认识这个人。她反应很快,她立马下来,带着深深的尊敬触摸了一下那个陌生人的脚,然后站在一边。经询问,她对 L.Deshbandhu 悄声说,那个人是她的 'Jeth'(她丈夫的哥哥)。这一切发生得如此自然而然,让所有人都目瞪口呆。那个人叫 Babu Ram Chaubey,他真的就是 Kedarnath Chaubey(Lugdi 的丈夫)的哥哥。"

委员会成员带她坐上一辆马车，指示马夫跟随她指的方向向前走。在路上，她描述了自她那个年代之后那里所发生的变化，都说对了。她还认出了一些她之前提过的但从未去过的重要地标。

当他们临近房屋时，她从马车上下来，并注意到人群里的一位老人。她立刻向他鞠躬，并告诉其他人，那是她的公公。而情况确实如此。当她走到房子的前面，她毫不犹豫地走进去，并知道她卧室的位置。她同时也认出了她自己的很多物件。她被测试问"jajroo"（厕所）在哪里，她也说对了。她被问到"katora"的意思，她正确地说出是印度油饼（一种油炸的煎饼）。这两个词都只在马图拉的Chaubes流行，而一般外来者不会知道它们的含义。

之后香提被带到她曾和Kedarnath一起住过几年的其他房子里。她没有任何困难地引导马夫到那里。一位委员会成员Pandit Neki Ram Sharma问起她曾在德里提过的一口井。她跑向一个方向，但是在那里没有找到井，她疑惑不解。即使到那时，她也仍确信那里有一口井。Kedarnath挪开那里的一块石头，毫无疑问，他们发现了一口井……香提·戴维将人们带到了二楼，并向他们指着一个地方，他们在那里找到了一个花盆，但是没有钱。片刻之后，Kedarnath承认他在Ludgi死后将钱拿了出来。

当她被带到她父母家时，起初她将她的阿姨错认成她母亲，但是很快她便纠正过来了，她过去坐在她阿姨的腿上。她同时也认出了她的父亲。父女俩在见面时放声大哭，那场景让在场的每个人都深受感动。

香提·戴维后来被带到德瓦卡迪什寺以及她之前提到过的其他地方，而她的话几乎都被证实是对的。

——K.S. 拉瓦特博士，"香提·戴维的案例"

弗吉尼亚州阿什夫镇的托马斯，并不是一张幸运签。

莱恩·"汤米"·托马斯十六岁的时候，在里士满公路上骑着本田金翼摩托车和一辆道奇复仇者车相撞后死去。

托马斯·费尔南德斯在六个月大的时候因为不明原因死去。

汤姆·汉森，十八岁，在亚历山大市外的一座公寓里吸食海洛因过量死去。

托马斯"小"欧莱利二十五岁，在修他邻居屋顶的时候从梯子上掉落死去。

安德逊坐在他空旷的办公室里的桌子前，点开了又一年的网上《阿什夫公报》的讣告。他从诺亚出生的月份开始往前找。因为没有汤米的姓氏，他知道搜索得要一会儿，但是他并不介意——没有比重新回到工作状态中更好的事了，他试图解决一桩案子。他必须多看几次那些名字以确保没有任何遗漏，但并没有人引起他的注意。

他原本希望能通过简单地搜索托马斯、汤姆或者汤米、阿什夫、孩子、射杀、淹死、死亡能有所发现，但是也许是因为那个名字太过常见或者时间太长而一无所获——如果他能把《哈利·波特》丛书当作基准，那就回到了十五年前。《社会保险死亡索引》会标注孩子的死亡，但在这里丝毫没有用。

汤姆·麦肯纳利在二十二岁时得了动脉瘤。

汤米·博尔顿十二岁时在平安夜和他的两个妹妹因为房屋失火而吸入太多烟尘死去。（这个年龄感觉是对的，但是因为诺亚并不惧怕火或者圣诞节，并提到了一个哥哥，他暂时先将这个放在一边。）

托马斯·普查克在清洗步枪的时候不慎射中自己死去，但是他当时住在加利福尼亚州，并且是个四十三岁的健壮男子。

他必须承认：他很怀念能全神贯注于一个案子。他甚至怀念在网络普及之前他不得不用的微缩胶片机器，总是放在里面装着布满灰尘的地图册和百科全书的书柜间的角落里。那些机器就像他的老朋友，把它握在手里很舒服，文字在屏幕里水平地形成卷轴。

它总是让他想起大学生活，在书库里忙碌，他第一次在那儿被一本1936年出版的叫《一项对香提·戴维案子的调查》的薄书绊倒，并冲回莱特大楼，分享给他的室友安斯利。之后的几年，他们会在莫利酒吧待上好几个小时，喝着啤酒，仔细阅读着书中的寓意，阅读着毕达哥拉斯和麦克塔格特、本杰明·富兰克林和伏尔泰的典型理论。

然而他们最常谈论的还是香提·戴维的故事。那个令人惊讶的小女孩似乎记得另外一个人的人生。

如果这个情况存在，并且是真实的，那他们就怀疑肯定还有类似的情况。所以，他在大学剩下的时间以及整个医学院生涯的空闲时间里都在搜寻它。他发现了很多使他感兴趣的事件——从印度《奥义书》到第三世纪的基督神学者，再到拉瓦茨基夫人以及通神学会，均提起过前世今生，还有很多关于在催眠中回到前世的有趣研究，虽然他很怀疑他们能提供多少有用的证据。他也看了怀疑论者的理论：

弗吉尼亚·泰伊的故事，一个来自科罗拉多州的家庭主妇在催眠下，记起她前世是布莱蒂·墨菲，和她童年时邻居的生活有惊人的相似之处。弗卢努瓦的著作里断定了一种带有多重人格障碍的前世记忆的情况。

但是无论安德逊多么努力地搜索，他一直都没有找到另外一个能自发记得前世生活的孩子的例子。

当然，那时候还没有互联网。对于一名研究者，网络改变了一切……

安德逊默默地对自己发誓并回到了电脑前。他必须更努力，他的注意力已经不如原来了。他总是一不小心思维就飘到了过去。在珍妮·齐默尔曼家里，他为碰到一个好案例而兴奋，感到干劲十足。当他和孩子在一起的时候，他总是能自然而然地说出正确的话，就如口吃唱起了歌一样。和诺亚在一起时，他唱了。

然而现在电脑屏幕上的文字在他眼前抖动着，但他坚持着。他不能让这股能量流失。他经常觉得自己像是一名考古学家，在沙子中筛选寻找骨头或陶土罐的碎片。

你坐在烈日或凉爽的空调下面，而你只是静坐等候那个一直存在的东西自己出现在面前。耐心就是一切。你苦恼于该用哪类话语。如果那些话晃动了，你则静静地坐着，直到它们有了意义。

他已经回到诺亚出生的五年前。

他迅速地浏览年龄大些的托马斯们死于流感、胰腺癌、前列腺癌、肺炎以及脑炎。

T.B.（托马斯）小曼斯里诺，十九岁，在阵亡将士纪念日那天死于阿什夫湖上的两只船相撞中。

汤姆·格兰杰，三岁，死于麻疹。（麻疹！为什么人们会在数据无懈可击的情况下停止注射疫苗，而且和自闭症的联系完全未经证实？）

汤米·尤金·莫兰，八岁，约翰·B.和梅丽莎·莫兰的儿子，住在帝王道一百二十八号。某个星期二，在一场悲剧性的意外中，他淹死在后院的水池里。邻居都说他是一个很开心的小孩，特别热爱爬行类动物和他钟爱的国民队……

他坐回到椅子上。

你等候着，最后它终于出现了。那一刻沙子挪动了，而你瞥见了一些白色物质，骨头的碎片露出来了。

在巴尔的摩市的灰狗车站，珍妮坐在椅子上，喝着巴士车站糟糕的咖啡，周围闹哄哄的，她试图骗自己说这个计划是合理的。我能做到这个，她想着，只要我不专注于"这个"到底是什么意思。

诺亚起码看起来泰然自若地接受了——这段冒险，这个巴士车站。他曾惊叹于灰狗车站的庞大，惊讶于一辆巴士里居然还有卫生间。"而且我们还可以就坐在它旁边！"

现在他对电子游戏的机器感到很激动，尽管她没有给他钱让他去玩。他也没有很在乎，很开心地来回拉动着把手，自得其乐地看着所有飞速移动的人物，而没有发现它们不是由自己控制的。差不多正如现在的情况，不是吗？你以为你控制的局面，但是实际上你只是在盯着移动的灯光看。

他再次跑向她："我们要去哪里啊，妈咪——妈妈？我们要去哪儿？"他们已经断断续续地开展这个对话几个小时了。

"我们要转车去阿什夫。"

"真的吗？我们真的要去？"

他从一只脚跳到了另一只脚，脸上流露的表情是她所不熟悉的。是兴奋还是别的什么……焦虑？（那也是可以理解的）害怕？不相信？她原以为她到如今已经见过了他所有的表情。

"我们什么时候到啊？"

"还有几个小时。"

"好。"他说。

"你觉得没问题？你想去那里吗？"

他瞪大了蓝色眼睛："你在开玩笑吗？我当然想去啦！杰里呢？"

这个问题吓了她一跳："他在那边和我们会合。"

"我能在车上再看一遍《海底总动员》吗？"

"不好意思，宝贝，我跟你说过了，我的电脑没电了。"

"我能喝些苹果汁吗？"

"我们也没有果汁了。"

她等不及第二辆巴士的到来了。只要他们在行动，她就没事。她被带着向前，将她的所有想法像岸边的一团衣服一样丢在脑后。

安德逊之前给了她一捆纸。她把它们用橡皮筋捆起来放在包里。是关于一个小男孩在弗吉尼亚州的阿什夫镇淹死的新闻。那个男孩在自家水池淹死了。打理水池的男孩忘记闩上后院的滑动门了，而女主人之后马上去了地下室洗衣服，留下她八岁的儿子在客厅里一个人看电视。一个简单的错误，却有严重的后果。

汤米·莫兰，一个陌生人的孩子。

她自己无法看那些纸上的内容。她面对着空白的一页。诺亚显然不知道上面的记载。

汤米·莫兰，汤米·莫兰。

"看看这些事实，"安德逊在第二次拜访她的时候说道。他们再次坐在厨房里。晚上了，诺亚已经睡了。安德逊看起来很镇定，但是眼里的热情却掩饰不住。他从手提箱里拿出文件并放在她的面前，"两者有很大的相似性。"

她浏览了一下最上方的一页：诺亚提起过的一些事情以及诺亚和汤米之间的相似点。一些词语跳了出来：阿什夫、热爱爬行类动物、国民队球迷、红房子、淹死。

而这些和诺亚的幸福健康有什么关系呢？

她将文件放在了一边。

"你从哪儿获得这些信息的？"

"有些是……"他含糊地表示，"从电脑上。同时我也联系了那位母亲。她跟我确认她的房子是红色的，并且她另外一个儿子叫查尔斯。"

"你和汤米·莫兰的母亲联系了？"她发现自己在大声喊叫后尝试着降低了音调。她不想吵醒诺亚，"你为什么不先问问我？"

安德逊看起来很平静："我想确定这个情况是可靠的。我们互相发了邮件。我告诉了她我的工作，以及两个小孩的相似之处……"

"而她回复你了？"

他点点头。

"那么，如果我同意，会怎么样？"

"之后我们带诺亚去她家，并查明前世家里的家庭成员，最喜欢的地方……那之类的事情。我们带他四处转转，看他能认出什么。"

她考虑了他说过的所有话。她即将踏上这条路的符合逻辑的最后部分。

她听说有的母亲经过不懈的努力逆转了孩子患自闭症的许多症状；有的母亲为她们的残疾女儿建坡道，教会她们手语，和耳聋儿子交流。但是她什么时候会停下来，当事情发生在她的孩子的身上时？

她已经知道答案了——没有停下来的时候。

她马上直奔重点："而这个过程会治好我儿子吗？"

"是的，这有可能帮到他。这通常对孩子会有益处。"

"如果我不这么做呢？"

他耸耸肩。他的声音很克制，压抑着一丝紧张："这也是你的选择。而这个案例就无效了。"

"而诺亚会忘记这所有的一切？"

"通常情况下，一个孩子会在五六岁的时候忘记这些。"

"诺亚才四岁。"

他眼里闪着光："是的。"

"我不知道我还能不能坚持一两年。"

他隔着餐桌坚忍地看着她。她已经见过他两次了，在同一个房间里度过了紧张的时刻，而她仍然不相信他。她无法判断他眼里的光芒是一个天才的还是疯子的。他跟她说话的方式有一种呆板和迟疑的感觉，仿佛背后藏了些什么，虽然这有可能只是一名科学家的谨慎天性……然而，他对诺亚很好，温和而有耐心，仿佛他很关心诺亚。而他是一名心理医生，并处理过很多类似的病例。她能信赖那点吗？

她再次感到了几个月以来体内一直涌动的恐惧感，就像一层薄冰之下的河流。她听到那条河流淌过她的梦想。当她醒过来，她唯一记得的就是那种恶心的感觉。她躺在床上，并让这种感觉侵蚀着自己，想着：我的儿子不开心，而我帮不了他。

"你仍然计划把它都写出来？"

他坐回到椅子上，并考虑着。他说话的速度是如此之慢，让她不禁恼火。她恨不得摇晃他的身体。"是的。我确实对记录这个病例感兴趣。"他说。

"病例，病例。这个病例是一个孩子，杰里。诺亚还是一个孩子。"

他站了起来，脸上有了一丝怒气："我知道。你难道以为我不知道吗？我是一名心理医生……"

"但并不是父母。"

他脸上的怒气如升起时一样极快地消散了。他再次面无表情，顺从地拿起了他破损的手提箱，并匆匆看了她一眼，眼神里有着克制："等你做好决定的时候通知我。"

她在厨房里坐了很长时间，仔细阅读他整理好的文档。她心中的疑问数不胜数：诺亚想从另外一个家庭里获得什么？他们能为他做什么？这样做很疯狂吗？也许她才是得病的那个人。也许有一种稀有的综合征会让有些母亲将她们的后代丢向新时代伪科学的旋涡里。

但是不是，她没有神经过敏。她是为了诺亚才这样做的。不是因为他极其严重地破坏了他们的生活，并让他们即将破产（虽然事实如此）。当她哄他入睡时，他脸上的神情，这一晚——每一晚，都让她心碎。

在从他所住的康涅狄格州开车到弗吉尼亚州阿什夫镇的路上，安德逊被罚了两张超速单。他处在一种极其兴奋的状态下，几乎喘不过气来，他难以留神速度计或是导航上的显示。他看着挡风玻璃之外的风景，想着这个新的美国病例，感觉他重新开始了。

他清晰地记得他的第一个病例，仿佛就如昨天发生的一般。

泰国。1977 年。那条河。

那天清晨，天气已经很暖和了。他和他的老朋友鲍勃·安斯利在酒店的阳台上吃早餐。在河流的上游，朝着城市的方向，温暖的阳光照在黎明寺上，在天空中反射出珠宝般五彩的光芒。前面，一条狗在挣扎着过河，蓬乱的头在流水中努力地前行着。

安德逊在倒时差，并且有三天没碰酒了。他戴的墨镜让所有事物都染上了一层厚重的黄色。他的注意力在他的朋友身上，他的朋友正在和一名女服务员调情，而她正将一碟凝脂奶油放在白色棉布上的司康饼旁边。她的脸有着完美的对称，正是理想中的脸庞。

"Kap khun kap。"安斯利说，双手合十，夸张地模仿一个有礼貌的泰国人，或者他已经成为其中之一。安德逊并不知道。自从十年前大学毕业后，他们只见过两次，而每一次他们对彼此都很失望。他们走向了不同的道路：安德逊在大学里迅速崛起，几年之内便有望成为精神科学院的主席，而安斯利选择了另一个方向，或者说（就安德逊来看）完全没有方向。安德逊会很惊讶地觉得他朋友在任何地方都安定下来了；然而大学之后，他似乎一直在四处奔波，短暂地居住在高档酒店里，认识从内罗比到伊斯坦布尔等大城市的不同女性。

他们看着女服务员举着银色托盘往回走，穿过敞开的大门，回到大厅。附近有一个弦乐四重奏乐团在弹奏 *The Surrey with the Fringe On Top*。

"看看我买了什么。"安斯利挑了挑姜色眉毛，拿起了脚边的一个纸袋子，拿出了一个带有装饰的东西，并放在桌上。它靠着银色茶壶往下滑，双腿在白色亚麻布上展开，大红色的纱线头发，条纹腿，红色圆圈充当了脸颊。

"你给我买了一款破布娃娃？"安德逊傻着眼盯着娃娃，渐渐地，他明白过来了，"这是为了今天给那个小女孩的？"

"我是打算买某种瓷制的，但是这是他们仅有的了。这里的商店……"他摇了摇头。

"你疯了吗？你不能把娃娃送给一个实验的主体啊。"（这就是它的意义吗？一个实验？）

"看在老天的分儿上，兄弟，放轻松。吃块司康饼吧。"安斯利咬了一大口跟手掌一样大的司康饼，白布上撒满了饼干屑。他红色的发际线过早地向后移了，他的面容因为太多的日晒和泰国威士忌酒而变得粉红和模糊，变成了一副柔和的南瓜般的脸孔。也许他的脑子也变软弱了。

"这是贿赂。"安德逊皱着眉说道，"那个女孩会说任何你想要她说的话。"

"就把它当作一个善意的举动好了。相信我，她不会为了一个破布娃娃就变更她的故事的。起码我不这么认为。"安斯利凝视着他，"你在那副墨镜后面埋怨我，是吗？"

安德逊摘下了墨镜，并朝自己的洁白手指眨了眨眼睛："我只是觉得你要的是一个科学的评估，所以你才带我来这里的。"

"嗯，我们现在是走一步看一步，不是吗？"他的朋友露出了开朗的、略微狂热的笑容，他有一排不整齐的牙齿，就如那个娃娃一般不走寻常路。

这是一个错误，安德逊想。这整个行程就是一个错误。几天之前，他在康涅狄格州，步履艰难地跨过雪地去实验室。他一直在研究老鼠的中枢神经系统被电击创伤刺激后的短期和长期影响。他在实验的一个关键节骨眼上离开了。

"我原以为这是一次认真的努力。"他缓慢地说。空气中的抱怨之意仿佛来自一个孩子的。

安斯利听起来很受伤："当我要你过来的时候，如果我记得没错的话，你并没有很抗拒啊。"

安德逊将目光从他身上移开。那只狗仍然在试图游过河。它会顺利抵岸还是淹死呢？两个小孩在对岸为它打气加油，在泥巴里蹦蹦跳跳。这条支流的气味和茶水的香味在他鼻子里融合在一起。

安斯利说的是真的，他很渴求来这里。那是一种感觉，超过一切，引导他来到这里。在他的宝宝死去后，一切要崩溃的灰暗日子里，他一听到他朋友兴奋的声音后，一股乡愁便将他压倒。

他和希拉在不同的地狱里，几乎不同对方讲话。他熬过了他的日子，研究他的老鼠，记下该记的结果，喝了更多不该喝的酒，但是在大部分日子里，感觉自己不比他研究的寄生虫要好上多少。实际上，那些老鼠都更有朝气些。

安斯利孩子气的热情在这次长途旅行中让他想起了他生命中曾经有过的激情，并有可能再次寻回——如果他能抓住机会的话。在任何情况下，这也许会是一次逃离，一次喘息，每一夜他在酒杯里找寻的东西。

"我听说了最不可思议的事情，那简直就是香提·戴维的再版。当然我会支付你的旅费，从科学研究的角度。"安斯利在电话里说道，而安德逊在听到那个名字之后发出了几个月以来的第一次笑声。

"去吧。"希拉当时说道。她的眼眶哭红了，向他表示控诉。

所以他抓住了这次机会，这次喘息。他在把握机会。能够离开康涅狄格州，他会感到解脱，随着即将来临的圣诞节，他能远离他愤怒的、悲恸欲绝的妻子。他完全没有告诉安斯利他的情况，并不想和他聊这些。

"香提·戴维，这很难让人相信啊。"安德逊此刻大声说道。他知道，也许不会有什么发现。但是，那个名字说出来使人振奋，带他回到了十年前啤酒和年轻的滋味。

安斯利眼睛亮了起来："这就是为什么我们要去的原因。你不需要相信。"

安德逊从他热切的表情中移开了视线。

那条邋遢的狗成功渡过了河流，它正在泥泞的对岸向上爬着。它抖动着全身的狗毛，而孩子们尖叫着四处散去，避开在空中旋转的闪亮的污水珠。

"不要带娃娃。"安德逊提出。

安斯利拍了拍安德逊："就去见见那个女孩。"

那个女孩住在乌泰他尼府内距曼谷北边几个小时车程的村子里。他们乘坐的小船飞驶过市郊的贫民区，再经过更大的乡村的居民区，来到木房子附近。木房子的尾端建有码头，并用小型的木头神殿装饰着，那是逝者的灵屋。两边是收割了的金黄稻田，周围散落着从容漫步的水牛或小棚屋。安德逊感到眼前的画面占据了他的脑海，抚慰着他，直到他变成一只掠过水面的白手。倒时差的效果终于影响了他，他坐着开始打瞌睡，在发动机嘶哑、持续的咆哮声中平静下来。

当他几个小时之后醒来时，肺里的气流变得又热又厚重，而头顶烈日炎炎。他意识到他梦见了那个婴儿。在梦里，欧文是完整的，一个有着和希拉一样蓝眼睛的美丽小孩，在悲伤地凝视着他。那个婴儿坐起来并向他伸出手，宛如他本该长成的男孩模样。

他们来到了一座周围布满植物的被木桩支撑的小木屋。安斯利是怎么从码头附近的路边陈列着的一模一样的房子中认出这座特别的房子的呢？这对安德逊来说是一个懒得深究的谜题。一个老妇女在房子的阴影下扫地，小鸡们在她脚边低声鸣叫着。安斯利向她打招呼，双手合十，低头向她鞠躬，露出了他头顶中间粉色的头皮。他们两人进行了一番交流。

"那个父亲正在田里劳作，"安斯利说，"他不想和我们讲话。"

"你的泰语讲得还不错，是吗？"安德逊问道。他现在才想到他们应该请个翻译随行的。

"足够用了。"

现在也只能靠他的泰语了。

他们爬上楼梯。一个简单的房间，打扫得很干净，板条做成的木质窗户对着收割的庄稼和蓝天。一个妇女正在将食物放进桌上破旧的锡碗里。她穿着和那个老妇女一样的明亮图案的布料，在胸膛正上方打了个结。她很可爱，安德逊想着，或者在不久前曾经很可爱，焦虑似乎攫住了她的美貌。当她对他们微笑时，黑色眼睛中弥漫着担忧之情，她深红色的嘴唇微张，露出了明亮的红色牙齿。

"是槟榔，"安斯利低语道，"这里的人会嚼槟榔。就像某种兴奋剂。"他尊敬地低头鞠躬，双手合十，"你们好。"

"你们好。"她的目光在他们二人身上来回移动。

安德逊找寻着那个孩子，然后发现她蹲在角落里，看着黄色蜥蜴在天花板的灰尘里蹦跳着。他惊慌地发现她身上什么都没穿。她很孱弱，几乎是憔悴的，她的脸庞和凹进去的肚子上涂着白色粉末，他猜测那是用来防热的。在她脸颊上有两个圆圈，鼻子上有一条竖线。

虽然才上午十点钟，但那位妇女为他们摆出了一顿乡村盛宴：白米饭和咖喱鱼，还有用锡杯装的水。当安德逊抿了一口后，他确定那水会让他生病。他不能冒着会冒犯她的危险，所以他将食物装进了翻滚着的胃里，金属的味道覆盖在他的嘴上。窗外，一个男人在赶着一头水牛穿过一片金黄色的稻茬。阳光从窗户的板条间隙照射进来。

安斯利向那个孩子走去："带了点儿东西给你。"他从包里拿出娃娃，而她不慌不忙地接了过来。她伸出去的手握住了娃娃一会儿，之后将娃娃抱在了怀里。

安斯利在房间的另一头对着安德逊意味深长地挑挑眉，仿佛在说："你看，她喜欢这个娃娃。"

他们坐在木桌周围，收拾了早餐。两个白种男人，一个紧张的妇女。一个不到三岁的身体赤裸的小女孩拿着一个奇怪的红发破布娃娃。她安静地坐在她母亲旁边。她的肚脐左侧长了一个不平坦的胎记，就如红酒溅的一样。她手中紧紧抓着娃娃，看着她母亲很快将木瓜削成均匀的长条状。

他们和母亲说着话。一开始安斯利说的是泰语，后来为了安德逊，改用英语交谈。

"告诉我们一些关于盖的事情吧。"

她点点头，手上并没有停下来，木瓜条落进一个锡碗里。每当一根木瓜条从刀子上落下来时，那个小女孩都会浑身颤抖一下。

那位母亲用极低的声音讲话，以至于安德逊很惊讶安斯利能听到并翻译出来。

"盖一直都与众不同。"他的声音在翻译着，几乎是机械化的，"她不肯吃米饭。我们有时候会强迫她吃，但是她会哭着吐出来。"那位母亲苦着脸，"这是个问题。"先是她紧张单薄的声音，之后是安斯利低沉单调的声音。先是感情的抒发，之后是意思的表达，"我担心她会挨饿。"仿佛想起来了一样，她从破旧锡碗里拿起了一根木瓜条递给她的女儿。那个女孩左手抓着娃娃并伸手去接，仿佛在用钳子抓住木瓜条。安德逊看到她这只手上的三个手指是畸形的，就仿佛这些手指是在匆忙之中潦草地画出来的，缺少指甲和关节的精致。那个女孩看到他在盯着她的手指后，将手缩成了拳头。安德逊移开了视线，为自己盯着看而感到羞愧。

那位母亲停止削木瓜，并说出了一连串的话。安斯利几乎跟不上她的语速："我女儿说上次她住在披集一所更大的房子里。屋顶是金属做的。她说我们的房子一点儿都不好，太小了。她说得对。我们很穷。"

她苦着脸，举起一只手指着这间朴素的房间。那个女孩看着他们，吃着木瓜，将手中松软的娃娃抓得更紧了一些。

"并且她老是在哭。她说她想念她的宝宝。"

"她的宝宝？"

那个女孩在听她母亲说话。她就像田里的一只兔子，竖起耳朵听着。

"她的小男孩。她不停地哭泣。'我要我的孩子。'她说道。"

安德逊感到自己的心跳快了一些，而他的思维仍然保持理智："她说这样的话有多久了？"

"差不多有一年了。我们要她别再想了。我丈夫说去想前世的事情会带来坏运气。但是她仍然会说这些。"她露出悲伤的微笑，放下了刀，并站了起来，仿佛在用手擦掉这些事情。

他们两人也站了起来："还有几个问题——"

但是她微笑着摇摇头，从房间后面的一扇门退了出去。

他们看着她模糊的身影在一个低矮的炭炉前晃动着，像在搅动着什么。

那个孩子坐在桌边，轻抚着娃娃可笑的头发，不成调地轻哼着。安德逊在桌子对面倾下身："盖，你母亲说你曾经住在披集。你能跟我说说吗？"

安斯利帮他翻译了。安德逊屏住呼吸。他们等待着。那个女孩没有理他们，自顾自玩着娃娃，娃娃头上空白的纽扣眼睛似乎也在嘲笑他们。

安德逊向盖走去，在她椅子旁蹲下来。在那白色粉末涂成的圆圈之下，她有着像她母亲一样高高的颧骨和担忧的双眼。他自在地坐在地上，双腿交叉。很长一段时间里，十五分钟的样子，他仅仅坐在她的旁边。盖向他展示着娃娃，他笑了。他们开始安静地玩耍。她喂了娃娃后，将娃娃递给他喂。

"很乖的宝宝。"过了一会儿，他说道。她温柔地捏了捏娃娃画上去的鼻子。

"真是一个漂亮的宝宝。"安德逊的声音很轻柔，带着赞赏之意。他学着安斯利上下起伏的泰语腔调，就如纸飞机蹒跚地起飞后又落下来，错过了要点。谁知道他说得正确与否？

她咯咯地笑着："是一个男孩。"

"他有名字吗？"

"Nueng。"

"好名字。"他停顿了一会儿，"你在喂他吃什么？"

"牛奶。"

"他不喜欢米饭吗？"

她摇摇头。她离他只有几英寸远，他能闻到她呼气中的木瓜味和白垩味，可能是来自脸上的涂料。

"为什么不喜欢呢？"

她做了个鬼脸："米饭不好。"

"是因为味道不好吗？"

"不，不，不，不好吃。"

他等了片刻。

"你原来在吃米饭的时候发生了什么吗？"

"一件糟糕的事情发生了。"

"噢。"他能听到房里所有的声响：安斯利的声音，蜥蜴在天花板上疯狂爬行的抓板声，他极快的心跳声，"发生什么了？"

"不是现在。"

"我明白了。是在另外一个时间发生的。"

"当我长大之后。"

安德逊看着阳光穿过板条照射在地板上，孩子脸上的白色圆圈显得很鲜亮。

"噢。当你长大之后，你是住在另外一个房子里吗？"

她点点头："在披集。"

"我明白了。"他努力保持呼吸平稳，"那里发生了什么？"

"糟糕的事。"

"发生了一件跟米饭有关的糟糕事？"

她将手伸向桌子上的那碗木瓜，拿了一根木瓜条，塞进了嘴里。

"发生什么了，盖？"

她牙齿上满是水果，在朝他们笑，仿佛一个小丑露出了开朗的橙色笑容。她摇摇头。

他们等了很长时间，但是她什么也没说。窗外，已经看不见那头水牛了。晚霞之下，整个金黄田地仿佛都燃烧起来。往下看，小鸡在咕咕地叫着。

"那么我想到此为止了吧。"安斯利说。

"等等。"

那个女孩再次将手伸向了木瓜碗，而这次她拿了她母亲留在那里的削皮刀。她用那只不健全的手拿起了刀。这两个成年人是如此全神贯注地看着她，一开始他们没做出反应——他们没有从孩子手里拿走刀。他们看着她拿起娃娃，将它粗糙的布手指仔细地环在刀上，以一个专心的动作将刀对准了自己的身体，在快要插入自己腹部之前停下了，刀尖擦过肚脐旁酒红色的胎记。

直到那时，安德逊才过去将刀从她畸形的小手中夺了过来。她让他拿走了刀。

她还说了别的什么。她抬头看他，白粉末下，她的脸显得很焦虑。一个鬼魂孩子，安德逊想着，这都是梦。马上他又想：不，她是真的，这是现实生活。

出现了片刻停顿。

"嗯？是什么？她说了什么？"

安斯利轻微皱眉："我想她说的是'那个邮差'。"

安德逊和安斯利返回船上的时候已经很晚了。他们租的送他们来回披集的卡车将他们送到了河堤，而他们现在沉默地向曼谷返程。安德逊站在前面，安斯利坐在他的旁边抽烟。

小船滑行经过了带有码头的棚户，经过了靠河边的小灵屋，还有供灵魂栖息安歇的微型神殿，经过了女用澡池，孩子们在污浊的河水里游泳。

安德逊解开了衬衫纽扣，脱下了鞋袜。他需要感受到河水穿过他的脚趾，飞溅到脚踝上。他穿着敞开的衬衫和短袖站在船上，傍晚的夕阳照在头顶，他身上的每一根汗毛都竖了起来。

他想起了阿朱那，乞求着印度真神克利须那神向他展示现实——"现实，是一千个太阳同时放射光芒。他想起了赫拉克利特——一个人不能两次踏进同一条河流，因为那不再是相同的河流，而他也不再是相同的人。他想起了警察和验尸官关于那个披集邮差的报告，那个邮差向他妻子的左腹插入一把刀，杀了她，并砍下了她右手做保护动作的三个手指，只因为她把饭烧煳了。

　　船夫调了一下发动机后，船猛地在水面上飞掠而过，在他们身上溅起了水花。

　　他还记得大学时的自己，他和安斯利熬夜很晚讨论着香提·戴维的例子以及柏拉图和任何其他研究过死而复生理论的作者。从奥利金到亨利·福特，到巴顿将军和佛祖。他原以为他会将那些都放弃。死亡之后的意识存活——这是一个圣杯或白日梦，不符合一名科学家的才智。然而自那之后，他一直以自己的方式搜寻，记录 J.B. 莱茵在杜克用超感觉能力做什么，并且就思维与身体之间的联系展开了自己的研究与探索。精神上的压力会导致身体上的不适，这一点是确定的，但是为什么有些人会从创伤中恢复过来，而有些人却饱受夜晚出汗和恐惧症的折磨？他很清楚遗传和环境的因素并不能解释所有事情。他不相信那仅仅是运气的问题，他在找寻着别的原因。

　　别的原因。

　　他脑中产生了一个又一个的联系，就像玻璃碎裂一样向外扩散。

　　并不只是天性或养育，而是有别的原因会导致人格的怪癖或恐惧症。为什么有的宝宝生出来就很平静，而有的宝宝难以安慰？为什么有的小孩有先天的吸引力和能力？为什么有些人觉得自己应该是另一种性别？为什么张——那个易怒的人在本性上和他随和、滴酒不沾的双胞胎兄弟恩格是如此不同？毫无疑问，遗传和环境因素在这个例子中是相同的。而出生缺陷，当然——那个女孩畸形的手指很明显地表示出此生和前世之间的联系，甚至有可能解释——

欧文。

安德逊坐了下来。他的喉咙很干，太阳已经晒伤了他的鼻子、脸颊和脖子上的皮肤，而他知道一会儿会更难受。当他闭上眼睛，他能看到没有形状的图案很快穿过一团过于明亮的橙色。那些图案合并成一张算不上脸的脸，而他再次看到了自己的孩子。

希拉曾经指责他在欧文短暂痛苦的一生里没有爱欧文的能力，因为他无法像她一样抱住或者轻抚他的宝宝。是的，他无法看他的儿子，那是因为他是如此深爱他，却无力帮助他，他被自己的无知折磨着。为什么这一切会发生在这个孩子身上，用这种方式？

在医院里，在希拉醒来之前，他曾轻握着孩子残缺的小手，仔细看着那张糟糕却无辜的脸，直到他不忍继续去看，甚至以后都不忍再看一眼。他直接走出了新生儿重症监护室，穿过走廊，来到产科病房，隔着窗户，看到其他婴儿在睡觉或闹腾，他们的身体是健康的粉色的。

为什么？没有清晰的原因，一个婴儿以欧文的方式出生了，而其他婴儿完美地出生了。这里面能有什么意义？什么科学？难道真的只是简单的运气不好，一次不幸的染色体变异？为什么这个孩子生下来是这样的，完全没有遗传指示或环境因素？

除非……

他睁开了双眼。

鲍勃·安斯利在看着他，唇角露出一抹淡淡的微笑。

"我一直在追踪这种现象。"安斯利安静地说，"在尼日利亚、土耳其、阿拉斯加、黎巴嫩。你以为我在游玩。好吧，我确实在游玩，但我也在找，我在听他们说。"

"然后你听到了一些东西？"

"大部分都是耳语。在深夜喝点儿葡萄酒，沐浴着乡村月光，听来拜访的人类学家说的故事……有些女士惊人地标致，你知道的，以一种玛格丽特·米德般的性感方式。"

"原来这样。"安德逊翻了个白眼，将湿漉漉的脚放在阳光下。

"不，听着，"安斯利迅速说道，而他紧张的语气使安德逊抬起头来，"你知道尼日利亚有个伊博镇吗？那里的人会切掉他们死去小孩的小拇指，并让他在下一世轮回中如果能活得更久的话就回来。而当他们后来有了一个孩子，并且那个孩子有一个残缺的小拇指时，这种事有时候确实会发生，他们会庆祝。还有特林吉特人——阿拉斯加州的特林吉特人，他们身边即将死去或者已经去世的人会托梦给他们，告诉他们自己将会投胎到哪个女性亲戚的体内。更别提德鲁士人了……"他双唇紧紧抿着烟，仿佛是在克制自己继续说下去，之后又抽出了烟，"听着，我知道，这听起来像民间传说，但是确实是有案例的。"

"案例？"安德逊试图彻底弄清安斯利在说什么，话中有话，"能够证实的案例？"

"我又不是查尔斯·达尔文。最后发现我并不算任何领域的一个优秀科学家。我缺少……精确度。"

安德逊盯着他。

"你带我出来不仅仅是为了这个女孩？"

安斯利仅仅是回看着他："不是。"他眼里绽放出热情的光芒。

他们的船在河里打了个转，整座城市如同礼物一般映入眼帘：皇宫的金色佛塔，闪闪发光的红绿相间的寺庙屋顶。

　　如果他们能做到……如果他们能够证实那些案例……那么他们就能做出别人还无法做到的事——不是威廉·詹姆斯，不是斯坦福大学的约翰·埃德加·库弗，不是杜克大学的J.B.莱茵，莱茵在研究了多年超感觉力的实验室里开枪射死了自己。他们将会找到死亡之后意识存活的证据。

　　"我们明天早上的第一件事就是回到那里。"安德逊慢慢说道，他边说边厘清思路，"我们会接那个女孩并带她去披集，看看她能认出什么。我明天五点三十分和你在大厅会合。"

　　安斯利轻轻笑着，却郑重地答应了："好的。"

　　他们停顿了片刻。安德逊几乎无法呼吸。"鲍勃，"安德逊低语道，"真的还有跟这类似的情况吗？"

　　安斯利笑了，他抽了一口烟，并向外吐出长长的一缕烟雾。

　　沐浴在夕阳下的佛塔令人炫目，但是安德逊挪不开视线。他已经对明天迫不及待了，有太多的工作等着他去做。

　　"重新计算。"

　　导航说这句话说了多少次了？他在哪里？

　　他应该在某处拐错了弯。

　　安德逊在泥路边停下车并走了出来。卡车在高速公路上飞速驶过，发出一股混合了沥青和废气的臭味，造成一种非常重要的错觉：这里是美国。他环顾四周找路标，最后他看到了，他在费城外某地。他到底走错了多远的路？

　　他努力将在泰国的场景和声音甩出大脑。他感到他的朋友就在身边，仿佛他刚刚离开。

他最好的朋友，如今不在了，全部都不在了——研究所，他和安斯利一起用安斯利的资金构建的大厦。而他们一起构建的时候是多么兴奋。当他们研究领域中的案例层出不穷时，他们去泰国、斯里兰卡、黎巴嫩、印度，每一个案例都是全新而引人注目的。他们的旅行也很顺利，直到安斯利突然去世了。在希拉去世后六个月，他在弗吉尼亚州自己的土地资产上攀登一个山坡，他的心脏突然抽紧，停止了跳动，就是那样。

在葬礼前的守夜上（天主教的传统形式——安德逊当时就应该意识到那个寡妇会缓慢地将基金会里的资金吸走，正如吸尽她丈夫血管里的血一样），安斯利的脸凝结成一副吃惊的表情，甚至连葬礼承办人都无法抹除。噢，我的朋友，他曾想着，看着那副被甲醛撑满的身体，脸上涂着妆容，被抬向了家族墓地——不是你想象中的葬礼，你逝去的身躯留在了峭壁上，在阳光下发着光。

噢，我的朋友，我被你打败了。现在你知道了，而我无从得知。

安斯利死了，研究所关门了，那些文档被送走了。现在只剩一件事要做，一个案例需要调查。他所需要做的就是完成它。

阿什夫镇，弗吉尼亚州，这让珍妮很紧张。它在华盛顿特区的城郊，充满了她一直都很鄙视的那类复制式豪宅，房子一点儿历史感都没有，占据了每一寸空间，并分配了不实用的车库。但是……她必须承认，对一个孩子来说，在那些全新的、超大的房子里也许有什么诱人的东西，那些又大又明亮的绿色前院，那些在路边整齐排列的橡树，树枝伸出去悬在马路上方。

他们已经在大道上行驶过好几回了。他们经过了三所不同的学校（其中一所显然是汤米·莫兰的学校），每一所都有其独特的吸引力，包括巨大的球场和操场。

"你认出什么了吗？"安德逊一直在问，但是诺亚什么也没说。他看起来有些不知所措，有些分心，坐在后座看着外面的建筑，时不时地低声自言自语，然后用一种单调的声音说着："阿什——夫，阿什——夫。"

"我们昨天已经经过这里了。"珍妮对安德逊说。

他已经在车站接到他们并直接开往市区。

"再走一次。我们这次换条路线。"

他将车子掉了个头，又开回到镇里的大道上。珍妮已经记住周围的街景了。星巴克、比萨店、教堂、银行、加油站、五金店、市政厅、消防站，一次又一次地经过仿佛是梦中的小镇。

她瞥了一眼安德逊。他僵硬地开着车，下巴显示出坚定的决心。他比她大二十四岁，比诺亚大六十四岁，而他丝毫没有露出一丝疲惫。"我不确定他认出了任何事物。"

"这很常见。有些孩子对具体的房子比对城镇更依恋。人们会记得不同的事物。"

最后他开到了一扇大门前。一名守卫和安德逊核实了一份名单后，挥着手将他们放行。他们缓慢地在两侧建有更大更新的房子的马路上行驶着。一个高尔夫球场在上方的山上一闪而过。安德逊在一所巨大的砖房前停了下来，这让珍妮想起了一位朴素的女人身上却佩戴了太多首饰。唯一有人类生活的迹象就是门前石子路边的塑料自动倾斜卡车，轮子朝上，仿佛一只倒着的甲虫。

他们安静地坐在车内。珍妮从后视镜里看着她的儿子。她读不懂他脸上的表情。

"那么，"安德逊最终说道，"我们到了。"

"他们很富有，"珍妮突然说，"汤米很富有。"她有点儿受打击。

"看起来似乎是。"安德逊挤出了一抹微笑。

这样的话，难怪诺亚想回到这里，她想道。谁不想呢？就算房子设计得很糟糕，又如何——当你有大房子的时候，谁还想住在只有花园大小的两个小卧室的房子里？

安德逊转向坐在后座的诺亚，面部表情和声音都变得柔和起来："你对这里的任何事物感到熟悉吗，诺亚？"

诺亚看着他，他看起来有点儿目光呆滞："我不知道。"

安德逊点点头："为什么我们不进去看看，也许就知道了呢？"

诺亚努力使自己打起精神。他自己解开了安全椅并爬下车，走到石子路上。

一位穿着 Polo 衫和卡其裤的男子开了门。他红润的脸上是一副恼怒的表情，有着一头柔软的红发，如一名糖尿病患者面对一群售卖小饼干的女童子军般惊慌失措。珍妮试图不盯着他或诺亚看，而诺亚在仔细观察那个男子的船鞋。她克制着自己说出："宝贝，这是你前世的爸爸吗？"然后几乎因过度紧张笑了出来。

那个男子怒视着他们。"我想你们都应该进来再说。"他最终说道，后退一步将门半开，以至于他们都得侧着身进来。门厅的大小和她在布鲁克林的客厅一般大。"如你所知，我一点儿都不同意这件事情，"他继续说道，"所以，如果你们想要任何补偿，让我告诉——"

"我们不想要谈判。"安德逊坚定地说。珍妮意识到他一定也很紧张。他手中紧紧握着他的手提箱。

那个男子眯起眼睛："你说什么？"

"我的意思是——补偿。"

"好。"他带他们来到一个更加宽大的房间。珍妮尽量放松，保持呼吸稳定，空气中弥漫着烘焙的香气，同时她还闻到了柑橘和防腐剂的味道。在房子的深处，一个吸尘器在嗡嗡作响。

这个房间装修得十分有品位和中性化，摆放着奢华的米色家具，墙上挂着花卉印刷品的相框。透过房间后方的玻璃滑门，她能瞥见一个巨大的游泳池，上面覆盖着厚重的灰色防水布。它看起来像后院中央的一道疤痕。

"你们来了！"一位娇小的金发女子坐在房间里的阳台上对他们

露出温暖的微笑。她正抱着一个差不多一岁大的十分圆润的婴儿，仿佛他如空气一般轻盈。她很漂亮，有着一张圆脸和精致的五官。

那位女子加入到尴尬地站在壁炉前的三个人中。她亲切地朝珍妮和安德逊微笑，仿佛他们是过来喝下午茶的，并依次向他们伸出了柔软的手。她的头发在颈部用一个景泰蓝发卡整齐地盘起，珍妮注意到，那和她淡黄色的丝绸衬衣很相配。

"谢谢你们一路赶来。"她说，"我是梅丽莎。"

梅丽莎转向诺亚，并向他伸出了手。他认真地握了握手。站在门廊下的充满怀疑的丈夫，两个焦虑的成人—— 整个房间的人屏气凝神地看着他们。诺亚害羞地在地毯上磨着自己的鞋子，而珍妮不高兴地发现他左脚的运动鞋的脚趾部位露出了一个小洞。又是一件她没有做好的事情。

梅丽莎对诺亚温柔地笑着："你喜欢吃燕麦葡萄干饼干吗？"她的声音又轻又尖，就像一名幼儿园老师。诺亚点点头，睁大了眼睛，抬头看她。

"我想你会喜欢。"她调整了抱着婴儿的姿势，在怀里轻摇着他，"饼干马上就好了。我还做了薄荷柠檬汁，如果你想尝尝的话。"

她是如此吸引人，带着她明亮的金发和开心的微笑……就和诺亚一样。任何陌生人都会认定她是那个男孩的母亲。她会是你从目录中选中的母亲人选——我想要那个。任何人都会想回到这座大房子里和这位长相甜美、会做饼干的母亲在一起。珍妮双臂交叉。她上臂后面的皮肤上有些轻微的小疙瘩，这是一直都难以消除的身体症状。诺亚有着相同的问题。她想走过去并抚摸他上臂上那熟悉的粗糙感。他是我的，她想着。那里有证据。

"大家都坐下来，好吗？"梅丽莎恳求道。而他们都一起坐进了弯下去的沙发里。梅丽莎将婴儿放在地板上，而他们看着他用那胖墩墩的小腿摇摇晃晃地在家具周围爬来爬去。诺亚紧靠着珍妮，沉默寡言，低着头，半闭着眼睛，看不清表情。她感受着他身体上传来的温暖。

安德逊打开了手提箱，并拿出了一张纸："我列出了诺亚做出的一些陈述，如果你不介意，看看哪些是一致的？"

珍妮瞥了一眼那张纸，上面写着：

诺亚·齐默尔曼
——拥有对爬行动物不同寻常的知识
——可以为一场棒球比赛记分
——喜欢棒球队中的华盛顿国民队
——提起过一个叫保利的人

梅丽莎拿起了纸，并看了起来，其间眨了几次眼。

"我必须承认——当你给我发邮件的时候，我很怀疑。我到现在仍然很怀疑。但是里面有太多的……相似点了……并且，我们试图保持思维开阔，不是吗，约翰？"约翰一言不发，"至少我是这样的。自那以后，我搜集了许多关于灵魂的信息……"她的声音减弱了。珍妮感到她的视线自动移到了窗外，看着被覆盖的泳池。当她再次看向梅丽莎时，那个女人正用专注却迷蒙的眼神注视着她，"我很高兴你们来了。"她说。她抹去了一滴眼泪，并迅速站了起来，"嘿。我去把那些饼干拿过来吧。照看一下查理，好吗，约翰？"约翰简单地点了点头。

"不好意思，"安德逊突然也站了起来，并说道，"我能用一下——"

"那边。"约翰朝着走廊的方向示意。安德逊再次打了个招呼后，房间陷入了沉寂。诺亚看着他的运动鞋。珍妮看着那个婴儿试图爬过沙发和扶手椅之间一个难对付的鸿沟。那个婴儿摇摇晃晃地向前跨了一步，摔倒了。他立刻哭了起来。约翰走过去抱起了他。"没事啊，乖。"他说，无意识地摇晃着他，"没事啊，乖。"

安德逊穿过走廊，经过一扇半开的门，里面是一个装满了毛绒玩具和一张婴儿床的淡黄色房间，又经过一扇关着的门，上面挂着一个牌子，用稚气的蜡笔字母写着"禁止进入"。那些字母看起来很欢乐，仿佛它们真的只是在开玩笑。他停了下来，朝两边瞄了一下，然后将门打开了。

这是一个男孩的房间。这看起来像昨天才有人待过，而不是五年半之前。床单上绣着棒球和棒球棒，整齐地铺在枕头下方；柜子上摆放的棒球和足球奖杯在假金的材质中闪闪发亮，仿佛是昨天才赢来的；还有两个分别装了棒球手套和棒球的箱子，上方挂着一面国民队的奖旗和印有不同蛇类的带框海报。一个孩子用的蓝色背包放在角落里，上面绣着 TEM。背包看起来仍然装满了课本。房间角落的书架上有一排《哈利·波特》丛书，还有一本关于棒球的百科全书和三本关于蛇的参考书。

安德逊关上了门，并迅速去了洗手间。

他从里面锁上了门，往脸上泼些水，惊慌地看着镜子里那张灰色的脸。

那并不是他们。

他从一进门就开始怀疑了，但是现在他确定了。

查理是个婴儿——在前世人格的生命中根本就未出生——诺亚不可能记得他。汤米喜欢蛇，而非蜥蜴。而诺亚似乎什么都没有认出来。他们来到了错误的家庭。

当然，这是他的错。他的能力没有全部发挥出来。他想不起来"蜥蜴"这个词，而是用了爬行动物来代替。他没有问过那个弟弟查理的年龄。小的、非典型的却关键的错误将他引向了错误的方向，带来了灾难性的影响。

他过于急切。向前的动作使他太愉悦了，以至于他几乎忘了在前进中发生在他身上的所有事情。

他将手穿过头发。这个案例结束了，他也结束了。最终他对文字的信任动摇了，他对自己专业能力所剩下的信心减少了。

现在怎么办？他犯了错，而现在他将走入客厅纠正错误。之后他将回家。回去再重新开始？不再重新开始，他结束了。这很明显。对于一段漫长而卑贱的职业生涯是一个适合的尾声。但是，他为了那些难解之谜付出了那么多努力。

他靠着水池，硬着头皮面对那必然发生的结果。

珍妮能隔着整个房间闻到饼干的香味。"希望你们会喜欢热腾腾的饼干！"梅丽莎喊道，高举着盘子，就像一本娱乐读物的封面。她愉快地从厨房走出来，仿佛更加开心了，她的脸色红润，双唇新涂上了粉色唇膏。她递给诺亚一块饼干，并将盘子放在茶几上。香甜的气味掩盖了清洁工具的柑橘兼氨水味以及诺亚走到哪里都带着的酸臭味。珍妮很好奇，梅丽莎是否注意到了这点？

　　约翰从婴儿的上方看向梅丽莎。"查理尿尿了。"他说道，并做了个鬼脸。

　　梅丽莎尖刻地笑了："那你给他换尿布啊。"那对夫妻的目光相遇。而珍妮很明显地察觉到这次拜访之前他们之间发生了不止一次冲突。约翰叹了口气，父子俩离开了房间。

　　诺亚在沙发上安静地坐着，双手放在两腿之间，嘴里塞满了饼干。他不肯抬起头。

　　"那么，"梅丽莎愉快地转向珍妮，"我听说诺亚好像是国民队的球迷。"

　　"是的。"

　　"谁是你最喜欢的运动员呢，诺亚？"

　　"齐默奈特。"诺亚对着地毯说道，嘴里满是饼干。

"他喜欢赖安·齐默奈特。当然是因为这个名字。"珍妮补充道。

但是梅丽莎的眼睛睁大了："但是他也是汤米最喜欢的选手！"

在听到这个名字后，诺亚猛地抬起了头。这不可能没注意到。

梅丽莎脸色变得苍白，她看着诺亚，紧张地舔舔唇："汤……汤米？你是汤米吗？"

他犹豫地点点头。

"噢，天啊！"她将手放在喉咙上。她空洞的粉色微笑似乎飘浮在脸上，仿佛和她湿润的、眨着的蓝眼睛毫无联系。

珍妮是在做梦吗？这一切真的在发生吗？

"汤米，过来，这里。"另外一位母亲说道，她张开了雪白的手臂，"过来，妈咪，这里。"

诺亚瞪眼看着她。

那个女子穿过他们之间的距离，将他从椅子上抱起来，像抱布娃娃一样将他抱入怀中。

但是这不可能，珍妮想。他的手臂上有着和她一样的疹子。他一出生后，她立刻就将他抱在胸前，而他马上开始吃奶了。"就像一个很有经验的人啊！"那个护士曾骄傲地说。

"噢，我的小男孩。"梅丽莎开始在诺亚头发间哭泣，"我真的很抱歉。"

"噢！"诺亚说。他的额头抵在她手臂上开始发红，而他冒出的话轻得像悄悄话。

当他从珍妮身体里生下来时，医生曾将他高高举起让她看见。他的脐带还没有剪断，身上带着血和少许白色的胎儿皮脂。他的脸庞是深红色的、皱皱的、美好的。

"我真的……真的很抱歉。宝贝，我犯了个错误。"梅丽莎说。她的声音很凌乱，睫毛膏顺着泪珠滚落下来，"我知道我搞砸了。我总会检查门闩的。我以为我检查过了。我搞砸了。"

珍妮几乎看不到诺亚的头顶了。她更看不到他的脸。"噢！"他再次叫道，"噢！"

"我忘记关上门闩了！我从来不会那样做。噢，我搞砸了。"她紧紧抓着他的两只手臂，他的皮肤在她手指下开始出现红印子，红得像他身上的红色国民队短袖，"但是为什么你会被水淹死呢，宝贝？为什么？你上过游泳课的啊！"

"噢！"诺亚说。

只不过他不是在说"噢"，珍妮忽然意识到，他在说"不"。

"不。"诺亚再次说道。他伸长了脖子才得以摇头，而她能看到他的双眼被压迫得紧紧闭上。他扭动着却无法挣开那个女人的怀抱，"不，不，不！"

"我不知道你会去游泳池。"梅丽莎喘着气说，"我从来不知道你会那样做。但是你会游泳的！你会游泳！噢，天啊，我搞砸了！汤米，妈咪搞砸了！"她抬起手去擦眼泪，而诺亚猛地从她身上挣脱出来。

他倒退着穿过客厅。他浑身发抖得非常厉害，以至于牙齿都开始打战了。珍妮走向他："诺亚，你还好吗？"

"汤米。"珍妮向他伸出了柔软洁白的手臂。

他从一个女子看向另一个女子。"走开！"他尖叫着，"走开！"

他尽可能地远离她们俩，推翻了茶几，饼干被掀翻到地上。"我的妈妈在哪里？"他叫喊着，转向珍妮，"你说过我会见到我妈妈的！

你说过！"

"诺亚——"珍妮说，"亲爱的，你看！"

但是他闭上眼睛，将双手盖住自己的耳朵，然后开始大声哼哼。

安德逊冲回房间里，后面跟着抱着婴儿的约翰，婴儿身上只穿了尿布。约翰看到了这幅画面，先是看着诺亚，再看他的妻子，她脸上的泪痕宛如车胎印记。"你都做了些什么？"他问。

在厨房里，诺亚闭着眼睛，双手捂住耳朵，坐在桌边。他仍然在哼哼着。他不肯看珍妮，当她将手放在他肩上时，他躲开了。又一盘饼干被放在闪闪发亮的大理石柜台上。房间里充满了香味，浓郁而让人恶心，就像一个因太迟而无法改正的错误。

安德逊清了清嗓子。珍妮几乎无法看他。

"这是一个错误。"他似乎在对着所有人说，又似乎在自言自语，"这似乎是错误的前世人格。"没有人回答他，"让我解释……"他说着，但是没继续。他似乎不知道该怎么做，如果他真的有过任何得体行为的话。

梅丽莎在桌子的另一端弯下腰来。她咬破的嘴唇现在在流血，她黄色衬衫的衣领上有一丝血迹，洁白的牙齿上也是。"我以为我能获得一些答案。"她含糊地说。珍妮在她金色的头发中看到了一丝灰发。

她的丈夫手里有一包婴儿湿巾，而现在正拿着擦她的脸庞。他手臂里抱着的婴儿像一个扭动的巨大足球。

"没有答案，"约翰说，"那是一个意外。"

他温柔地擦去她脸上和下巴上的黑色印记。她让他擦着，双手放松地悬在两侧。当他擦去了妆容后，她看起来更加年轻了，就像一个孩子一样。

"你总是这么说，"她呜咽道，"但那是我的错。"

那个婴儿开始大哭。

"管理泳池的男孩忘记关上门闩了。你知道的。这有可能发生在任何人身上。这是一次不幸的意外。"

"但是那些游泳课——"

"他游得并不是很好。"

"但是如果我检查了门闩——"

"是时候结束这一切了，梅。"

是时候结束这一切了！

这句话最终将珍妮从魔咒中唤醒。这个女人失去了她的儿子，她想。她失去了她的儿子。她消化着这句话。她看见了，她不受控制地看见了，一个可爱的金发小孩在泳池的底部挣扎。他小小的死去的身体在湛蓝的水里漂浮着。一个死去的孩子！所有事情都是因这个事实产生的，不是吗？在所有能发生的糟糕事件中，这是最糟糕的。而之后他们来到这里，并对她做了这样的事，这个女人已经遭受了难以想象的经历：他们让她重燃希望后，又狠狠地使其破灭了，而他们是否有意为之并不重要。是她做了这件事，她无法责怪诺亚。而安德逊以一种她并不是很了解的方式遵从了他自己的道德标准。她是一名母亲，她应该更明事理，可是，相反，她残忍地对这个女人做了这样的事。她的所作所为是不合情理的，全是因为她无法面对现实。现实是？

现实就是汤米·莫兰已经死了，不会再回来。

而安德逊的案例结束了。

而诺亚病了。

是时候结束这一切了!

那个婴儿仍在号哭。

"梅。"她的丈夫像抚摩宠物一样摸着她的头,"查理饿了,他需要你。"

梅丽莎机械地从丈夫手里接过宝宝,她敏捷熟练地掀开自己的上衣和内衣,让圆润的乳房露在外面,粉色乳头宛如宇宙飞船一样意外地出现。珍妮感到安德逊避开了视线,但是她无法移开目光。梅丽莎将饥饿的宝宝放在胸前,过了一会儿,她脸上的表情显得宁静了许多。

羞愧从珍妮颈部扩散开来。她让诺亚也遭受了这一切,毫无理由地让他更加困惑了。"对不起。"她对梅丽莎说道。

梅丽莎闭上了双眼,专注在她身体上正在发生的事情。而珍妮记得那种针刺感,乳房变得沉重,因流动的奶水而鲜活,细小尖锐的牙齿用力地拉着乳头,之后是当宝宝吸进奶后身体内部传来的一阵深深的叹息。

"你们现在应该离开了。"约翰说,虽然已经无须明说。他沉默地带他们穿过房子,珍妮将双手放在诺亚背上,引着他走,安德逊跟在后面。约翰打开了前门,没有再看他们一眼。

他们三人蹒跚走下台阶,来到了漂亮的大街上。路边的树在微风中哗哗作响,高尔夫球场在远处闪耀。一个男孩骑着自行车在人行道上嗖的一声穿过他们,野蛮地专注地骑着,几乎撞到了他们。珍妮看着他沿着街继续骑,车胎摇晃着。

他们沉默地坐在车里。珍妮坐在后座,和诺亚坐在一起。诺亚不肯睁开眼睛，也不肯将手从耳朵上放下来。过了一会儿，他的双手垂到了两侧，她才意识到他睡着了。

诺亚病了。

她试着在脑海中说出这句话。它无意识地躺在那里，像一大块看起来很无辜的坏原料。

安德逊在街上转了一道弯后又转了一道，门卫挥手看着他们开出大门。他们现在回到了现实中，回到了混乱、忙乱的现实当中。他们在主干道上转弯，开向旅馆。汽车导航里的女音发出了冷漠的音调："继续前行零点二英里，然后在欢乐大街上左转弯。"

"欢乐"，珍妮想着。这个词在她的脑中回响着，变成了精神病。

窗外，当地高中正好放学了。大孩子们懒洋洋地走向停车场，呼唤着伙伴。

"在精神病大街左转。重新计算。"

重新计算。用药治疗。

"沿精神病大街继续前行零点二英里。用药治疗。用药治疗。"

他们现在开进了一条小巷，经过了当地一家银行，一个有着更小房子的可爱街道，房子的门廊上装饰着美国国旗。小巷。副作用。

"继续前行零点三英里。在凯瑟琳广场左转。"凯瑟琳，紧张性精神症患者。

"在紧张症广场左转。用药治疗……"

安德逊从后视镜里看着她。

"珍妮，我必须向你道歉，"他安静地说，"这显然不是正确的前世人格。我应该注意到的。我忽略了一些我本不该忽略的事物。"

"事物？"珍妮努力甩甩头，使自己清醒。

"是的，那个小儿子，查理——他年纪太小，汤米不可能认识他……我以为他们有一个大一些的叫查理的孩子。"

当这是你儿子的时候，你如何不再尝试？但是必须在某处停止下来。

是时候结束这一切了！

"在否认大街左转。用药治疗。用药治疗。"

汽车似乎在街上按自己的意志自由漫步。安德逊仍然在说话："并且我用了'爬行动物'这个词。我应该说蜥蜴的。这是我的过错。这不像我，但那不是理由。我没有做到精确的描述。我没有把握蛇和蜥蜴之间的区别。"

"杰里，停下车。"

他靠路边停下车。他看着前方，汗珠在他颈后闪着光："怎么了？"

"我们在这里结束了，杰里。"

"我同意，我能肯定，这是错误的……家。"

这个男人很笨吗？"不，我是说……我不想再去那些学校、商店和房子里了，所有的。麻烦送我们去旅馆。"

"那正是我们要去的地方。"

"导航说左转，你却右转。事实上有三次了。"

他皱着眉："不。"

"不然你觉得她为什么一直说'重新计算'？"

"噢。"他握着方向盘的双手显得很紧张，"噢。"他的目光透过了挡风玻璃，仿佛迷失了。

她试图使自己的声音保持冷静："杰里，听我说，没有前世人格，这是诺亚编出来的。"

安德逊的目光凝固在前方，仿佛答案就躺在那里，在沥青马路上。"你说的什么意思？"他问。

她看着她睡着的儿子，他歪倒在安全椅里，闪亮的脑袋靠在一边肩膀上，浅色的睫毛轻轻颤动着。她看到安全带在他脸上引出了一道印记。

"他编出来的，因为他有精神分裂症。"她说。

她说出来了，那句话听起来像每一个身体机能在狂乱地运作。

她打开车门走了出去。她弯下腰，双手放在膝盖上，脸庞隐藏在垂下的浓密头发后面。她感到晕头转向，在路边跪了下来。她感受到了下面的坚硬和结实，就如现实一般。

"你还好吗？"他将手放在眼睛上方遮阴，看起来有些站立不稳。

像他们两人的人——绝望的人，是很危险的，她忽然想道。她看到了另外一位母亲，她脸上黑色的泪痕。她再次觉得难受，这次还带着愧疚之情。然而她也意识到自己身上的某些部位却放松下来了。那扇门关上了，她又再次回到了现实生活里，不管它多么糟糕。

安德逊用手擦着脸。"你已经有过一份诊断了。"他最后说。

她环顾四周，草坪，沥青，从他们身边驶过的去超市或商场的车辆，仿佛希望有个人过来反驳这点。"是的。"她说。

他摇摇头："谁？"

"确切地说，并不是一份诊断，是一份意见，来自兰森医生。他是一名纽约的儿童心理医生，显然是最好的医生之一。"最后一句，是她故意说出来伤害他的。

他听了之后毫无反应："你为什么没告诉我？"

"我想我之前是害怕你不愿意和我们一起工作。"

他眼神闪烁。"你难道不知道我的同事们会说什么，如果——"他缓慢地吸口气，并努力再次将声音放低，"你——"他双唇颤抖了一下，之后平复了。让外表平静下来想必花费了不少力气，她想着他要说的是"你应该告诉我的"。

我不在乎你的同事们，她想。我不在乎人们死后会发生什么。我在乎的是车里的男孩。那是我唯一关心的。"是的。我应该告诉你的，"她闷闷地承认道，"当你儿子病得很重的时候，你就不再是你自己了，你不会像平常的样子，你无法看清。"她用手擦着湿润的双眼，"我那样是很不负责的。"她指所有的事情。

他迅速地摇摇头。"诺亚没有得精神分裂症。"他说。

她感到体内又升起了希望，但她在其做出更多破坏之前将之粉碎了。

"那你怎么知道的？"

"这是我的专业意见。"

她站起来并朝他微弱地一笑："我很抱歉，但现在这对我来说并没有多少分量。"她无视他的畏缩，"更何况，你看到诺亚今天的表现了。"

"那是错误的前世人格。"安德逊低下头，"这是我的错。这很沮丧。但是……"

"结束了。这个案子结束了，杰里。"

"是的。当然。"他缓慢地点点头，"当然，我只是需要一个……"然后他朝草坪里走了几步，并四下看着，仿佛在找出路。

"妈妈？"

诺亚醒过来了。他伸展着，并朝她露出了一抹虚弱的微笑。

"你感觉怎么样，宝贝？"她轻抚着他的头发，摩擦着他脸上被安全带印出来的红印子，"你饿了吗？我包里有块格兰诺拉燕麦卷。"

他困倦地笑笑："我们到了吗？"

"我们马上就到旅馆了。"

"不，妈咪——妈妈，"他耐心地说，仿佛她有点儿笨，"我们什么时候到阿什夫路？"

Sujith Jayaratne 是一名来自斯里兰卡首都科伦坡郊区的男孩，在他才八个月大的时候，他开始表现出对卡车甚至"lorry"这个词的极度害怕之情。lorry 在英式英语里是卡车的意思，这已经成为僧伽罗语的一部分。当他长到会说话的时候，他说他曾住在一个几英里之外的村庄 Gorakana，在那里，他被一辆卡车撞死了。

他对那段人生做了大量的描述。他的伯祖父是附近寺庙的一个和尚，听说了一些事情，并向寺里的一位年轻和尚提起了 Sujith。那个和尚对这个故事很感兴趣，他就和 Sujith 聊了聊他的记忆，当时 Sujith 才两岁半多一点儿，和尚在他试图去证实任何说法之前将对话的内容都写了下来。他的笔记显示，Sujith 说他来自 Gorakana，并住在 Gorakawatte 区。他的父亲叫杰米斯，右眼视力不好。他去的是 kabal iskole，意思是"破旧的学校"，在那儿，他有过一个老师叫弗朗西斯。他给了一个叫 Kusuma 的女人一些钱，让她为他准备 string hoppers，一种食物……他说他家的房子是粉刷成白色的，厕所在栅栏旁，并且他用凉水洗澡。

Sujith 还告诉了他母亲和外婆一些关于前世的事，这些事直到他的前世身份被鉴定之后才被写下来。他说他前世的名字叫塞米，有时候他会叫自己"Gorakana 塞米"……他还说他妻子的名字叫玛姬，他们的女儿叫 Nandanie。他在铁路部门工作，曾爬过一次亚当峰，那是斯里兰卡中部的一座高山……他说在他死去的那天，他和玛姬吵架了。她从家里离开了，而之后他去了商店。在他过马路的时候，一辆卡车碾过他，他就死了。

那位年轻的和尚到 Gorakana 去寻找有没有家庭里的死者的人生和 Sujith 的说辞相匹配。在经过努力之后，他发现有个五十五岁的人叫塞米·费尔南多，或者有时候被叫作"Gorakana 塞米"，在 Sujith 出生六个月之前被一辆卡车撞死。Sujith 所有的说辞都被证实与塞米·费尔南多的经历相符合，除了他所说的在被卡车撞倒后，他立刻就死了。塞米·费尔南多在车祸之后被送到医院，在一到两个小时之后才死去。

——吉姆·B. 塔克《前世今生》

丹妮丝醒来时嘴里还念着那个名字。念出那个名字的感觉是又咸又苦的，就如同尝到了泥土和海水的味道。她在床上又躺了十秒钟，却感觉有七秒是多余的，之后便起床了。她仔细地穿好衣服，确保她扣好了衬衫和西装外套上的纽扣，检查好她的丝袜上面没有抽丝，将她的头发梳起来并卷成一个发髻，用发卡夹好，以便保持发型。老人院的着装要求随意到可笑的地步（牛仔裤和运动服，看在老天爷的分儿上），但是她这一生中都穿着职业装，甚至在她早年当学校老师的岁月里，而她现在肯定是没打算停下来的。更何况，这对病人和他们的家属很重要：这传递了尊重的信息。

她铺好床，收拾好睡衣并挂在衣架上，做好这一切之后，她才去了卫生间。藏在水池上方，在阿司匹林和卫生棉后面的是一瓶弗格森医生开给她的药。她拿出一颗药，并用放在架子上的奶油刀切成四份。即使是半颗药也让她产生了轻微的不适的眩晕感，而一整颗则会让她一整天都萎靡不振，通常四分之一就足够了。她将药直接吞咽了，并将剩下的仔细地放回瓶子，将柜门关上，直到它发出咔嗒声。

好了，她出现了。那熟悉的皮肤、棕色的湿润眼睛和黑发。她的头发紧密地贴着头皮，她已经很久没有去过理发店了。她希望她能做到很多其他黑人女性做的事，把头发剃到贴近头皮处后就任其生长。

当她看到有女性是那样的发型时，她会忍不住盯着看，对她们的简洁、光滑、缺少蓬乱赞叹不已。然而她自己做那样的造型的话会感到不妥，她会觉得——没准备好。

走下楼，她开始煮咖啡，并打开了广播，在平底锅上敲碎几个鸡蛋。她听见查理在楼上砰然作响，做着任何一个十五岁少年早上会做的事。他只需要片刻就能套上一件短袖和牛仔裤。

"查理！查理！"

她站在那里，看着平底锅里的鸡蛋，并听着广播里的新闻，斜靠在柜台上。厨房窗外的地上，丹妮丝在玉米的残株上面看到了一层闪闪发亮的霜冻。这是一个漫长的冬天，并且还在继续，迈着胜利的步伐跑了半程，现在正迈向春天。在他们的后院里，一只小鸟一直在试着从半冰冻的喂鸟器里饮水。

查理咚咚咚地走下楼。这总让她感到震惊，这个留着活泼的黑人辫子的庞大身体居然是从她瘦弱的身体里生下来的，他是她的，这个笨重的身躯出现在她的每一天生活里。他懒散地坐在一张椅子上，开始用刀叉在桌子上击打着节奏。

她放了一盘蒸蛋在他面前，并坐了下来："给你做了一些鸡蛋。"

"谢了，妈妈。"他跳起来去倒一些果汁。

"查理，坐着，你跳得我头都晕了。"

"你睡得好吗？那只狗有没有再吵到你？"

她停顿了一会儿，她睡着的时候又喊出来了吗，所以他才这么问？

"我睡得还好。"

"很好。"他猛地坐了下来。

没有，查理什么都没听到。她安静地呼出气。当然，这并不意味着她没有喊出声。

她安静地坐着，听着广播里的声音，却没有注意具体内容。那颗药起作用了，她让自己陷入那声音的韵律之中，一个使人清醒但单调的男声，用他平静的、可预测的韵律消除着战争、地震和飓风。这个世界会走向尽头，它也曾走向尽头，而你可以指望那个声音仍然在那里告诉你世界是怎么崩溃的。

"妈妈！"

"嗯？"

"我在问还有剩下的培根吗？"

她站起来觉得有点儿头晕。她打开了冰箱门，并在那儿站了一会儿，倚着门，看着里面明亮的食物。在那里，那个闪亮的包装。她拿了出来。

"别在嘴巴塞满了东西的时候说话。"她走向炉子，将培根放在锅里。培根发出哒哒声，给她好看的棕色裙子上溅上了几滴油。当第一滴油溅到她的时刻，她就知道自己不会吃一口。她之前没意识到培根能如此倒胃口。

广播里的新闻播完了，之后开始放一些经典音乐。当查理在周围的时候，她总是将广播调到经典音乐那一台。她认为他听听这些很有益处，就像晚上他在家的时候，她会看新闻节目或自然纪录片，而她真正想看的是那些真人肥皂剧，通过看有钱的愚蠢人肆意妄为来逃离现实生活。弗格森医生本以为在发生了所有事情之后，她可能会放下那类事情，但是结果截然相反。

她用纸巾包着培根拿向查理的盘子里，将冒着油光的培根放到鸡蛋之上后便坐回了椅子上。

"你没有吃啊，妈妈？"

"等会儿。你今天上午不是有公民学考试吗？我们没有复习。"

"那是周五。但是我觉得我考得很好。"

"查理·克劳福！"

"考得不错。我觉得我考得不错。"

"你就是像这样在英语课上讲话的吗？这就是她给你一个 C+ 的原因？"

他埋下头，并开始往嘴里胡乱塞入培根："不是。"

"因为你知道你必须更加努力才能进入一所好大学。那是大学顾问——"

"我能搞定的。"他抬头看着她，之后又埋头吃着盘里剩下的食物。谁知道真相是什么？查理一直都是一个相当不错的学生，但是那个年龄的小孩是充满不确定性的——一旦体内的荷尔蒙开始起作用后。住在街边的玛利亚·克利福德的儿子，在眨眼之间便从优等生到退学，之后在加油站工作了。

"来吧，妈妈，吃些培根，很好吃。"他倒了少许到她面前的桌上，并看着她直到她拿起来。

"你今天早上为什么这么关注我？"

"因为你不吃。"

"我吃啊。看到了吗？"丹妮丝拿起培根并放入嘴里。她嘴里满是烧煳了的味道。她将培根移到了嘴角，当他走了之后，她再吐出来。"听着。我看今天能不能按时下班，然后我们一起吃一顿像样的晚餐，好吗？"她说。

"来不了。有练习。"

"练习？"

"是啊。"

"你难道不应该是学习，而不是在谁家的地下室打鼓吗？"

"车库。"

"你知道我说的什么意思。"

他耸耸肩，推着桌子站了起来，从地上捡起背包。邻居家的狗又开始叫了。你可以一直到阿什夫路都听到狗叫，也许一直延伸到高速公路。

"来个人去杀了那条狗吧，为大家做一件好事。"查理说。他已经走向门口。

"你表现友好点儿。"她说。

他透过垂下来的辫子对她咧嘴笑道："我一直都很友好。"

之后他便出门了。

她做的第一件事就是吐出培根，第二件事就是关掉广播。她是多么讨厌那音乐。他们在老人院里也整天放那些，强迫那些老人像吃药一样听那些音乐。吞下去，这对你有好处，尽管那些药唯一的作用就是让你整天都很麻木。起码那些拉美裔的人带来了他们自己的音乐，你可以随着鼓声和喧闹的旋律翩翩起舞，并不是说她有一天会这样做。她知道她在罗德里格斯夫人的房间里待得太久了，伴着音乐声清洗着罗德里格斯夫人丰满的、晒黑的四肢。桌上的植物开花了，罗德里格斯夫人的女儿平静而随意地坐在床边做着纵横字谜，尽管罗德里格斯夫人已经至少两年没有认出自己的孩子了。她喜欢做清洗工作。她现在已经习惯那些味道了，并且罗德里格斯夫人的肌肤不像大部分人那样脆弱，她不必担心像对很多白人一样在他们身上留下指印。能够这样触摸一个人让她感到很平静，不带任何渴望或商量，仅仅是肌肤接触，一个身体和一条毛巾以及实际帮助。所以，她愿意逗留。她知道这对其他病人并不公平，他们没有亲戚、植物或音乐。她在心里记住今天要动作快点儿。

她现在站起来了，享受着此刻的安静，清洗着盘子，想象着罗德里格斯夫人的房间。当她洗好盘子后，她靠着柜台看着钟，试着什么都不想。七点。七点半。她知道那个名字仍然在她脑海深处飘着，但是那颗药的药效足以蒙住那个名字让她无法听见。当指针终于指向七点五十五分的时候，她喝完咖啡，并松了一口气。

因为又一天开始了。她漫长的一天。

牛津老人院也曾经是有理想的。任何人都可以从那些高大的假植物、圆柱、墙上的山景图，甚至它名字本身看出来，这和那所高等教育机构完全没关系，有人只是觉得这名字好听，但是在某些地方，有些设施毁坏得很严重。油布地板因为有太多轮椅、担架床和手杖经过而被擦出了深深的划痕；大厅里的味道闻起来只有一点点像消毒液和保安所抽的烟的味道，很大一部分闻起来像那些非常老和病得很重的人的陈腐、有轻微恶臭的皮肤味。电梯组上方的天花板因水渍而呈现条纹状，年久失修导致裂口已经变成黑色了，就如擦破的膝盖腐烂了一般。

这是一个是否在乎的问题，珍妮想着。没人在乎，所以什么都没发生。管理层换了太多次，没有人确定现在的老板是谁或在哪儿，没有太多知晓情况的病人去投诉，也并没有很多家庭成员过来看望他们，虽然这里离城镇只有十五英里。一个恶性循环：这个地方是如此压抑，以至于没有人愿意来，而因为没有人来，没有人投诉，这个地方就变得更加令人压抑。如果是在人生的另一阶段，丹妮丝就会自己承担起责任，把这个地方弄整洁，先从了解清洁工用的是哪种清洁液开始——如果有的话，但是这段时间她没有兴趣承担任何不属于自己的责任。

她做了她的本职工作，她脸上保持着愉快的表情，并且尽力做好自己的工作，尽管有时候会遇到大量糟糕的事情（她不喜欢骂脏话，但是有时候情况使然）。她继续工作着，尽管天花板在腐烂，并且由于工作人员严重不足导致很多病人都无人照看，有时候长达几个小时，还有，库房里似乎总是在最需要镇痛剂和吗啡的时候缺药。她很感激能有这份工作，很感激发的工资，并且这份工作花费了她巨大的体力和心力，但几乎没有占据她实际的思维。然而，最近她感到她的思维经常偏离到她觉得不妥的程度。例如，科斯特洛先生得了肺癌并时日不多了。为什么她会问他有没有害怕？那个问题是从哪里冒出来的？

也许是他的平静影响到了她。他通过一根插入鼻子的管子从床边右侧的氧气瓶吸入氧气，不能吃冰块和炒蛋之外的食物，大部分时间时睡时醒，而他困乏的绿色眼睛看着自己的身体逐渐衰弱，似乎被逗乐了，甚至感到满足。

"所以我状况如何？"

她一边检查氧气用量，一边说："仍然很强健。"

"可恶。我希望我现在就已经死了。"

"别这样说。"

"你以为我在撒谎？但我没有。"

"你不害怕吗？"这句话突兀地冒了出来，甚至在她意识到自己在说什么之前。

155

"不。我是最后的莫西干人了，你知道的。他们都不在了。"他挥了挥手，仿佛他妻子和朋友才刚刚离开房间。

"那很好。"她继续说道，"我是说，你一点儿都不怕？"

他好奇地看着她："那为什么我会害怕？"他是个充满智慧的老人，曾经做过一名化学家，还是一个工程师？

她笑了："我之前没意识到您是一名信徒，科斯特洛先生。"

"噢，不，不，我不是的。"

"但是，在这之后，你认为还存在着别的什么？"

"不见得。我想这之后应该没有了。"

"我明白了。好吧。"她能感到自己身上在出汗，"那没有困扰你？你没有觉得这种想法让人不舒服？"

"你在试图让我皈依吗？还是颠倒过来？"

她不确定"颠倒过来"确切来说是指什么，但是她不喜欢。"我很抱歉打扰你了。"她低声说，再次专注到氧气瓶上。氧气已经用完一半了。

"你知道什么才是真正的让人不舒服吗，克劳福德女士？我鼻孔里的管子。它们该死，让人恼火。你觉得你能帮我取下它们吗？"

"你知道我不能那样做的。"

他固执地向她微笑着："但是为什么不呢？取不取有什么区别？"

"涂点儿凡士林可能会有帮助。"

"不，不。不麻烦了。"

他看着他的双手。他的皮肤很脆弱，她想着，就像国外写信用的那种葱皮纸。她想知道他们现在还有没有用那种纸，甚至还有没有人写那种信了。也许人们现在只发邮件了。她唯一收到过的类似那样的信件还是亨利很久之前寄给她的。那些蓝色的薄信封一路从卢森堡、曼彻斯特和慕尼黑寄到她在俄亥俄州的小镇米勒顿的信箱里，她站在车道上，在手中感受着它们带着温度的跳动。她会花上好几个小时的时间仔细阅读他用蓝色墨水在易碎的纸上粗心写下的潦草字迹，努力理解着字里行间的含义，留恋着他漫不经心的温柔情话——"如果你在这里听到就好了"。这是他们初识的时候，在她和亨利结婚之前，当她还是一名助教，而他在代顿酒吧里演奏及巡演的时候。

这才是我要表达的意思，她自己想着。为什么现在要想那些？我到底怎么了？

"我的整个一生中，我认为，你死掉，然后你就结束了。"科斯特洛先生说着，"你结束了，就是你结束了。现在，跟你说老实话，我并没有总是很确定。我不相信上帝或什么别的。别误会我。我想我只是对这个没有什么太坏的想法吧。"

"听到这样的话很高兴。"她仍然在研究氧气瓶用量。她觉得现在还不需要更换。也许他等不到用完这罐了。

下午四点钟，她清理完便盆，并帮兰多夫先生转身，然后检查罗德里格斯夫人的状况——她去检查罗德里格斯夫人，只是因为她喜欢在一天之中的不同时刻看到那位女士睡着时露出的半抹微笑。之后，她给亨利打电话了，她站在护士站里听着电话铃声一直响，当她正准备挂断的时候，他的声音闯进了她的耳朵里："喂？喂？"

她一声不吭。她能在背景音中听到熟悉的音乐——塞隆尼斯·蒙克的 *Pannonica*。这狠狠地击中了她，让她双腿发软。她仍然可以挂断电话——

"丹妮丝？是你吗？"

"是我。"

他轻笑了一声："我在任何地方都能听出那种沉默。"

"哦，那么……"她说，并将更多说话的空间让给他。

"查理还好吗？"

"嗯，他还行。"他们父子俩已经多少个月没有说话了？她数不清了。

"那么，你还好吗？"

"我很好，亨利。你呢？"

"啊，你知道的。他们终于摆脱了那个讨人厌的校长，而现在我们请了一位新校长，刚愎自用，更别想让我开始说预算的事情。我们连一个房间或一架钢琴都没有了，我推着手推车不停地换房间，就好像我是卖甜甜圈的。现在请问你能用手推车做出什么成绩来？"

"我不知道。"她不想谈论关于教书的事情，但她脑海中还是出现了教室的画面，粉笔灰沾在手指上的感觉，被图画用纸覆盖的墙壁。现在还会有人用粉笔吗？在查理的高中，他们用的都是白板。

"我让他们一起清唱。我跟你说，让一群二年级学生清唱真是一件让人头痛的事情。这片土地是你的土地……"他唱着，幽默地走调了，声音在她的沉默中徘徊着。他在努力，她想着。他真的在努力。

"那查理最近在忙什么？"

"仍然热衷于他的乐队。总是在练习。"

"练习啥？他水平怎么样？"

"我不知道。"她想了想，"也许还可以吧。"

"那请上帝帮帮他吧。"

"噢，所以你现在是一个虔诚的人了？"

"鼓手需要他能得到的所有帮助。"

他们笑出了声，一丝旧时光的共谋之意让她喉咙痛了起来。

"你可以跟他打电话的，你知道的。你自己去了解。我知道他很想你。他不会说，但他确实是。"

"不会说，哈。"

她能感到他体内开始燃起的愤怒之情。

"他只是比较注重私密，一个青少年。没别的了。这并不意味着什么。"

"不是吗？"

"亨利。"

"你只告诉我这点：你在那所房子里有没有提过我的名字？你到底有没有想起过我？还是仿佛我从来没有在那里住过？因为我就是这样感觉的。"

"当然我们会提起你，每时每刻，"她说谎了，"已经五年了，亨利，我想我们都应该——"

"五年什么都不是。五年就是狗屁。"

她畏缩了。他那样说话是为了激怒她。她不能被激怒。

"好吧。那么，关于这一点，那，我将要——"

"丹妮丝，你知道今天是什么日子吗？"

她一言不发。

"这就是你给我打电话的原因，不是吗？为了聊汤米？"

这个名字击中了她，她有一瞬间无法呼吸。

"不是的。"她说。

"我总是见到他。你知道吗？在我梦里。"

"听着，亨利，我现在要挂断电话了。"但是她只是站在那里，握着话筒。

"他就站在床边，看着我。你知道的，用他那副表情。就像他需要你的帮助，但他永远不会开口。"

她沉默了。这就是为什么他们没有坚持下来。她在前进，并且一直在前进，仿佛那样他们就能找到汤米，并且那是唯一的方式。而他一动不动，头低着，让它一而再、再而三地击败他。

"你仍然认为汤米有一天会回来？你那么认为，是吗，丹妮丝？"

他的声音里有一种迫切直达……他的声音仿佛一只在她体内探寻的手，宛如一层纱将她的内脏缠绕了一周又一周。她突然意识到自从早上她心里念着名字醒来后，那个名字就从来不曾消失过。它一整天都停留在她的思维深处。她感觉要生病了。如果她现在不挂断电话的话，马上就要病倒了。她的双手开始颤抖。

"丹妮丝？"

她正准备说些什么，但是没有什么要说的了。

她挂断了电话。

她马上要吐出来了。

不，她没有（原因之一，她一整天都没有吃东西）。

那好吧，她需要吃颗药。

不，她不需要。

她闭上眼睛，并数到十。

再数到二十。

她总是挑远一点儿的路回家，从高速公路的出口下来再沿路返回，但是今天她上车之后，在没有告诉自己将要做什么的情形下，她开出了主干道，并在红绿灯处右转。她直接开出了城镇，经过了有着医生办公室、一元店、酒品店和塔可钟店的街道，经过了消防站和用木板封住的百货商店，开向了玉米地，那里的岔道通向他们曾经的房子以及麦金利。

麦金利小学是一座混凝土中穿插着垂直裂缝的低矮的方形建筑。它是二十世纪六十年代所建，那时候人们并不相信窗户，并且在那个时代，你有时候会在教堂和学校看到冷酷的监狱似的建筑外貌。室内则是截然不同的故事了，走廊里贴满了图片和故事，教室里活力四射的孩子们正在上课。

她这几年一直在避开这栋建筑，就如一副你试图甩出脑海的面孔，然而它就在那里，始终在那里，离他们家只有五分钟。而她现在意识到她在护士站上班的日子里，她身上的某一部分十分清楚在学校里每分每秒发生的一切：早上八点四十五分上课铃响了，学生们排着队准备上课；中午十二点四十分，他们在吃午餐；下午一点十分，他们在休息。她在那儿教了十一年的书，而那里的节奏在她体内根深蒂固。

她在学校对面停下车，与索耶家距离两道门，那时候汤米放学后会去他家和迪伦玩电子游戏。她现在记起来，汤米在索耶家玩的电子游戏比她允许他玩的要暴力得多。她和亨利曾争论过是否要与布伦达·索耶谈谈此事，但她总是犹豫不决。她对暴力游戏的厌恶之情与她告诉别人如何教育他们的孩子自然地保持沉默之间总是斗争着，直到亨利厌倦了这一切，他发誓要打电话给布伦达并告诉她，他的任何一个儿子都绝无可能射击任何人，尽管那只是一个游戏。

而到最后，他们没有去解决这个问题的必要了。他们没有机会去弄明白或者去发现他们是怎样的父母，当汤米到九岁半或十一岁或十五岁的时候。索耶一家在事情发生的最初几周就是人群中的一部分，人们帮忙在格林县的各处都贴了寻找汤米的海报，带着压抑的兴奋之情将甜甜圈和咖啡送给警察，最初她很感激这种强烈的目的性，但是时间长了，她无法克制地开始厌恶这些。而布伦达和迪伦是极少数在汤米失踪一个月之后登门来询问进展的人，他们手提着一盘砂锅菜和鲜花，仿佛他们不知道该带哪一个。她会从卧室窗户看着他们，母子俩肩靠肩，紧张地站在门口的台阶上，意识到没人会开门让他们进去之后，身体便放松下来。他们将砂锅菜和鲜花留在窗台上，而当他们离开之后，她丢掉了花朵，将那个女人做的面糊状的东西倒进了垃圾桶里，清洗并擦干净玻璃盘，并让亨利在那天很晚的时候将盘子送了回去，这样她就再也不用见到他们了。

而现在那里就是索耶家的灰色房子和篮球筐，丝毫未变，再过去就是麦金利小学。办公室里还亮着灯光。举行课外活动已经太晚了，而没有足够数量的车表明不是在开会，也许是保管人员，或者拉莫斯博士在加班。

如果他仍然是校长的话。也许他已经高升了。他一直都是一个有抱负的人。

灯光熄灭了。她应该离开了，但是她一直坐在车里，直到罗伯特·拉莫斯健壮的身影走出了大楼，走向他在停车场的车子，同样的斯巴鲁汽车。他将手伸进口袋，摸索着钥匙，之后出于某种直觉，他抬起了头，看到了街对面的她的车子。他们隔街对望，他看到了她穿黑色外套的高大身影，一辆破旧的面包车。她在车内的冷空气中打了一个寒战，摩擦着手臂。也许他只是挥挥手，坐进车里并开走。她希望他会那样做。

然而他还是出现了，敲着窗户。她停顿了一毫秒后，打开了车门。他身上的温度携带着一阵风滑了进来，他光滑的粉红脸颊、黑发以及红色围巾是如此鲜活生动，以至于她无法再看他。来到这里是一个错误。今天犯了太多错误。她将目光集中在方向盘上。

"丹妮丝，见到你很高兴。"

"我只是在回家的路上经过这里。我现在在牛津老人院上班了，你知道的，在新月大道上。"

"我听说了。"

他双手摩擦着，戴着冬天的手套："春天的感觉呀，很难相信已经四月了。"

"是啊。"

"他们在老人院待你如何？"

"哦，还好，谢谢。他们是很好的人，大部分的人，不管怎样。"

"很高兴听到这些。这里面好冷啊，你能……"

她启动了车子，暖气开始呼呼发动了。

他们坐在那里取暖。"这样好多了。不是吗？"他说。

她点点头。

"我们很想你，你知道吗？我很想你。你是我们有过的最好的一年级老师。"

"肯定不是这样的。"

他将戴着手套的手放在她的空手上，而她允许了，他手上被蒙住的温暖缓慢地通过皮革传到她那儿。她的校长，他们曾经一起愉快地共事多年，现在仅过去了六年而已。日月如梭，然而她已经在其中经历过了无数次人生。

他们从没聊过两人之间发生的事，而她对此很感激。然而这是为数不多的记忆让她回到了这里——让她能忍受回到这里——半个小时的时间。六年前，在学校的情人节舞会之后，在汤米失踪的八个月后。

那还是事情刚发生的那段日子里，那时她觉得也许她可以从中断的地方捡起来继续，继续她原来的生活也许会更容易些，照顾查理，教她的学生。当然她仍然会每晚寻找汤米，并在图书馆张贴新的传单，当原来的传单被覆盖住时，如汤米的下巴被其他人的瑜伽课或"宝宝和我"课堂覆盖住了，她不再将那些"侵犯领地"的传单扔进垃圾桶里，而仅仅是将它移到旁边，把它们钉在离她儿子可爱的脸庞好几英尺远的地方之后就离开了。

弗格森医生觉得回去上班对她来说也许不是最糟糕的事——仍然能让她下床的事情。当其他老师看着她时，他们脸上的黯淡之意从未完全消退下去——当她走进教职工活动室时，笑声消失了，虽然实际上情况一向如此。她一直不确定为什么，也许他们觉得她对于他们讲的那类笑话而言过于正派，然而曾有一段时间她会喜欢听他们说笑话。家长们在她面前也感觉不自在，但是她不介意。她是一个机器人，而非女人，但是没人需要知道这点。孩子们对这个儿子失踪了的女人有点儿害怕，他们知道她有点儿不对劲，但是无法用语言表述出来。

她没事，尤其是当有工作要做的时候。所以她才在情人节舞会那天志愿当监护人，所以她才会在那儿做清洁，待到很晚。

他们是最后留下来的两个人。拉莫斯博士让其他老师先回去了——她是唯一拒绝离开的。他们安静地工作着，将蜘蛛网一样的彩色纸带拉扯下来，将地上的饼干屑、闪亮的纸屑和心形纸片扫干净。"你真的该回家了，丹妮丝。"他过了一会儿说道，"我来做完这些。你丈夫肯定在等你了。"

"不。"她说。她真的不想离开，她在家百无聊赖。

"你说什么？"

"我只是说，亨利在外地巡演，而查理今晚在他奶奶家过夜。要不你先走吧，也许你在路上能为你妻子买束花。"

"谢丽尔和我分开了。"他在看台上沉重地坐了下来，用手抓着自己的头发，"我没打算说出来的。"

"我没意识到。我很抱歉。"

"我也是。事情就这样发生了。"他的眼睛突然湿润了，"该死的。我没打算这么做的。我很抱歉，丹妮丝。我真是个浑蛋。"

他原来从来没有叫过她丹妮丝，总是叫克劳福德太太。她在他旁边坐了下来。

"你为什么要道歉呢？"

"因为我在为自己感到难过，当你——"

"别这样。"她很快打断了他，"你和你妻子不能一起解决问题吗？"

"她并不想解决。我觉得她有……"他很快露出了痛苦的表情，"别人了。"他耸耸肩，眼睛开始发红了。他从外套口袋里拿出一瓶酒，并抿了一口，摇着头，"该死的。我很抱歉。"

"我能尝尝吗？"

"什么？"他看了她一眼，有些惊讶，并第一次直视着她，"当然。"

她坐在他的旁边，抚平裙子，抿了一口酒，又抿了一口。酒水灼烧着她的唇，醇和且粗糙。

"那是什么反应？"

他笑着看着她喝下后的反应。

"很好的威士忌。你喜欢吗？"

"喜欢。"

他们坐在那里喝了一会儿，威士忌的暖意在她体内搅动着。房间很安静，却又太过明亮，闪烁的糖果色心形纸和被碾压的康乃馨在擦亮的地板上堆得到处都是。红色纸带从天花板上掉下来一半。一个太过熟悉的房间陷入了陌生之中。她又抿了一口酒，并舔舔嘴唇："这酒不错。"

"是啊。"

她看着一个粉色气球从天花板上松开，并缓慢地向下飘动。

"我不知道你是怎么做到的。"他低语道，"我想像你一样继续前行。你是一位令人惊艳的女人。"

"不。"她对这类对话已经感到很疲惫了。仿佛她能选择，她能忍受似的。她将手放在他的胳膊上。她的视线变模糊了。

"你是一个好男人，而她是个愚蠢的女人。任何女人和你在一起都会很幸福。"

她还有其他想说的话，但她无法说出口。亨利如今一走就是好几个星期，当她给正在巡演的他打电话时，他的声音听起来很遥远，仿佛无论他在哪里，都有股强大的力量阻止他回到她的身边，哪怕只有一小会儿。而当她回到家和查理在一起时，夜复一夜，她试图当一个好母亲，为他做晚餐，帮他洗澡，准备睡前读物，而她精神上却无比空虚。她没有让自己将这些说出来，但也许罗伯特还是听见了。他带着疑问的表情转向她，而她亲吻了他，或者让他亲吻了她，或者不需要原因，他们的双唇碰在了一起，而她感到她虚空的心上的缠线被解开了，急速地一圈又一圈地旋转着，直到里面什么都没剩下……原来的丹妮丝绝对不会这样做的，她绝不会躺在坚硬的金属看台上，并如此用尽全身的力量去亲吻一个男人。她感到体内的虚无被体育馆混浊的空气和篮球、汗液、塑料垫子、康乃馨的味道及威士忌的滋味慢慢填满了，渴望着每一次上升和填满每一条裂缝，宛如轻烟。

她不知道是什么本能让她退后了一些，让她将两只手稍微用力地抵在他胸前，她自己并不想或没打算用力的，却足够使他退缩，羞愧并逃离了房间，散落下他清醒之后的道歉。肯定是她体内还存活着的母性，甚至在那种时候都将她从如此渴望的忘却中拉了回来。之后她在体育馆里又待了一个多小时，做大扫除，用康乃馨参差不齐的、光滑的花瓣摩擦着她灼热的嘴唇。

这并不是什么她能再做一遍的事情，不管是威士忌还是那个男人，特别是当心中的阻力如此强烈而查理还那么小时。她在第二天和第三天都请了病假，然后便再也没有回学校了。她没有回复任何罗伯特的电话或短信，她递交了文书工作后就待在家里，其他人没有来询问她这件事，仿佛这在他们的意料之中。

"如果你哪天想回来的话，"罗伯特现在说着，用手指触弄着车里的储物箱，仿佛那是一个他准备打开的保险箱，"我们可以找到一个位置——我们可以再招一名阅读专家。"

她摇了摇头："我不能再回去了。"

他无奈地耸耸肩："那好吧。"

"你过得怎么样，罗伯特？你看起来很累。你身体还好吗？"

"我很好，事实上。我已经——我妻子生了个宝宝。"

"一个宝宝？"

"两个月前。"他情不自禁地露出微笑，他的眼里满是喜悦之情，仿佛一只从储物箱里飞出来的鸟在她头顶盘旋一样让她吃惊。

"我是说，我累了——你知道情况是怎样的。但是这——这很好，真的很好。"

"那你和谢丽尔复合了？"

"你没听说吗？我和阿妮卡结婚了。阿妮卡·约翰逊，现在叫阿妮卡·拉莫斯了。她教——"

"但是她——"

"嗯？"

他注视着她。

"她很可爱。"

"是啊。"

她太普通了，这是她本来想说的。平凡的约翰逊女士，她灰褐色的直发与蜡黄的脸，她薄薄的双唇抿成一条线。而你是——绝非普通的。但是她能住口不说。她能做到这点。

"约翰逊女士曾是汤米的老师，送过一束可预知的鲜花，并附带一张可预知内容的卡片——很抱歉，你要经历这一切。汤米是一个很棒的男孩，如果有任何我能帮忙的地方……"生活还在继续，快得超过了她记录的步伐。这个世界迎来了一个新的婴儿。这个世界还在继续，并继续着。这怎么能，当她还……

"你过得还好吗，丹妮丝？有什么我能帮到你的吗？"他忧虑地看着她，仿佛在她脸上寻找着痛苦的迹象，这样他就能用冰凉的戴手套的手指像拂睫毛一样拂去伤痛。

她从他身边退回来，将她的表情调整到日复一日展现的状态，那就是她现在的容貌了。"我一切都好，多谢关心。"她说。

她在他一下车后就关掉了暖气，车门向外敞开着，夜间寒冷的新鲜空气飘进来，车门又马上关上了。罗伯特宽阔的背影很快消失在了黑暗之中。她独自坐在冰冷的车里。她现在走到哪里都会见到那种表情——其他父母看到她时眼里闪过的担忧之情。

寒冷让她的注意力集中并警觉，她准备那样做了。当她坐在那里的时候，就知道她今天无法抗拒地要做那件事。她要准备打电话了。

她今天一天都在推迟做这件事，和亨利通话，和罗伯特见面，做了所有她一直试图避免的事，除了真正要紧的事，那件她每天的每时每刻都在阻止自己做的事，在日历上画掉那一天——如果她成功地抵抗住了。日积月累的黑色叉叉之后，她和弗格森医生的每周疗程也成为过去，而她几乎忘了她为什么要在日历上做记号。但是如今那些都不重要了，这件事必须做了，所以她拿起了电话拨打了那个深深刻在她心里的号码。

"我是卢登副队长。"他在跟别人说着什么事情或故事的时候接了电话，他的声音很轻快，带些戏弄。她能听到背景里的声音——直率的、日常的声音。她几乎能闻到警察局里烧煳了的咖啡味。

"现在是副队长了啊。"

他听得出她的声音，当然了，尽管已经过去了几年。但你不会在几年内的每一天的晚上十一点跟一个人打电话，到了早上八点又打，到了中午继续打电话，而没有将那个声音烙在自己的意识里。关键是这一点。

"是啊。"

她觉察出他在听出她声音之后流露出的精疲力竭。

"那么，什么时候发生的？"

"我去年升的职。"

"我是丹妮丝·克劳福德。"

"我知道。你好，克劳福德太太。你还好吗？"

"你知道我好不好。"这才是真实的她，她真实的声音，嘶哑而坚定的。也许这也是她跟他打电话如此艰难的原因。

"那今晚我能为您做些什么呢？"

"你知道你能做什么。"

他呼出了一口气。

"如果有消息我会通知你的，你知道这点的，克劳福德太太。"

"那么，我想核查一下调查，核查一下进展。"

"关于调查进行得怎么样？"

"是的。"

中间有一段长长的停顿。"你知道已经七年了。"他的声音很微弱，几乎在恳求了。她让这个男人筋疲力尽。她把这当作某种胜利。

"确切地说，六年十个月十一天。你是在告诉我你关闭了调查吗？这是你要告诉我的事吗？"

"就我来看，克劳福德太太，这个案子永远不会关闭，直到……直到我们找到你的孩子。但是你必须……你必须明白我们每天都会有新的案子。格林县一直都有人死去，克劳福德太太，而他们也是有母亲的，那些母亲也会跟我打电话，而我必须向她们说明情况。"

"汤米没有死。"她的声音很平静，不假思索地回答着。

"我没有这样说。"他的声音沉重且绝望，他们就是这样和彼此交谈的——她在这世上拥有的唯一的真实的关系。

她看向了窗外。她唯一能看见的就是反射出来的自己，那双眼睛是她真实的状态，并不像声音那么激烈，只有疲惫。她的嘴里一整天都是那个味道，什么东西烧焦了的味道。

"我仍然在密切关注着，我没有忘记。好吗？他们当中，我一个也没忘记，尤其是汤米。行吗？"

"也许你能再次搜查那些文件。也许当时你错过了什么，直到现在你才会发现，在过了这么久之后。或者别的地方发生了一件小事跟这有一些关联……"

停顿了片刻。

"是有一件事。"

她感到自己心跳加速了。哦，她了解他的。她能通过他的沉默感觉出来。"什么事？"她问。

"不，没有什么。"

"是有什么事发生了？"

"没有。"

"我知道你有新发现了，我能从你的声音里听出来。告诉我，是什么？"

"一个男孩几个月前在佛罗里达州失踪了。也许你听说了？"

"我没有再看报纸。然后他们找到他了？他们找到那个男孩了？"她的声音因为激动而颤抖，而她的内脏因为嫉妒而扭曲在一起。那个词在她耳边回响着：找到，找到……

"他们找到尸体了。"

　　她再次因为沮丧陷入了痛苦之中。为了她自己，为了那个男孩的父母，为了世上所有的父母。

　　"你没听说这件事？"

　　"那个男孩怎么死的？"

　　"他被谋杀了。"

　　"什么方式？"

　　"我不能告诉你这个。"

　　"警官，你知道我能接受的，你知道这点的，现在你告诉我，那个……男孩……是怎么……被杀死的？"她几乎无法让自己的声音保持平稳。

　　"不行，这是……这是调查中的一部分。我自己也不知道。这不是我的案子，他们让我们知晓这个案子——如果有相似点的话。"

　　"案子有相似点？"

　　他叹了口气："那个男孩九岁，非裔美国人。他们找到了一辆自行车。"

　　"一辆自行车？但是……但……但是那里也有一辆自行车。我们找到了汤米的自行车——在路边。"

　　"我很清楚那个案子的细节，克劳福德太太。"

　　"而那个凶手——那个杀害了这个佛罗里达州男孩的人，也还没有抓到。他们不分白天黑夜地调查，我向你保证。"

　　"不分白天黑夜。好。"她见过白天黑夜是怎么过去的。一天之内十分紧急，直到一周、一个月，之后便是这边一个小时，那边几十分钟。

　　"听着，如果我们有任何进展我会联系你的。即使他们找到了行凶者，这两者之间也不可能有联系。你知道这点的，是吗？很有可能是某个认识他的人，一个亲戚、朋友或家人……"

"那个男孩的尸体是在哪里发现的？"

"克劳福德太太……"

"在哪里发现的？"

"在男孩学校后面的一条小溪里。"

"但是……我们县到处都有小溪啊。我们应该组织一队人马。"

"克劳福德太太。这个县里没有一寸土地是我没有覆盖到的。你知道的。如果有任何和案件相关的消息，我会亲自给你打电话的。这样，即使没有关联，如果他们在佛罗里达州找到了这个混账东西，我那天也会跟你打电话的。行吗？"

"亲自打？"她苦涩地呼出一口气。

"是的。"

"今天是他的生日。"

"什么？"

"今天是汤米的生日。他十六岁了。"

有片刻停顿。

"你照顾好自己。好吗？克劳……"

但是她挂断了电话。

在旅馆里，安德逊在床上伸展着，身上因沮丧而酸痛。

他犯了一个错误。他的能力没有完全施展开。他没有想起"蜥蜴"这个词，而是写下了爬行动物。老天，他甚至都无法跟着导航系统开车了，导航里的声音说了一个方向，而他脑子里听到的是其他内容。

他太急切了。一个可靠的、证据充分的美国案例，他原以为那会改变一切。在过去的几周，他一直飞翔在各种可能性之中，晚上打盹的时候，做着验证成功的美梦，而醒来却发现……错误接着错误，而如今他结束了。

他能听到那个男孩在隔壁房间哭泣，他妈妈试图让他镇定下来。哭声像针一样扎在他的身上。透过薄薄的墙面，他能听到"阿什维尔大道"这个词。

"我们什么时候去阿什维尔大道啊？"当诺亚从车里醒来时，高兴地问道，"我们什么时候过去？"

即使在他意志消沉的状态下，安德逊也感到那些话将他拴牢了，男孩的兴奋之情感染了他。阿什维尔大道！

"我们现在已经在阿什夫了，宝贝。"珍妮回答过了。

"但这是错误的那一个。"孩子耐心地说。

"也许吧，亲爱的。"她锐利地看着安德逊，仿佛她能看透他强烈的欣喜，而这让她隐隐作痛，"但是我们在这里结束了。"

"那么我们现在要去对的那一个吗？"

"我不这么认为，宝贝。不会。"

诺亚坐回了他的安全椅里，带着怀疑的目光，在他们两人间转来转去。他转向安德逊："但是你说过你会帮我找到我的妈妈的。"

"我知道我说过。"他挫败地点点头。他伤害了他们母子俩，"我很抱歉，诺亚。"

"诺诺，"他的母亲说，"你想吃点儿冰激凌吗？"

男孩没有理他母亲，他的目光锐利地盯着安德逊，眼神里充满了对于一个孩子来说太过成熟的绝望之情："我太失望了。"

然后他便转过头去，屏蔽了两个大人，将手放在脸上，开始哭了起来。

安德逊起了床。他打开了客房的小冰箱，拿出了一小瓶伏特加，旋开了瓶盖，倒入口中，品尝着。他已经几十年没有喝过伏特加了。他倒了一点儿在舌头上，让它刺激着口腔，品尝着，然后将剩余的酒大口喝了下去。

伏特加很好地温暖了他的身体，仿佛一只无形的手轻抚着他身上很多年没有人触碰过的部位。他的身体颤抖着，感受着即将到来的湮没。他用手擦了擦脸，手上却满是锈斑。现在怎么办？

他照着镜子。一滴深色的血从鼻子流到嘴唇，他的脸上被弄脏了。他无法直视自己的双眼。

他往鼻孔里塞进一些纸巾，蹒跚地躺回床上。他在失去控制，在酒精的作用下，他的根基在松懈，就如处在暴风圈中的一棵树，他的思维突然转变了，无法逆转地，转向他从不让自己去想的那件事。他恨不得将那些文件粉碎，如果它们并非证据的话。

他最糟糕的案例：Preeta。

他躺回到床上，并试图在脑海中将她放回到他这些年一直放着的位置，远离他每天的思想。然而，此刻他眼前不停地出现她的身影。一个五岁的小女孩在庭院里和她的哥哥们奔跑着，追着球，她闪亮的头发飘扬着。他很高兴有这样一个可爱的小孩作为研究主体，在经历了很长一段时间与住在泥房子里的胆小的、遭遇过不公的小孩子工作之后。

Preeta，苗条动人，有着一双严肃认真的大眼睛。

他原本以为那会成为他最有力的案例之一。

阳光透过混凝土房屋的小窗洒进来。母亲站起来将百叶窗关上，让房间陷入阴影之中。黄铜桌子在昏暗的房间里闪着微光，他的双手在出汗。他的嘴唇上还残留着甜甜的汤圆的味道——糖、玫瑰和牛奶味。

一座木质象鼻神摆在角落，抵挡灾难。一台电视机靠墙放着，播放着一部没人看的宝莱坞电影。

"Preeta 在开始的几年很少开口说话，"他的父亲说，"直到她四岁之前，她基本上是沉默的。"

"我们以为她可能是……"她母亲流露出忧愁的表情。

"智力迟钝，"她父亲接口道，"但是到了四岁，她开始讲话了。她说：'我需要回家。'"

"'我需要回家去接我的女儿。'那是她说过的话。"她母亲补充道，"她会说：'我需要回家。'"

"那你们怎么回答的？"

"我们告诉她：'这是你现在的生活，也许你想起的是另外一段人生。'但是她……坚持着。并且还有，她使用了不同寻常的词句。"

"词句？"他又喝了一口甜茶，"什么样的话？"

"奇怪的话，"母亲说道，"我们以为那是她编出来的。小孩子讲的话，你明白吗？"

"我明白。"

"所以我查阅了那些话，为了这个家庭。"他们的律师朋友说。他从手提箱里拿出一些笔记，"我觉得这很有意思，跟你说，我对这个案例有了兴趣。"

"然后？"

那位律师对着安德逊摆动手指："你肯定猜不到我发现了什么。"

安德逊压下了他的不耐烦，并对律师露出勉强的微笑。一位脸颊丰满的快乐男人挥舞着一捆薄薄的纸张，神情间有着安德逊很熟悉的热忱。"是什么？"他问。

"那些话是 khari boli，来自北方邦西部的一种方言，距离这里有一百五十公里。"

"你确定？"

"完全肯定！"他的态度略微有些激怒安德逊，没有人应该那样确信一件事。

"而你们不了解这种方言？"他问那对父母。而他们只是平静地看着他。

"哦，不了解。"

"有任何亲戚吗？从那个地区过来的有可能会这种方言的邻居？有任何熟人吗？"

"我问过了，"律师说，"你也可以去问，答案是没有。他们在这里不说那种方言，我都写下来了。”

他将笔记递给了安德逊。安德逊心中的怒气缓和了一些，他们之间也并不是如此不相似。那位律师记录下了所有事情，所有女孩最早的陈述，附有日期。“我原希望我自己能继续这项工作，但是——不幸的是，我有我的职责。”他看着安德逊，细小的眼睛在发光。又是一个为事实而着迷的人。

安德逊看着纸上的内容。那些 khari boli 的文字，对于她家人是纯粹的天书，而 Preeta 作为一个小孩子就认得那些词句了。

这个孩子看得懂她没有学过或听过的一种语言文字——他的第一个拥有特殊语言能力的案例，还有过其他例子，但这个是最有说服力的。

美丽的 Preeta，有着光滑的头发与清澈的双眸。

他们将女孩带进了屋内，但是她没有开口。她父亲开口了，他一边解释一边用他优雅的双手在空中比画着。她母亲又端来一托盘烤好的杏仁和水果冻，还有圆圆的玫瑰味的甜汤圆……

“她晚上总是在哭泣，一直哭一直哭。她说她想念她的女儿了。”

“她很担心她的女儿。谁来照顾她呢？她说她的丈夫不是一个好人，她的婆婆公公也不是好人。她说她想回家，回到她父母的身边，但是他们不让，她想回家看她的女儿。”

那个女孩坐在桌边，安静地听着这一切，她的头略微低下，仿佛一个悔过的学生，双手压在腿上。

“她说出了在北部邦那个乡村的名字吗？”

“说了。”

当然他们会出发的。他等不及了，可以的话，那天下午他就想出发了。事实上，他们一直等到第二天早上才走。一共五个人，在安德逊租来的卡车里坐满了。他们开着车走遍了乡下每个地方。如果是乌鸦飞过的话，只要一百英里，但这里是印度，这趟旅程花费了整整九个小时。

那对老人将他们拒之门外。他在门阶上和他们谈了很久，他在酷热下低着头，用他最恭敬和劝导性的语气低声说着，但是他们冷漠地站在那里，听他说完后，便摇摇头拒绝了。

并非他们不相信——安德逊记得他是这样想的。噢，他们相信这有可能就是他们重生之后的儿媳妇，对吧？但是他们不想和她有任何关系，在前世，或今生。他们甚至都不肯说出她前世的父母名字，或者她出嫁之前所住的村庄。那个小女孩安静地站着。她的记忆只是围绕着这个地方，没有其他。谁知道为什么？

"我们能见见她女儿吗？"安德逊在门快要关上的时候问，"Sucheta 的女儿，她在家吗？"

"我们家没有她的女儿。"

邻居说的情况与其相反。多年前那家有个小女孩，她死了，没人知道怎么回事。

Preeta 沉默地接收了这些消息。她感谢了那些邻居（叫出了他们中两个人的名字），并有目的性地沿小路走向那条穿过村庄的河流的岸边，村里的女人们在那里洗衣服。安德逊站在那里，并用蓝笔迅速地记笔记，黄色的便笺簿在风中翻动着。在一个嘶哑的小孩嗓音中，她告诉他们，她的丈夫和公公婆婆是怎么对待她的。事情是在这个村子里发生的，她远离她父母，在十四岁的时候，生下了一个女儿，两年后，她再度怀孕，并生下了一个女儿。她婆婆帮她接生的。

他们立马就将她的第二个孩子抱走了。

他们晚些时候告诉她是死胎，但是她心里明白，她听到过哭声。

当她控诉他们杀害了她的小女儿时，他们殴打了她。那晚，他们踢她的脸部和胃，在她刚刚分娩完不久。当她感受到身上的伤痛时，她以为也许这一切都没有发生，而宝宝还在她的肚子里，可是这一次她只是排出了一团伤心的黑色血液和组织。

也许她还是会死去，因大出血而死。

无论如何，他们也无法知晓了，她在第二天早上跳进了亚穆纳河。

那个女孩 Preeta 告诉他们这个故事，她以远超同龄小孩的理解能力用流畅的语句倾诉着，以嘶哑的嗓音倾诉着。她站在那条湍急的河流岸边，而其他女人在河边用衣服拍打着石头。他的便笺簿如扇子一般上下翻动着，宛如人在呼吸。

他记下了笔记。

他们沉默地开了九个小时的车，回到她的村庄。连小女孩都沉默不语。

他告诉他们，下次他来印度的时候会回来拜访，跟进采访，来看看她那时候还记得多少。他记得女孩父亲是如何结实有力地和他握手，那个女孩在他告别时是如何抓着他的腿并惊吓到了他。

Preeta，有着光滑的头发、清澈的双眸，她隔着庭院向他挥手告别……

他无能为力，只能任凭那段记忆将他的思维填满，如茉莉花香，又如红泥土的味道。

他每隔几年都会跟进他最具代表性的几个案例。但是他十分忙碌，在人生的巅峰时期，在斯里兰卡、泰国、黎巴嫩追查案例，构建研究所，写论文，撰写他的第一本书，并试图获得负有盛名的机构组织的书评。这些都要花时间，当他再次回到印度那片地方时已经是四年之后了。

　　他提前跟他们写了一封关于他打算再次拜访的信，但是没有收到任何回复，所以他采取了在这类情况之下他一贯的做法：他穿过整个国家去见他们。

　　那位母亲前来开门，她心不在焉，抱着初生的婴儿。当她看到他的时候，不禁退缩了一点儿。

　　他不在的时候，他们又去了那个村庄。过了一会儿，她跟他解释了这件事，在他记忆中，相同的房间里，百叶窗，在昏暗中淡淡发光的黄铜桌子和华美的木质象鼻神。这次由母亲来说，而父亲坐在阴影里，倾听着。

　　她给他看了一张 Preeta 九岁的时候的照片。还是一如既往地可爱，四肢修长，体态优美，带着忧郁的笑容。她一直在哀求他们回去，再去看看那个村子。不久之后，宠爱她的父母经不住她的恳求。他的父亲有时候在那片地区有生意来往，在附近的乡镇贩卖纺织品，所以他便带上了她。他们住进了村里一座供旅客居住的小屋里。

　　当她父亲第二天早上醒来的时候，她已经走了。

　　相同的河流，两次。

　　村民说她丝毫没有犹豫。她有意走向河边，并顺着河岸滑了下去，红泥弄脏了她的纱丽后面，明亮的绿色在灰色的波浪中如旗帜一般挥舞着。一切都发生得太快了。没有一个起来准备去早市的村民开口说话。他们只是震惊地站在那里，一动不动，向下盯着那美丽的黑发和她死意已决的脸庞在河流表面上下起伏着，绿色的布料在河水中展开，之后吸足水沉了下去，在河水的冲刷之下不再鲜艳，而她逐渐消失在波浪里。

没有人跳下河去救她。他们不认识她，她只是小村庄里来的一个陌生人。那条河很危险。他们从未找到尸体。

安德逊在那间昏暗的房间里快要窒息了。他无力而十分抱歉地感谢 Preeta 的父母花时间来告诉他这个故事，跟跄地走出门外，正好碰上雨季。他站在那里，任大雨倾盆而下。在片刻的迷惑之中，他以为那是他的孩子做了这件事。那个他失去了的孩子。

如果他没有来找过他们，他们永远不会去那个村子，而那个女孩会逐渐遗忘前世。

在那个村里，还有一些调查需要继续完成，记下村民对女孩死亡的说法。他做了相关调查，他全部记了下来，每一位目击者，他用蓝色墨水在黄纸上仔细地记下那些描述，而他内心的眼睛却总是看到那条泥泞的河流，那个起伏的脑袋。他无法直视那条河，他害怕自己会忍不住跳下去。

那晚，他试图借酒消愁，希望能将之抛之脑后，但是那些问题不断地向他袭来，就如乌鸦停在一扇只有他能打开的门前，乌鸦向他不断袭来。

那是他的错。

是他的错导致那个孩子的遗体躺在河底的某处，是他的错导致她永远不会再有自己的孩子，还有她自己的人生。

他的研究毫无用处，糟糕至极。

他一直都相信洞察力——尽可能清楚地看到实质，尽管会偏离到安慰人的幻觉和推测里的欲望，并理智地寻求结果。所以他现在不得不面对那些随之而来的问题：这意味着什么？重生难道仅仅是为了再经历一次前世的痛苦吗？其中蕴含了什么道理？有什么意义？

他突然在人生中第一次明白了逃离和虚无主义的吸引力。然而即使在那个时候，他身上的某些部分，他体内的科学也让他保持理智，在责备和悲痛的不和谐声音中，清晰而平稳地讲话——那种想要自杀的欲望是不是从前世传下来的某种恐惧症或人格特征？是否有如此强烈的难以排解的悲痛延续到下一世，变成了出生缺陷或胎记，仍然不能改变丝毫？

他不是一个喜欢祷告的人，从来就不是，但他还是做了一段祷告，站在他不忍目睹的河岸边上，祈祷她的下一世能够远离这里。

他只能以残忍的意志将自己从绝望之中拉了出来。在回加尔各答市的长途火车上，他完全戒酒了，内心的渴望刺激着他的神经，双手发颤，意味着某种他自己才朦胧发觉的上瘾。

当他最后摇晃着清醒过来时，他知道有些自己无法面对的疑问必须解决，有些情感他必须斩断。那是唯一可以继续下去的办法。而他一直都是这样继续前行的，稳定地工作。

直到现在。

在旅馆的小冰箱里，有更多的小酒瓶——一整排的酒瓶。安德逊旋转钥匙，再次打开了冰箱门，并看着它们。仿佛他几天前才开始不再喝酒，而非几十年前。这些年遗忘一直在耐心地等候他。那好吧，他想着。他又拿起了一小瓶伏特加。

不行。

他奔向洗手间，把酒吐了出来，漱口，并刷了两次牙。不能那样做。不能在经历了这一切之后。他将冰箱的钥匙扔进马桶并冲水，但钥匙留在马桶里，就像海底深处的宝藏一样发着光。

他躺回床上，并伸展着身体，试图恢复伏特加在他体内产生的暖意。他能尝到唇上佳洁士下隐藏的酒味。在墙的另一边，那个男孩仍在抽噎。

该死。

他喜欢他。那个男孩——诺亚。

该死，该死，该死。

当安德逊困得终于睡着后，他梦见了欧文。他梦见他的儿子是完整的。欧文是完好的，而希拉很幸福，他完全没有必要去泰国，无论安斯利在电话中说了些什么。他本可以留在康涅狄格州，和他的家人以及实验室的老鼠在一起。

他突然惊醒过来，感受到的全是失去的感觉，以至于一开始他讲不出话来。

他在床上坐了起来。房间仍然很昏暗，他的脑子却清醒了。

他想：我能帮助他，我能帮助这个孩子。我弄错了，但是现在改正过来还不算太晚。就算我们找到了错误的前世人格。好吧，那些原来也发生过。我现在有了我所需要的信息了。我会说服他母亲的。为了诺亚，我会做正确的事情。

但是他已经放弃了，不是吗？

他站起来，并打开了文件夹，看向窗外，黎明逐渐从平庸的停车场显现出来，淡淡的日光照射着街道。又是一天了，无论人们喜不喜欢。而他发现尽管无比恐惧，但他仍渴望着开始行动。

他走向电脑并开机。他已经等不及电脑还在启动了。他打开搜索窗口，并输入了"汤米、阿什维尔大道"。

珍妮帮诺亚和自己分别扣好安全带，带着一种坚定的决心。

当机舱内的气压发生改变时，录像里的乘务员说着："你首先戴上氧气罩，拉动绳子，之后你帮助周围需要帮助的人们。"录像里播放着一位英俊的爸爸将氧气罩套在自己脸上，他的女儿在他旁边安静地坐着，呼吸着糟糕的空气。

哪个白痴想出来的那条规则？他们完全不了解人的天性。

她想象着机舱内缓慢地被烟雾充满，而诺亚在她旁边喘着气。难道他们真的认为她能先给自己戴好氧气罩并呼吸着干净空气，而她有哮喘的儿子在挣扎着呼吸吗？里面的设定是她和她的孩子是两个个体，有着独立的心脏、肺和思维。他们没有意识到当你的孩子呼吸困难时，你自己也会感到呼吸不过来。

同时，她在对自己的儿子撒谎，而这让他痛苦地咆哮着，打扰了飞机上的其他乘客，干扰了他们听清如何扣好安全带，并严重地削弱了她已经妥协的判断力。

诺亚想去阿什维尔大道，而他们去的正是阿什维尔大道，但是不能让他知道，这次还不行。经过代顿到布鲁克林，她是这么跟他说的，十分庆幸他年龄太小，还看不懂地图。她不会再犯相同的错误。她宁愿犯新的错误，如果有必要的话。

"我想见我的妈妈！"诺亚大声喊着，而其他乘客看着她，仿佛他们也被她欺骗了。

飞机准备起飞，开始向前滑行，在跑道上飞速行驶着。她以前从未畏惧过坐飞机，但是现在当飞机升起刹那间的震动让她产生类似警报的感觉。

当她怀孕时，她看到研究里说在高水平的压力下荷尔蒙皮质醇会通过胎盘进入胎儿，影响胎儿发育，并导致其出生时体重较轻。她觉得这很有道理，并不仅仅是她吃的胡萝卜和维他命——她的感受，她的宝宝也感受得到。她已经尽可能地保持镇定，推掉了一家大公司的美差，那样就不会因长时间工作和压力太大而对胎儿发育产生不良影响。

如今她感到体内的皮质醇穿过她的系统，并怀疑诺亚是否仍然能感觉得到，是否她压力之中的微小颗粒弥漫在他呼吸的空气里，并让一切变得更糟了。然而她无能为力。这个世界比几周之前变得更加危险。这是一个在你身后滑落的世界，孩子死亡是因为母亲忘记检查门闩。你如何在那样一个世界里保证你孩子的安全呢？

从她登上灰狗大巴的那一刻起，直到她和诺亚、杰里在杜勒斯机场登机后，她有一种从陡坡上滚落下来的感觉。她无法停止。如果她将手伸到任何一边去减缓这个势头，她势必将双手刮伤。

飞机升入空中。诺亚的声音变成一种尖声、悲痛的哀号。而她只剩下自己。她在做什么？在他们刚刚遭遇了一场惨败之后，她怎么能重新实施这个想法？她怎么能冒着伤害另一位母亲的风险？

她怎么能想象得出诺亚不是她唯一且仅有的孩子？

然而，仿佛在回答她一样，那句台词突然浮现在她的脑海中：

你的孩子不是你的孩子。

她曾在哪里听过这句话？是谁说过的？

珍妮将她的头短暂地靠在前面的座椅上，并轻拍着她正在尖叫的儿子的膝盖。

你的孩子不是你的孩子。

当她听着哭声盖过一片声浪，而空乘在走道上对着她的方向皱眉头时，她想起来了，那是一首歌。是去年夏天她和诺亚在展望公园的免费演唱会上听到的一首来自摇滚甜心合唱团的歌。

那是七月初的一个晚上，微风徐徐。她和朋友们坐在毯子上，并为一整个小城镇的学龄前儿童准备了足够的鹰嘴豆泥、皮塔饼和胡萝卜。歌手们的声音完美和谐地融合进了无伴奏合唱里（**你的孩子不是你的孩子……虽然他们和你在一起，他们并不属于你**），而珍妮已经脱下了鞋子，并扭动着她疲惫的脚趾，听着她朋友们的烦恼（私立学校对公立学校，粗心的丈夫们）。她自己本身支付不起私立学校的学费，也没有可以抱怨的丈夫，但是她很开心，因为那首歌唱错了，而诺亚是她的。那是一个美好的夜晚，而她也无法想象心里还有更多的感情去爱别人。

她当初怎么可能想得到她现在会在这里，以迅雷不及掩耳之势去找一位并不知道他们要来的女子？

只不过是去年夏天，还不如说是前世。

"我要我的妈妈！"诺亚再次喊道。整架飞机里的人都能听到，仿佛她把他绑架了，仿佛他并非一直都属于她。

当飞机在空中平稳地飞行着，而诺亚终于精疲力竭陷入了断断续续的睡眠后，珍妮从前方座位的下方拿出了安德逊昨晚打印出来的纸张。从《米勒顿日报》和《代顿每日新闻》里收集的关于汤米·克劳福德的剪报文章，他曾住在阿什维尔大道，并于九岁时失踪。他是麦金利小学的一名学生，他母亲是那里的老师。

报纸文章里的照片是来自学校照相日那天。照相背景是虚假蓝天上的俗气彩虹和另一边的美国国旗。你几乎能听到摄像师在催促：现在开心地微笑。笑容大一点儿。真的有可能是任何男孩。他的肤色是浅棕色。他是非裔美国人。她不知道为什么这会让她很吃惊。他对她露齿而笑，他的笑容很甜美。

官方叫停对失踪男孩的搜寻

格林县警方于今天叫停对汤米·克劳福德的搜寻。克劳福德，九岁，住在阿什维尔大道八十一号，于六月十四日在他住的橡树高地街区失踪。虽然这个孩子恐怕已经死去，但主导这次搜寻工作的警官詹姆斯·卢登称："就他而言，在我们找到这个男孩之前，这个案子都没有结果，无论结果如何。"

克劳福德，在麦金利小学上学，是一个大家公认的活泼聪明、受欢迎的男孩。他的父母说他很开朗，热爱棒球，并且是家里八岁的孩子查理的好哥哥。"查理很想他的哥哥，"他的父母，丹妮丝和亨利·克劳福德在一份声明中说道，"我们很想念心爱的儿子。如果汤米在你那里或者你知道他在哪里，拜托，拜托拨给……"

她看向了别处。这张纸里有着太多伤痛。

他们现在在云朵之中了，去一个她从未去过的地方。她是凭着直觉上飞机的，连她自己都觉得不可思议。

珍妮相信言行一致。她很自豪自己的这个优点。她说："睡觉之前不能吃饼干。"然后她便一直坚持。她一直都性情平和（大部分时候），她始终如一（尽可能地）。孩子们需要这个。

她曾试图让诺亚的生活保持秩序，正如她母亲让她的生活保持秩序一样，在经历过和她父亲住在一起的混乱之后。她不太记得她父亲离开她们之前的日子了。她记得曾在展览会上高高地坐在他的肩膀上——但是那是真实的记忆，还是她从看到的照片上编出来的呢？有一次，他俩去商场买些东西，他很自然地为她买了一个巨大的填充北极熊，大到只有客厅才放得下，而她母亲反对后又笑了，并让她将玩具熊放在电视旁边。她记得他的烟斗和苏格兰威士忌的味道，以及他喝醉后整夜捶打房门而她母亲不肯开门让他进去。她记得她母亲拿着倒了红酒的玻璃杯（那是珍妮第一次也是唯一一次见过她喝酒），不带任何感情地告诉她，说她早就让他离开，而他也不会再回来。她说对了，他再没回来过。那时候珍妮十岁。她清晰地记得那一天的下午，吃惊地看到她母亲在喝酒，在她母亲讲话时红酒飞溅出来，珍妮当时很紧张酒会溢出来。

在那以后，她母亲恢复了护士的工作，而她们进入了规律的生活节奏。当珍妮十三岁的时候，母亲开始上夜班，但是母亲会回家来检查作业，并总是确保家里有美味的晚餐，让她可以在微波炉里加热，还有干净烫好的衣服，让她可以在早上上学之前穿上。而当那些夜晚变得有些孤单时，珍妮会躲到她的房间里，所有的物品摆放正是她想要的样子。她打开房门能看见那幅雾中的欧洲城堡和带框的马匹海报，她的家具是用明亮的原色手绘的，她的衣服按颜色主题分类，她的颜色编码的世界。

她的一生中都在创造秩序井然的空间，而这带来了什么好处呢？当这个世界的秩序乱了……

甚至连她的母亲，到最后，对她来说也是一个谜团。

那些日子里，她很少有清醒的时候，她的心因悲痛而冻结起来。人们的语言偶然会抵达表面并造成裂纹（像为什么会是孤儿之类的话，虽然她自己知道她父亲仍然在某处活着。而对上帝，从来没有人教过她要信上帝，但她仍然对其无比愤怒）。在她母亲死后的那周，她清理她母亲的房子时，在母亲床头柜的抽屉里找到一本母亲过去总是嘲笑的书。那本书的封面上甚至有个彩虹和新时代的标题：《你可以改变你的人生》。她翻阅着，里面的章节有冥想、因果报应和轮回转世，这是她无神论的母亲从来没有考虑过的——她会翻个白眼并说："谁有空想那些啊？当你死去时，你就死去了。"然而这本书已经翻旧了，并且画了很多下画线，有些段落还标注了星号和感叹号。有一句话："一切事物都是心灵的投影。"旁边标注了三颗星星。

难道她母亲是如此绝望地想要继续活下去，以至于丧失了基本常识吗？或者她到最后发现了什么让她改变了对一切事物的看法？还是这是别人的书，别人标记的星星？珍妮不曾知道，她也无从得知了，所以她将这件事从脑海里永远排除了……或者她以为如此。

"天地之大，无奇不有，赫瑞修。"那是她母亲过去常常喜欢说的一句话。她是一个整天和手术器械打交道的注重实际的女人，但是她的内心对莎士比亚一直留有一块柔软的地方。珍妮从来没有太在意过这句引言，那是她母亲喜欢引用的话，通常带着一丝不耐烦，当她不知该如何解释的时候——为什么她的父亲从来没有跟她打过电话？或是在医院，为什么她又一次拒绝接受另一个试验性治疗？

上一次珍妮想到这句话是在特立尼达拉岛的那晚，当她怀上诺亚的那晚。那晚，在杰夫离开之后，她睡不着，所以她自己重新走回沙滩上。那时候很晚了，她一直都很清楚自己的脆弱，一个单身女人，她的脆弱因性行为的发生，在她最不设防的时候被人看见而有所增加。那个和杰夫赤裸相对的时刻发生了，她身处其中，而现在它过去了，就像一支点燃的蜡烛在潮湿的黑暗中摇曳地熄灭了。她看向天空，这仿佛是对她了解大部分的夜空的一次嘲弄：这是天空的精华，在其黑暗与明亮之中的深不可测。它的美丽，就如一段音乐，将她的孤独升华了，让她抬头看向身外而非自己。她产生一股冲动，将她的困惑投向广阔的天空，希望茫茫宇宙之中也许有人（上帝？她母亲？）会听到。

"你好啊！"她大声喊道，半滑稽地，"有人吗？"

她知道不会有回应。

然而，站在海边，海浪退回去后，四处的沙子、贝壳和石头露出光滑的表面，当海浪打回来时，那永恒的幕帘盖住了裸露的沙石，一种平和的情绪笼罩着她。她似乎感觉到那边有什么。是上帝吗？是她母亲吗？

天地之大，无奇不有，赫瑞修。她想着。

那是诺亚。诺亚就是她的答案，诺亚就在那边。那对她就足够了。

所以这很适合，她想。向外看着茫茫的蓝天，诺亚会带她回到原地，回到最抽象的问题——现在却是难以忍受的相关问题。死后重生到底是不是假话？诺亚到底生病了没有？而她并没有办法可以知晓，没有办法可以推理出来，起码她不知道任何办法，或者想象不出来。

尽管她知道或不知道关于生活的一切，尽管有无数仔细分析过但仍然无法解释的案例，尽管她有片刻的恐慌和多年良好的判断力，但她还是必须飞跃一大步。

"你来沙滩显得太严肃了。"她在说着。她在消化他。

"您好，先生。"

那不是希拉，那是空中服务员，站在安德逊面前，为他提供水和椒盐脆饼干。他晃晃头清醒过来，接了那一小袋饼干，却没有要饮料。尽管他很口渴，却担心因放下托盘而撞到旁边熟睡的孩子。

男孩的母亲坐在旁边，看着窗外。

她的名字叫什么来着？

那名字从滑道上滑了下去，消失了。

他的思维无比清晰，只不过那个词从他脑子里逃掉了。它在那里，就在他面前，嘲弄着他，然而他的脑子在阻止，甚至都不愿意伸出一根手指去触碰它。他觉得自己就像坦塔罗斯，又饥又渴，徒劳地向凉水和葡萄伸手，却总是够不到。

坦塔罗斯，因告诉人类他永生的秘密而被诸神惩罚。坦塔罗斯对人类抱有很高的期望，而这又为他带来什么呢？带来的只有失败的命运，被流放到塔耳塔洛斯。而他怎么会记得坦塔罗斯的名字和故事，却想不起他所需要的名字？啊，是大脑。谁知道为什么大脑会记得它所记得的，或者忘记它所忘记的？而他在这里。杰罗姆·安德逊在塔耳塔洛斯，地狱的最深处。

一切很快开始支离破碎。当然，那个女人的名字在他的文件夹里，在他脚边手提箱里的黄色笔记簿上。他能立马弯腰并取出它，这项特别的信息可以获得。然而谁知道他什么时候又会忘记？或者他还会忘记别的什么？他根本不应该在这里，尤其是这个案例没有按照协议进行。也许他该停下来。这个男孩最终会忘记。但是安德逊不知道该怎么停下。他是个不会停止的人，他就是这样的，他只会这样，自他从泰国和安斯利一起开始第一个案例后回到家的那一刻起。

他在两个月后迈进家门，极度兴奋。

希拉正坐在沙发上等着他，她强健的双腿在身下蜷曲着。她看起来丝毫没有变化：圆圆的脸庞，气色一如既往地好，鼻子周围有少量雀斑，一头浓密的金发。而他，在另一方面，已经不再是同一个人了。

他那两个月都没有给她写信，除了打电报给她说他何时回家。她以一种敏锐的、评估的眼神注视着他，而他因为眼前所有的一切而感到内心无比柔软——老旧的红色沙发在缝合处露出了填充物，年轻的妻子想弄明白她到底还有没有一个丈夫，具体细节和纯粹的天资构成了他真实的人生，然而却像充满活力的幻觉。在他亲吻她并脱下外套之前，他将资料从手提箱里拿出来，并在咖啡桌上摆开。

那些照片并不漂亮，但是他想让她看看。他将资料在她面前摊开——生者和死者，那些畸形和胎记，前世人格死后的尸检报告。那个一只手上有残疾手指的女孩，那位将饭烧煳后被杀掉的妇女……当他展示完最后的残忍而荒谬的细节之后，他看向希拉，并屏住了呼吸，好奇她会说些什么。他感到他的整个人生、整个婚姻，除了工作之外，对他唯一重要的东西，悬而未决。

"你的的确确让我惊讶，杰里。"她说。

她看起来有些迷惑、震惊，却有点儿愉快。就在那里，他最爱她身上的那点，就在那里——她的生活如今变成这样，却充满乐趣。
"当你走进来时，有那么一刻，我还以为你要告诉我你认识了别的
女人。"

"这是我这一生中想做的事情。我想回去，在一两年之内再次采
访他们所有人，找到更多的案例。"

"你知道人们会就这个让你难堪吗？没有人会认真地对待你。"

"我不在乎别人怎么想，我只在乎你怎么想。"这并不是最后发
现的，而是完全真实的。

"你在放弃一份非常有前景的事业。"

"我会成功的，不管怎么样。为了我们。"他补充道，这些话在
他们之间尴尬地悬挂着，"那么，你觉得怎么样？"

她停顿了，而他屏住了呼吸如此之久，以至于因为缺氧而有些头
晕。"我不知道，杰里。我怎么会知道呢？你告诉我的是……"她摇
着头，"这怎么可能呢？"

"但你看过数据了。我给你看过了。还能有什么别的解释呢？你
觉得他们在撒谎？但是他们为什么要撒谎呢？这些家庭从里面拿不
到任何钱，他们也不想得到关注。相信我……而且，是的，这些孩
子确实可能有某种超感觉能力，我想过这点了，但是这些孩子不仅仅
是在描述别人的生活，他们说的是他们，不是别人。而如果你排除这
点——我是说，还有什么别的解释？还有那些胎记、畸形，他们和死
亡模式相匹配的情况，并不总是完全契合。但是那之间有一种联系，
一种可见的联系，而我才刚刚开始——外面有太多的例子，所以不可
能是随机产生的。不可能是随机。"

"这是因为欧文，不是吗？"

有史以来第一次，他不再讲话了。她总是能一眼看穿他。

她注视着，困扰着，对着咖啡桌上散开的纸张。那些笔记，那些面孔，那些带有印记的身体，那些天生畸形的身体，然而没有如欧文那般严重。

"你认为我们的儿子一出生就是那个样子，是因为在他前世发生了什么？你是这么觉得的吗？"

"你难道不能承认那是很有可能的吗？或至少是有可能的？"他在给她施加压力，但是他控制不住，他需要这个。

她皱着眉头沉思着。"你一直都是一个理智的人，杰里。一个谨慎的人。在我看来这并没有改变，即使是……"她摇摇头，"所以如果你认为是可能的，那我就承认它可能的。我只能做到这点。"

他抓住了她的话："我只要求这些。"

"不管怎样，你都要继续调查下去的，直到你完成了？"

他迎上了她的目光："我想你说得对。"

她叹了口气，以一种疲惫、诙谐、责备的表情斜看着他。仿佛她立刻就知道了他永远都不会结束搜寻，他们之间再也不会有孩子了，她在余下的日子里，都将活在这份觉醒的痴迷中，她除了加入进去，再无其他可做。

而他仍然在投身其中，不是吗？

尽管他能力有所下降，他还是打算继续下去。而现在他将协定抛之脑后。那个女人——那个他记不得名字的人，坚持要继续下去。

在他犹豫地敲门之后，她立刻就打开了旅馆的房间门。她还穿着昨天的衣服，她的脸色在晨光之下看起来很苍白。"我们昨晚没休息好。"她平淡地说。他将在旅馆办公室打印的纸张递给她，内容全是他整理的调查——一个叫汤米·克劳福德的男孩住在阿什维尔大道，后来失踪了。"你在开玩笑吧？"当她意识到他给她的是什么时说道。但是她接过了资料并阅览着，而诺亚在隔壁床上熟睡着。

"你认为这个才是前世的人格？"她最终说道。

"是的。"

她不停地重读那些资料，又将它们放了下来。

"之前也听说过有人会重生到不同的种族或文化中。"安德逊低声说道。他努力压制住自己的迫切之情，"有很多案例显示印度小孩记得出生在其他种姓中的人生。而一些缅甸小孩似乎记得自己的前世是'二战'期间在缅甸被杀的日本士兵。"

"那么，如果我们这样做的话，"她给了他一个严肃带警告的眼神，"如果我们去俄亥俄州……"

他的心开始怦怦直跳，情不自禁地接口道："嗯？"

"我们现在就出发。今天。"

"事情不是这么做的，"安德逊理智地说，"我们首先给那个家庭发邮件。可以的话，或者写一封信。我们不能就这样出现在他们的门阶上。"他做过这样的事，事实上，在亚洲的时候，当前世人格的家庭没有电话或者别的联系方式时，他会发邮件或写信，但至少他们对他的来访感到好奇。

"我们正要这么做，"她说道，"我不会再在不确定的情况下接近某位悲伤的母亲，再也不会了。如果诺亚什么也没认出来，我们就转头回家，而他们也毫不知情。"

他的冷静开始消散在空气中。她不可能是认真的。

"最好还是先联系那个家庭。"

"我要去那儿，无论你去不去。我就乘下一班飞机去。"

"这样很不明智。"

"那就这样吧。我不会带着诺亚回家，然后让之前的一切重演。所以我想如果不是现在，那就再也不会去了。而且，如果我们这样做的话……"她在床边坐直了，"你不能写下这些。明白吗？这是关于我儿子的，而非你的遗产。"

他挤出一丝笑容。他太疲惫了，心想，去他妈的遗产。

他的遗产——噢，他曾对自己有如此高的期许，但是他没有走得很远。他仍然有许多不知道的事情。为什么有的孩子生下来会带着前世的记忆，他们的身体带着前世创伤的印记？是因为和那个百分之七十的孩子所记得的前世是死于外伤的事实相关吗？肯定是这样。如果意识超越了死亡——而他展示过的确如此——那这如何与马克斯·普朗克及量子物理学家们的发现相关呢？即事件在被观察到之前并不存在，因此意识是最基本的，而事件本身来源于意识。难道可以说这个世界就如一个梦，每一个生命就如一个梦，接连不断地流动着？那是否有可能我们中的一些人——比如那些孩子，从那些梦中突然惊醒过来，并渴望着回到梦中呢？

窗外的蓝天在他面前不断延伸，绵延不绝。有如此多的事物是他渴望继续探索的。他追求的是探索现实的最本质。他想要完成这本书。但是如今他的想法被击败了，而他唯一想做的就是帮助眼前的这个孩子。

他看着靠在他身上的男孩。他可以是任何一个孩子，甜美地熟睡着。他就是任何一个孩子。

"他很喜欢你。"他的母亲说。

"我也很喜欢汤米，十分喜欢。"

她猛地吸了一口气："诺亚。"

"你说什么？"

"他的名字是诺亚。"

"我很抱歉。我不知道刚才怎么会那样。"

她的脸色有些苍白。

"不好意思，我有点儿累了。"

"没关系。"她说。但是她转头看向了别处，并咬住了嘴唇。

诺亚，汤米。一切归根结底都是名字，不是吗？一个人是此人而非他人的证据。而如果他们失踪了，他们仅剩下一个模糊的人性，宛如天空中的云层。

他必须做得更好。他必须牢牢记住那些名字——诺亚、汤米。他会将它们卷起来，并填进他脑子里的裂缝中，正如人们将写了愿望的纸片塞进哭墙的石头中一样。

他们一起看着那个熟睡的男孩。

"你知道我无法做任何保证。"安德逊低语道。

"那是当然。"

然而她在撒谎。她以为他对她承诺了一切。

丹妮丝坐在椅子边上，医生小桌子上的碗里放着似乎从没有人动过的 M&M 巧克力豆，丹妮丝在里面摸索着。有人吃过它们吗？这是她盯了几乎七年之久的丝毫没变的 M&M 豆吗？有人，她想着，应该做个实验：将所有绿色的豆豆放在最上面，然后看是否会发生什么。

"丹妮丝？"

"我听着呢。"她并不想看着他，但是心里清楚，如果不看他的话，他肯定会做记录。他俊秀的脸在担忧之下似乎变得更长了。

"我刚才说，每个人有些时候都会倒退，"弗格森医生说，"这在所难免。"

她又看向了放着 M&M 豆的碗："我不会。"

"你对自己太严厉了。你不可思议地创造了自己的生活。不要忘了这点。"

"我自己的生活。"她用自己熟悉的方式说着。"半磅意大利香肠，麻烦切成薄片"或者"该吃药了，兰道夫先生"，这是她最常说的话。但是她的意思，任何不傻的人都能听出来，就是：我的生活就是狗屎。

弗格森医生一点儿都不傻。她感觉到他在注视着她。

"你对自己很失望。"

她往口里扔了一粒绿色的 M&M 豆。糖在她舌上变成粉粒，她什么味道都尝不出来。她道："我不干了。"

"这是什么意思？"

她还不如跟他说实话。不然她还能告诉谁呢？"我再也不干了。我这些年这么努力地工作，为了营造一个更好的生活环境给查理，而一个电话就能将我拉回到原地，仿佛一切昨天才发生。而我不能——"她吸了一口气，"我做不到。"

她感到他在谨慎地选择自己的用词。他说："我明白你再次有那样的感受一定特别沮丧。"

她摇摇头："我不能。"

他瘦长的腿跷起来，道："那你还有什么别的选择？"他的喉结在颈上明显地移动着，就像她曾看过的电影里面的伊卡博德·克莱恩。那我不就成了那个无头的骑手？她想。也很符合。她不再有任何想法或感觉了。她在从一个很高的高度看着自己，正如刚刚死去的人在空中看着他们自己的尸体一样。

"就当我还在考虑我的选择。"

"你是在告诉我你在考虑自杀吗？"

她注意到了他的担忧。那就像盘旋在他脑中的一个想法，并不意味着什么。她耸了耸肩。这动作是查理的一个习惯，并总会激怒她，但是她现在发现它的用处了。

"因为如果你是这个意思，如果你是认真的，我就必须有所行动。你知道的。"

那家医院。那些有污迹的沙发，破裂的地板，茫然的面容对着毫无意义的电视。她浑身抖了一下。

不管怎样，如果她有自杀倾向的话，他绝不会给她开处方的。而她需要那张处方。她不知道她为何会那样说。"你知道我绝不会那样做的，永远不会。我永远不会让他满足的。"

"他？"

她讽刺地看了医生一眼："当然是那个偷了汤米的男人。"她一说这句话，她就知道是真的，她做不到。真该死。但她感到十分镇定，"当然我也不会那样对查理的。"

当然她不可能自杀了。而且她身上不是还有一些很小的部分仍然希望从这个人生中获得些什么吗？将她自己身上的这些部分撒到风中，看看它是否会在哪里落地生根。

"那么卢登警官说了些什么，你给他打电话的时候？"

"你是指昨晚，还是今早？"

"好吧，医生，现在你知道我们到哪一步了，不是吗？"

停顿片刻。

"任意一个。"

"他说佛罗里达州的警官们在努力调查这个案子。他总是这样说：'他们在努力调查，女士。'真有礼貌，你知道的。而我明白他觉得我疯了。他们所有人都这么认为。"

"谁是所有人？"

"每一个人。你觉得我在妄想？我没有妄想。每次我遇到别人，他们就会露出这种表情，至今如此，很微妙，但是我看得出来，仿佛他们很吃惊，仿佛……"

"仿佛什么？"

"仿佛我这个人有什么问题，并且我不应该还在四处走动，我应该……"

"嗯？"

"死掉。因为汤米死了。"

这是她第一次说出口，而她立马就想将那句话收回。那句话就如弹珠一般从她嘴里掉落出来，在地板上四处滚动着，无法挽回。

而人们是对的，她想。为什么她仍在呼吸？这些年来，她努力生活不仅是为了查理，也是为了汤米，那样，当他回到她的身边时，她可以做好万全准备。

但是她无法再伪装下去了。汤米死了，而她是个——什么？不是寡妇，不是孤儿。没有词语可以描述她的身份。

"我明白了。"弗格森医生说。他将小桌上的纸巾盒向她那边滑近了一些。

他们看着彼此。她意识到他在等着她哭出来。那个方盒子满怀期待地盯着她，纸板上充满了可笑的粉红和绿色泡泡，一张纸巾从开口讨厌地伸了出来，呼唤着她的泪水，她的——书里是怎么说的？精神宣泄。他想看到她最终崩溃。如果他使得她这么做了，那真是该死。它能为你带来什么？精神宣泄？你仍然需要重新振作，并继续过你那段一堆狗屎般的人生。她站了起来。

"你要去哪里？"

"听着，你到底给不给我开处方？"

"我并不建议……"

"给还是不给？因为我会去其他地方……你知道，如果你不开的话，总有人会给我开的。"

他犹豫了，但是他递给了她那张纸："尽快回来复诊，好吗？

下周？”

她仍然需要振作起来并走出那扇门，直面着停车场上车辆的挡风玻璃上反射的午后太阳的耀眼光芒。

她仍然需要找到她的车，将钥匙插入插口，听着车子发动后马力十足的轰鸣声。她必须开车到马路上，和其他一切活着的、移动的物体一起，去往某处，仿佛整个世界的运转都依赖于他们去干洗店或商场的路程。她必须将车停在便利店的停车场，下车，等在柜台前，和其他寻找着可以让他们快活一小时或一天的药水的人一起等着，无论他们想不想要。她必须将半颗药放入嘴里，只放半颗，并吞下去，又硬又干，感受着它刮着她的喉咙下去。之后，因为家里没有食物，而她除了自己之外，还有一个人要照顾，她得沿着人行道走到超市。她得站在里面极其明亮的灯光之下眨着眼，所有的排列和色彩映入她的眼帘，那些番茄是如此红艳而让她无法直视，明艳的橙色包装的多力多滋，绿色的六瓶装七喜，所有东西都在向经过的人们尖声叫着：选我！选我！选我！

而她不能一直站在那里，仿佛她从来没有来过超市一样。尤其在那时，当她开始鼓劲儿，她需要继续前行。她在她的推车里装满她家人需要的东西。她放入一只去了皮的死鸡、一大包玉米片和一加仑牛奶。她为查理放入西兰花，他唯一会吃的蔬菜。她为亨利放入维多利亚洋葱，以防他哪一天会回来。她还放入葡萄和番茄，她知道查理不会吃它们，而她自己更喜欢牛排，但她还是拿了，不是吗？它们光滑的红色外皮透过袋子的网眼向外看着她。拿它们是因为汤米喜欢，汤米喜欢用牙齿咬它们，并在房间里喷射它们。而她想告诉自己，她仍然记得汤米喜欢什么，即使那仍然在她心里打开了一个洞。

之后，她必须排队，并无视乳品区盯着她看的 Manzinotti 太太。她翻着满是明星们相爱相杀的杂志，并注意到 Manzinotti 太太正在朝她的方向走过来，心里希望她仍然会像前几年一样忽略自己，避免目光接触，在集市或城里经过自己身旁的时候避身而过。但是她过来了，带着坚定的勇气快速地向她走了过来，仿佛之前发生的都已烟消云散。而他们也要回到从前，不是吗？她有没有做好准备并不重要，但实际上她迅速地做好了准备。所以他们聊着今天终于有点儿春天的感觉了（好像她真的觉察到了）。而她关心着 Manzinotti 先生、伊桑和卡萝·安，Manzinotti 太太说："查理过得怎么样？"她说："我们很好，谢谢。"仿佛她自己的故事就是杂志里的一篇文章，人们可以随意翻阅并放回到架子上；仿佛她心爱的男孩不是在某处泥土下变成了碎片。

而当她付账的时候，她突然想到在佛罗里达州有个男人正好在此时将车停在一家加油站。她可以很清楚地看到他买了一大袋多力多滋、牛肉干和一瓶红牛，之后他将袋子留在柜台的收银员那儿，并走向卫生间去小便，以便待会儿重新上路。而那个男人的双眼固定在那里，那双毫无悔改之意的眼睛直视着卫生间的镜子，那是汤米最后看到的双眼——

不！

不！因为汤米还活着。

在这个世界上好生生地活着并不是汤米的特色：他对番茄、棉花糖和奶油糖果的热爱；他对草莓难以解释的厌恶；晚上在她即将离开他床边时，他抓着她的手的样子，要她再多待几分钟（噢，为什么

204

她要松开自己的手并亲吻他说晚安呢？为什么她没有像他渴求的那样多待几分钟呢？）；当他做了调皮的事后，露出傻傻的奸诈的笑容时，脸上浮现的酒窝，就如那次他在从狂欢节回来的路上松开了他弟弟的气球而假装那是个意外一样。

汤米还活在这个世上，而没有人能告诉她相反的情况。

汤米还活在这个世上，而总有一天他们会再次相见。

有些事情有时候会发生。比如那个在犹他州的女孩。那个有着友善面容和黄色头发的女孩，她看起来像从农业部的山羊栏里走出来的，而非从炼狱里双手双脚爬出来的。她当时是出现在一本杂志的封面上。丹妮丝仍然在床头柜的抽屉里留有那期杂志，她心里知道：有一天晚上，那个女孩从她房间里失踪了，五年之后，她再次回到了家里，而那个做了此事的禽兽将会被终身监禁。还有她和她家人一起拍的照片，他们坐在沙发上，她母亲的手臂环着她，她父亲的手极其自然地搭在她的肩膀上。她重新回到学校了。文章里这样写道。她弹着钢琴。她脸上露出羞涩的笑容，头发上系着蓝色丝带。那个女孩完好无损。差不多吧。这是有可能发生的。事情会发生。这就好比一个孩子在星期六早上沿着马路骑车去他最好的朋友家里，然后从地球边缘掉了下去。

但是这些想法，就如杂志的内页，因为使用太多而变旧了。这就让她回到另外一个想法之中，这也让她再次想着她不能再这样做了。

她想：我不能心里满怀希望，但我也不能不抱希望。

她从停车场里将车开出来。当她开到十字路口时，她没有向着回家的方向直接右转，而是左转，发现自己正在驶离代顿市。她开了一阵子，经过了平坦的绿野，仍然不确定自己要去哪里，直到她看到商场上方新产品的广告牌。那个广告牌对她露出巨大的"霓虹笑容"，仿佛她是那虔诚地找到回家路的信徒之一。

当她走进门而没有人再看她时，她暗自感到一股激动之情。他们继续干着手上的事情，在她看来，其实他们什么都没做。一个辫子散乱的女孩在翻阅一本杂志。一个头上戴着针织帽的白人男孩（为什么他们要在室内戴那个？除非他们秃头了，而这个男孩并没有）在打电话。她听到一阵紧张的笑声回荡在店里。她在挂满各种供应品的长通道里闲逛着，每一件商品都标注着明确的用途，在冷空气里展示着。在第十通道，她拿起了一支新的闪亮的射钉枪，并走向后面的复印中心，感受着手中的重量。

那里有人在排队，手里抓着纸张。也许是卖车的，或者是寻找钢琴学生。她排在后面，是一个需要将她的渴望以指数方式递增的人。她的另一只手里拿着她专门为了此事而曾放在汽车储物箱里的传单。等排到她的时候，她将传单递给一个二十出头的男孩，一个有着深褐色皮肤及光滑、友善却乏味的脸庞的男孩。

也许汤米有一天会看起来像那样，她想。也许汤米会在 Staples 上班，而且会做得更糟。她让自己这样想着。她知道会这样，这就好像她的意识还停留在之前超市的停车场上，而她却让自己的另一部分再次接管。

"二百元，谢谢。"

他从她手里接过纸而没有看内容。祝福你，她想。因为你没有看而祝福你。镇里的文具店的人们如今已经习惯她的到来了，他们眼里的同情已经不再新鲜，而是凝结成一种熟悉的自动的神情，仿佛丹妮丝是一只迷路的流浪狗，时不时地出现在周围，来寻求一片面包或一个轻拍。

但是丹妮丝不需要轻拍或任何再次兴起的同情。她需要她的二百张复印件。

"你想要印成不同的颜色吗，女士？或是印在白纸上？"

"人脸在不同的颜色上好辨认吗？"

"很清晰。我们可以做到。"

"那试试不同的颜色吧，这次。"

"好的。你想要什么颜色？"

"你选吧。"

"我会印成黄色、绿色和红色的。怎么样？"

"很好。"

她对他微笑。她站在柜台后面，用手指感受着柜台坚硬、锐利的边缘。就如药物从她身体里滑下去一般的感觉。她另一只手里的射钉枪很沉。亨利丢掉了另外一支。她花了二十九元买的那支，而他直接将它丢进了垃圾桶里。

"你必须停下发那些传单。"他说过。

那些话如寒冷的空气从她脑海中闪过，仿佛那是她无意中听到的话，是陌生人说出来的：

"你有什么权利出现在这里并告诉我要做什么？"

"查理告诉我的，就是这样，我们的儿子，他说你有一半时间都没有来吃晚饭。"

"那个男孩吃了。看着他。他没有挨饿。"

"那不是重点。你在消磨你自己和查理，还有我。"

"你在乎什么呢？"

"你必须停下来。拜托了。"

"我不能。万一——"

"那叫医生吧，寻求一些帮助。"

"万一事情有变化呢，亨利？万一有人看到一张传单，然后——"

"看在老天的分儿上，丹妮丝——"

那个男孩回来了。

"事实上，人脸在红色上面显得有点儿暗。蓝色怎么样？"

"那也行。"

她等待着。她只需要等待，她的手拨弄着柜台锋利的边缘。汤米的脸庞在绿色、蓝色和黄色里复印着。她让自己的思维停在从机器里吐出来的每一张脸上，思索着，也许是这张，也许这一张会改变一切，她想。

查理·克劳福德悠闲地从哈里森·约翰逊的家里骑车回到家。他的脑海里出现了重复乐段，他的整个身体因为胜利而激动地扭动着，也因为哈里森总能从在比萨店上班的他哥哥的朋友那里拿来的高级大麻。

吧嗒嗒，吧嗒嗒嗒嗒……他延长那最后一声敲打，持续击打着，让响声可以在车库里引起共鸣。他立马就知道了，他没有搞砸。他可以从哈里森和卡森真的停下来并有史以来第一次认真听的状态中看出来，他们肯定了他，他们对着他勉强点头。他在排练结束之后走出了大门。他知道他们一直想招进那个社区学院的迈克，并让他离开。他们从来没有觉得他足够优秀，他一直都是那个住在附近并有一套鼓乐器的小孩，并且算得上会打出节奏。但是今天，他不仅向他们展现出了优秀，而且超常发挥，让他们目瞪口呆。

好吧，好吧，也许那不是有史以来最棒的鼓独奏，也许他不是，就如拉尔斯·乌尔里希。但是在他一生中，这次是一个巨大胜利，而他将要带着这份胜利回家。大麻在他体内生效后让一切都变顺利了，使他在街区又多骑了一圈，骑过了邻居家的恶狗和玉米地的边缘后又骑回来，甚至都没有特别害怕骑回他自己家的车道。感谢上帝，他母亲的车开出去了。他可以拿一盒冰激凌走上楼，到他房间里，并给格雷琴发短信。或者——更棒的是——他心里想着格雷琴，而没有真的要给她发短信的压力。在大麻的快感仍然在他体内时，他躺在床上，幻想着格雷琴的胸部随着他绝妙的鼓独奏抖动着，她的双膝在她前天穿到学校的牛仔裙里摇摆、闭合。或者，等等——更棒的是完全跳过格雷琴，太费力了，直接上网看，准备开始！这才是度过一个下午的美妙方式。

他再次回到街区上，因期待而兴奋，他的多条辫子在耳后如风飞扬着。他决定在快感消散之前快点儿开始。他从来没有冒过将大麻带回家的风险——他妈妈严禁他吸食大麻，而就他所知，只要她在他口袋里找到哪怕是一粒大麻的幼芽，他就会被送到一所军事学校。这样实际上很难保持优势，在他经常吸嗨了后，还能注意到每一粒遗漏的大麻苗。到目前为止，她只是在他回家后凑近闻了几次，仿佛他是冰箱里一块腐臭了的肉饼。她或许不知道大麻闻起来是什么味，尽管他身上有些臭汗味。幸运的是，没人会碰他在学校的储物柜。他能在那柜子里开一个药店了，没有比他更聪明的了。

他将自行车停在后院里并跑向大门。但是那里有人在房子周围走动并环顾四周。白人。一个男人和一个女人，还有一个小孩。噢噢。也许是一些耶和华见证人，尽管他在附近见过的大部分耶和华见证人都是黑人。他甚至都不知道还有白人耶和华见证人。摩门教已经发展到这个程度了吗？必须赞扬他们，带着小孩过来，那一招厉害，很难对一个小孩关门。

那也是个有趣的小孩。他上蹿下跳着，仿佛他在假装自己是只袋鼠。他喊着："就是这里，就是这里，就在这里！"他不停地拍打着铝框，仿佛整座房子就是只红色的大狗。

"你们有什么需要帮助的吗？"查理说。他露出了他最好的"这个年轻人家教很好"的笑容，完全盖过了他吸食大麻后的迷糊感。这实际上是他的专长。他可以此时此刻坐在兰泽塔校长的办公室里，而她也毫不知情。而他实际上也这么做过了。

那三个人瞪眼看着他。

最后那个女人开口道："克劳福德先生或太太在家吗？"

好家伙，他们确实做了功课呢，这类福音派的人。

"妈妈现在不在。也许你们下次再来？"他满怀希望地抬头看着他们。

那位女士和老头儿交换了一个眼神。他们看起来于无声中有分歧，仿佛那个女人有个计划，而那个老头儿想离开这里。

他们是来自学校吗？他没有认出他们，那个老头儿身上的确有种类似学校监管人的气质，而那个女人可能是一位管理员，甚至可能是警察，她有着那种严肃的表情。也许他们在他柜子里发现了大麻，而她要将他关起来，或开除，或送他去康复中心，就如那个社会课上的蠢蛋因为桌子里的一瓶杜松子酒而被抓到。当时他说："杜松子酒？你就因为这个而被逮到？在你桌子里？杜松子酒？"

但是他们为什么要带一个小孩呢？如果他们是来抓他的。他想不明白这一点。那个小孩也有点儿吓到他了。他在用那种明亮、奇怪的眼神盯着查理看。

"那么，你们找我妈妈有什么事？"查理放下了"优秀青年"的面孔，站在那里，斜眼看着他们三人。

"恐怕那是我们之间的事了。"那个女人说。她看起来很紧张。

噢噢。

他产生一个想法，其可能性在他脑海里越来越大，所以他问了：

"你们是电视台里的人吗？"

"什么？"

"你知道的，就像在美国最想找到的人，诸如此类的？"

"不，我们不是。抱歉。"

"哦。"他妈妈一直都在说要上一个类似的节目，让消息传出去。然而那些节目不做失踪的黑人小孩的案例，就他所知的，只有漂亮的白人女孩。

所以他们是什么人呢？大麻激起的胆量让他长时间大胆地注视着他们，并看着他们不自在地移动着。很好，他想。走开，奇怪的白人。

停顿片刻。除了那个小孩没有人说话，他仍在跳跃着，并喃喃自语道："就是这里，就是这里。"

走开，走开，走开，奇怪的白人！他沉默地重复着。

"我们晚点儿再过来。"那个老头儿说。

哈利路亚。你，这位先生，是一个真正的通灵者。（也许现在看色情片还不算太晚？）

"不！"那个小孩有着这种很小的孩子特有的嗓音，仿佛他吸了氦还是什么的，"我要留下来！"

"我们过会儿就回来，宝贝。好吗？"那位女士弄乱了他的头发。她看起来不再像一名警察了。

"不要！"那个小孩现在开始让他心烦了。

"我们会回来的，诺亚。没关系的。"

那个小孩开始哭了起来。那个老头儿在他旁边蹲了下来，并低声问了几句。查理无法听清。小孩点点头，然后直接指向了他。

"确实。那是查理。"他说。

那个老头儿和女士看着查理。他开始出汗了，好像他做错了什么。"我什么都没有对这个孩子做过，"他说，"我甚至都不认识他。"他面带恳求地看着他们凝视的目光。他猜这个大麻毕竟没有那么神奇。这让他开始妄想了。

"那是你的名字吗，查理？"老头儿问。

"是啊。"

他们站在那里，他们四个人在小小的混凝土门阶上移动着，金发小孩仍在哭泣，让他心烦意乱。

最后他想起来，也许他的妈妈认识这些人。毕竟他们知道他的名字。如果她发现他一直让他们在门廊等候时，一定会发火的。

"你们想进来吗？"

"那样很好，谢谢。"老头儿说，"我们已经旅行了很长时间。"

当一个爷爷、一个女人和一个哭鼻子的小孩站在你家客厅的时候，你该怎么做？那个老头儿期待地坐在沙发边沿，并以一种很小的、细长的字体在一个黄色笔记本上记录着。

"就是这里。"那个小孩再次说道。他听起来十分激动。他开始在房间里四处跑，那位女士（他很确定她是那个孩子的妈妈）就跟在他的后面。

他知道他应该做些什么。主意迟缓地在他脑子里生成，房间另一边微微发光的东西开始增加重量，如一个获得帮助的鬼魂一样向他的脑子飘来。食物。当人们来到家里的时候，你应该为他们提供食物。"你们想吃些什么吗？零食，或别的？"他问。

"那样就很好。"老头儿说。他看起来很感激，仿佛他一整天都没吃东西了。

当查理从厨房回来时（双手空空，只有几杯水——冰箱里什么都没有，只有一些旧的意面酱和冷冻柜里他为自己留的冰激凌），那个小孩正站在火炉前，手指着那张他爷爷乔在去世前画的农场画。"那画原来在楼上的，"小孩说着，"在阁楼里。"

"是啊，在老爸走后，我们将它移到了这里……"然后他住口了，"你刚才说什么？"

"爸爸不在这里？"

"我爸爸现在住在黄泉村。"

"他为什么要搬到那里去？"

"噢，他和我妈妈相处得不是很融洽，所以他们……"

那个小孩睁大了眼睛看着他。老天，这是个很奇怪的小孩。

"我父母——他们分居了。"

"分居？"小孩的脸左右转动着，仿佛他在接受这个信息。

"你知道分居的意思吗，宝贝？"女士说，"那是指一个母亲和一个父亲决定住在不同的地方。"

小孩现在走向了钢琴，掀起了琴键上的盖子。

"所有的乐谱到哪儿去了？"

"我们没有任何乐谱。"

"原来有乐谱的。"

查理感到自己要开始失控了，开始崩溃。他对现实的掌握正在滑落。也许哈里森哥哥的朋友的大麻里面还有别的物质，比如致幻剂或什么。他听说过有时候人们会那样做，塞入一些致幻物质，让他们陷入精神混乱，然而为什么有人想那么做是他无法理解的，因为他所想到的所有目的就是填满大麻的边缘。

他看着那个小孩。小孩正坐在钢琴板凳上。尝试，查理，尝试一下。"你会弹钢琴？"

那个孩子只是坐在那里。

"不，他不会弹。"女士说。

之后小孩开始弹钢琴。那是电影《粉红豹》的主题曲。他立马就听出来了，在开始的几个音符之后。他有好几年没有听过那段旋律了，但是当初他听到的时候，当初他哥哥弹奏的时候，他每天都会听到，有时候甚至每隔几个小时就会听到，直到他们的爸爸威胁要揍他，而他毫不怀疑地知道他完蛋了。他精神错乱了，而且要崩溃了，就是现在，在所有这些白人面前。

"你得停下来，别弹了。"他说。

那个小孩继续弹。

"你别弹那个了。"

他听到车子带着提醒作用的嗞嗞排气声开进了车道里。

噢，亲爱的耶稣，谢谢你。妈妈回来了。

去他的《粉红豹》。

"嘿，小家伙。"小孩说，"你不认识我了吗，查理？"

车门关上了。她在从后备厢里拿出些什么。快进屋，妈妈。快进屋，并解决这个烂事，从我手里接过去。

"不，"查理说，"不，我不认识你。"

小孩说："我是汤米。"

他试着依附于大麻的最后一丝嗨劲，但是兴奋感过去了，早已不在。

在回顾中，他们全部做错了。

安德逊站在克劳福德家的厨房里，试着准确地弄清楚他是怎么让一切都走偏的。

他已经操作过将近三千个案例了，而他总是会做一个事后分析和跟踪调查，不仅是为了追踪他的调查对象，同时也是为了学习如何更好地开展工作。而现在这是他的最后一个案例，可他感觉就像一个新手一样，没经验，且不懂规矩。他的最后一个案例很重要，对于这一点他的想法是正确的：它重要，不是因为这是个美国案例，会让全世界最终都知晓轮回转世的证据是存在的，而是因为这个案例将一劳永逸地证明他结束了。

他应该更加了解规则的。他在想些什么？他们不应该和那个少年说话的，应该立即离开，再重新部署。几乎做过三千个案例，其中有五六十个确定的、合适的美国案例。他知道这里不是印度，因为在印度，村民们会热心地指出可能的重生之人，送他去看他几乎看不见的胎记；在印度，他们希望他成功，并很激动能有机会证明他们已经知晓的事情。而对于美国的案例他得很小心。他极其缓慢地开展工作，以最温和的方式，说清楚他所做的一切其实只是问一些问题。

他们应该在他母亲到达之前便离开的。

他应该预见到那个少年会像那样草率行事，在那个女人进门之前。

最重要的是，他原本应该意识到，因为他们没有找到尸体，那个女人并不知道她的儿子已经死去了。

"妈妈，这个男孩说他是汤米。"查理说道。而那个女人仍在侧身进门，臀部先进，一袋杂货抵在她胸口上，一捆纸夹在她的手臂下。

"这个男孩说他是汤米。"男孩在屋内弹钢琴。而安德逊自己因那该死的语言上的障碍和大脑里多巴胺中心充斥着的喜悦而麻木了。他因证明了一个案例中的两个人格相匹配而兴高采烈——因为他相当肯定那个孩子之前从来没有弹过钢琴，而他弹奏的曲调对前世家庭有着特别的意义。

还有什么比音乐对失去之物的召唤更有力量呢？难道那个女人走进屋里时，眼里满怀着希望，真的如此让人吃惊吗？就像有时候你在为绝症患者讨论最新治疗方法时，看到他们脸上露出的疯狂而无望的期待。难道当有那么一瞬间，她以为她失去了的儿子在房间的某处，活得好好的，真的如此让人吃惊吗？

或者，当她的目光落在一个叫诺亚的白人小孩身上时，诺亚正如一个金色的热寻导弹向她飞奔而来，投向她的腿，她就会失去希望吗？她必须在同一时间处理这一切，她的希望和失望之后的震惊，诺亚以全身的力量撞向她的身体——在这一切发生的时候，她还穿着外套站在她家的门槛上，手里拿着钥匙，胳膊上挂着一袋重重的杂物。

他应该在那个时刻就控制局面的，建立一个秩序，从她手上接过袋子。"克劳福德太太，我是安德逊博士，请您坐下来，然后我们会向您解释我们的到来。"那是他脑子里的句子。他听到自己以一种安抚的语调说着。但是他犹豫了，想确定他说对了哪些词语。而在他有机会开口之前，珍妮冲向前去，抓着诺亚的胳膊，并试图将他从那个女人的腿上拉开。

"宝贝，放手。"

"不。"

"你必须放开她。我真的很抱歉。"她向丹妮丝说。她试图拉走诺亚，但是他反而贴得更紧了，将丹妮丝的双腿紧紧地抱住。

"这是什么变态的玩笑吗？"

"诺亚，你打扰到这位女士了，现在就放手。"

"不！"他说，"这是我妈妈！"

"这简直疯了。"丹妮丝·克劳福德说。她摇晃着腿，试图从那孩子手里解脱出来。她仍然提着那一袋重重的杂物。没人从她手里接过去。那个少年站在那里，嘴巴微微张着。安德逊看着，在脑子里组织着语言。诺亚在死缠着丹妮丝，而珍妮在试图将他往外拉，他们两人被锁在一场意志力的战斗中，就如母亲和孩子之间最主要的斗争。直到一直夹在丹妮丝手臂下的一叠纸开始滑落，而她试图控制住，她再次摇摇腿，或踢腿，诺亚则摔倒了。

他向后倒去，他的头撞到了地板上，发出巨大的响声。

安德逊感到那声巨响让他不寒而栗。

男孩没有移动，他闭着眼睛一动不动地躺在地上。安德逊听到抽气声。

那是珍妮在抽气。之后丹妮丝的纸张滑落下来，在所有人面前散开，汤米·克劳福德的脸在绿色、黄色、蓝色的纸上微笑着。

珍妮立马来到他的旁边喊道："诺亚？"

之后安德逊控制住自己，并蹲在诺亚旁边。他测了一下男孩的脉搏，强有力的心跳让整个房间的人都活了过来。

诺亚睁开眼。他眨眨眼，看着天花板。他的瞳孔看起来并无异样。

"你知道我是谁吗？"安德逊问。

男孩的视线从天花板滑向安德逊。他悲伤地看着安德逊，仿佛这个问题让他很失望："我当然知道你是谁了。我认识这里的每一个人。"

安德逊站起来，抖抖膝盖："我想他没事。"

"你并不知道！"珍妮喊道，"万一他有脑震荡怎么办？"

"我们会密切关注他的症状的。那不太可能。"

"真的？你怎么知道？"

这个问题在他们之间的空气中颤动着。她不相信我，他想。可以理解。她为什么要相信呢？

"噢！"又是一声重击——这次是那袋杂货掉下来，因为丹妮丝终于抓不住了，洋葱像弹球一样呼呼地在地上滚来滚去。丹妮丝的目光从诺亚身上落到地上的一个个洋葱，她摇着头："我很抱歉。"

诺亚挣扎着坐起来。他歪着脑袋说："妈妈！"

"真的很抱歉。"丹妮丝重复道。她的膝盖似乎弯曲了，而安德逊有片刻担心她的膝盖会承受不住，她会摔倒，而这场闹剧就圆满了。相反，她蹲了下来，收集着纸张，将它们整齐地叠放在一起。

珍妮将诺亚抱入怀里："过来，宝贝。我们去拿一杯水，好吗？"她没有等到他的回答，就站了起来，并走出了房间。

"我没打算……伤害任何人……"丹妮丝声音嘶哑地说，受惊地，一张一张地收集着传单。

"妈妈，"少年说，"放下它们吧。"

"不，我必须……"

"放下那些传单吧。"

"那不是你的错，"安德逊说，"是我的错。"

她抬头看着他，但他却无法直视她的目光。

十分钟之后，安德逊笔直地坐在沙发上，迎接着那个女人全部的愤怒和困惑之情。他知道这是他自找的。

"你到底在说些什么？"

"也许我们应该在你平复一些后再讨论这些——"安德逊缓慢地回答道，"从震惊之中。"

"哦，我已经平复了。"克劳福德太太站在他的面前。她的情绪看起来并不十分稳定。

这只是简单地证明了方法总是很重要的，安德逊想。他不应该听珍妮的。他应该先给那个女人发邮件的，预先给她一些警示。

她双臂交叉，而他感到她体内沸腾起来的怒气，透过她发颤的声音和眼里的闪光表现出来。

"那么让我搞清楚。你认为我的儿子是……重生到这个孩子体内的某处？你是这么想的？"

"女士，我们试图不立即下结论……"他看着她，"是的。我是这么想的。"

"你们这些人肯定都疯了。"

"女士，我很抱歉你得出那个结论。"他深吸一口气。他遇到过无数次抵抗。为什么现在会如此影响到他？他无法厘清自己的思路去解释他所需要解释的，"如果您能给我几分钟让我解释一些诺亚说过的话，那么你可以——要么同意它们，要么——"

"某种疯狂的巫术！"

"这不是巫术。"珍妮说。她正站在门口。

安德逊看到她在那里后，感到如释重负："诺亚怎么样了？"

"现在还好。他不肯和我说话。查理让他在厨房的电脑上看动画片。"珍妮转向丹妮丝，"听着，我知道这一切听起来很疯狂，并且无比牵强……但是问题是，这确实很牵强，所有的一切，但是它也许——"她瞥了安德逊一眼，她的眼里充满震惊，如窗户一般猛地打开，"它也许是真实的。"

安德逊心里立刻充满了感激。也许一切终究没有白费。

"听着，我们并不想让你烦恼。这是我们最不希望看到的。"珍妮紧张地说。

而丹妮丝笑了，很难听的笑声："你们可以继续，并相信你们愿意相信的。那是你们的特权。但是请不要将我和我的家人扯进来。"

"汤米是不是养过一只叫树蜂的蜥蜴？"安德逊突然问道。

丹妮丝双臂交叉，表情难以辨认："就算他养过又怎么样？"

"诺亚记得他曾是一个叫汤米的男孩，养过一只叫树蜂的蜥蜴，有一个弟弟叫查理。他多次提起过《哈利·波特》系列的书，还喜欢国民棒球队。"安德逊惊讶于自己说出新发现的适当名词的流利程度，仿佛其他的，他脑中的完整部分在找回必要的信息。这就是失语症的一些怪事，对某些人的研究论文很有帮助，只不过这不是研究，这是他的人生，这是此时此刻，"他谈到了一支 0.54 口径叛逆者步枪。"

丹妮丝露出一丝微笑："那么，这样，你看到了，我们家里从来没有过枪，我甚至都不让我的儿子们玩玩具枪。"

"他说他想念他的母亲，他的另外一个母亲。"珍妮静静地补充道，"他总是为了这个哭泣。"

"听着，我不知道为什么你的儿子要说那些事。如果他有什么问题，那我真的很抱歉。但是这都是一派胡言，一些部分巧合，而你将这一切告诉了错误的人。因为老实说，我一点儿都不在乎。"丹妮丝再次笑了，如果你能把那当作笑声的话。安德逊能在她清楚、狂怒的外表之下感受到她的痛苦，就如远处的闪电，没有可以接近的方式。

"听着，我不是牧师，而就我来看，你也不是。我也不会站在我自己的客厅里去揣测来世，因为这一切都不会改变什么。因为它们都不会把我的儿子带回来。汤米已经——"她戛然而止，摇摇头，再次试着说，"我的儿子死了。"

她的话在房里大声响起。她逐一看着他们，仿佛他们中真的有人会反驳她。他突然希望他仍然是名住院医师，穿着白大褂，治疗患者，除了他自己的任何人，除了他所在的任何地方——在这个房间，同意这个母亲说她的儿子已经死了。

"我真的很抱歉。"珍妮用沙哑的嗓音哭着说道。

然而丹妮丝·克劳福德没有哭。她还在继续说，以一种极其冰冷的语气说着，安德逊感到她话里的寒意渗入到骨子里了——那股他十分熟悉的冰冷的悲痛。"他死了。他再也不会回来了。而你们——你们该为自己感到羞耻。"

"克劳福德太太——"

"我想你们该离开了。你们做得够多了，直接离开吧。"

珍妮试图微笑着说："克劳福德太太，我们马上就走，我们不介意离开，如果您能见一会儿诺亚——你不必说什么，只要您能和他坐一会儿，尽量……友好点儿。"

"你们说服了这个孩子说他是其他人。而你们一路拖着他从天知道哪里到这里来！"

"纽约。"

"为什么这个没有让我惊讶？你们对这个可怜的孩子洗脑了，并一路将他从纽约押到这里来。而现在你们希望我配合，仿佛这是某种游戏。"她摇着头，"这对我来说不是游戏。现在滚出我的家。"

"这对我们也不是游戏，"安德逊缓慢而坚定地说，"听着，女士，我知道你失去过。一次糟糕的失去。我明白你的感受。"

"你明白？为什么？你失去过谁？"

"我失去了我的……我的……"他搜寻着那个词，但是它如脚下踩空的梯子般破裂了，让他跌入黑暗之中。他仿佛看到了他妻子的脸，她对他很失望。"我的其他人。"这是他唯一能想起的词。他忘记了妻子和儿子的名字。

丹妮丝·克劳福德整个人都站了起来。她几乎和安德逊一样高了："我说了，出去！"

这就是为什么我在亚洲待了那么多年，他想。这就是美国案例会发生的情况。他站在那里，他无法思考。

珍妮看着他，而他跟随她走过走廊。

"我很抱歉，"他想，"很抱歉把你拉进来。很抱歉让你相信了这个可悲的老骨头。"

"所以我们跟诺亚说什么？我怎么才能帮他解决这个问题？"她激动地耳语道。她在走廊里的接近，她耳语时的气息扑到他的脸上，狠狠地击中了他，他本能地从这种紧张中退缩了。

"你会想出来的。"

"这就是所有你能说的？就这些？我会想出来的？"

在附近的某处，鼓声再次响了起来，不祥地，无法阻挡地，仿佛在领导着他的军队走向战败。他迫使自己抬起头，并看着她的眼睛："对不起。"

她转过身并打开了厨房门。但是她没有必要再想出任何解决办法了，因为诺亚不见了。

这就像一座纸牌搭建的房屋崩塌了，安德逊想。所有可能出错的地方都出错了。而他，看着珍妮歇斯底里地发作，比他们中的任何人都感到无助。他搜寻着词句，但它们不在脑中。

这要是在印度是绝不会发生的。在印度，他们明白人生会以它自有的方式呈现，不管你喜欢与否：路上的奶牛，突然转弯，让你生死未卜。一个生命结束了，一个新生命又开始了，也许比上一个过得好，也许不如上一个。印度人（以及泰国人和斯里兰卡人）接受这种方式，就如他们接受雨季或是高温，以一种简单的良好感知般的顺从态度。

该死的美国人。美国人，在燃烧的粪堆和突然的转弯中不知该如何是好，美国人不得不像抓住注定会折断的旋转的树枝一样紧紧地抓住他们的人生……而当事情没有如预期的那样发展时，美国人就不知所措了。

包括他自己。

这就很好地解释了那天下午发生的情况。

但是你不能真的责怪美国，能吗？

因为在印度有时候也会出差错，不是吗？

人类是如此复杂，你怎么可能预计得到人们在面对不可能时会如何反应。

你不能。

他站在厨房的中央，试图找到自己的方向。在冰箱上，有一张咧嘴笑的少年棒球联合会队的照片。他凑近去看，在左下角看到了汤米，举着一张标语牌，上面写着"米勒敦南部分赛区的少年棒球联合会冠军：国民队"。

哈，国民队。丢失的那一块。他有时候会忘记他们会以主要联盟的名字来命名娱乐联盟球队。一份很好的证据，然而他一点儿都不满意。现在证据还有何用呢？

他走出厨房，并开始寻找那个失踪的男孩。

珍妮站在丹妮丝家的后门处，向外看着广阔的天地，却什么也没有。

她仅仅是放下了警惕一分钟，但这是太长的一分钟，而现在诺亚不见了。

她又再次搜寻了一遍一楼的食品室、客厅和洗手间，而那个少年在重新检查家里的其他房间，但是诺亚不在那里。

他一定是趁她和丹妮丝说话以及查理去练鼓时从后门溜了出去。他一定以为丹妮丝拒绝他了，所以才会踢他，他当然会那么想了。或许他觉得那是他自己的错——他的错，但那实际上是珍妮的……好吧，现在没时间争这个了。之后会有足够的时间去后悔。

她打开了后门，一大片泥泞的草地，枯黄中夹杂着新生的绿草，如在倒退的灰白头发。喂鸟器里盛着一汪深色的水，一片树叶在中间打转。一棵树的剪影，花蕾在树枝尖端。然后便到了后院的尽头，外面就是田地，在她视线范围内不断延伸。

"诺亚!"

她忘记了乡下是多么安静。某处一只狗在吠叫。

"诺亚!"

一个四岁的孩子能走多远?

安慰的话语碎片般地掠过她的脑海:现在,别担心,会好起来的,总是这样,他肯定在附近的某处。在那些自我安慰之下,恐慌如洪水一般上涨,冲刷掉路上其他的一切。草地向外延伸到新栽下的低矮的绿色玉米秆那里。

"诺亚!"

她开始跑了起来。

她穿过田地的时候,被玉米秆刺痛了脚踝,她在搜寻着一个金色的脑袋。她感到柔软的玉米秆折断在树丛暗处的阴影里。

也许是因为名字。他是个固执的男孩。也许他在表达一种看法,而如果她用另外一个名字的话,他会认可她。

"汤米?"这个名字撕扯着她的喉咙,割裂了天空,"汤米!"

"诺亚?汤米?诺亚!"她的喊声回响在平坦的大地上和灰色的苍穹下。

"汤米!诺亚!汤米!"珍妮大喊道,在这个绿色和灰色的世界里寻找着。她是在找一个金色脑袋还是黑色脑袋?难道他还要失踪第二次,那会是他的命运?一而再、再而三地失踪?

不。你在惊慌。他在这附近的某处,你随时都会找到他。

或者你不会。

"诺亚!汤米!"她跑过田野,跑进树林,直到她失去方向感。当她自己都走丢的时候,她还怎么能帮到她的孩子呢?

　　那时，她情不自禁地想起来丹妮丝·克劳福德。丹妮丝在不久前一定也曾站在这个地方，叫喊着这个名字，向冷漠的天空大声喊着，直到她的声音沙哑了。而在惊慌和痛苦之中，珍妮知道她和这个女人之间的距离已经缩小到零。她们是母亲，她们是一样的。

丹妮丝躺在床上。她本来想去帮忙找那个男孩的，但是她的腿使不上劲，而那个医生，或者随他是什么，帮她检查了一下，并坚持让她躺下来。她头痛得厉害，但是又很快缓和下来——在吃了两颗药之后。对着药柜镜子看着自己，她很想将那该死的整瓶药都灌下去，一了百了，但是目前她只服了两颗药来安慰自己，直接将药丢进嘴里，不喝水就吞了下去，并将剩下的药放进了口袋里。

现在她一点儿都感觉不到痛苦了，非常感谢，同时她在一个梦里，是另一种现实，在那里，一切事物都反转并变得完全不一样。有些恶魔想欺骗她，而她伤害了一个想从她那里获得什么的天使，但是他们离开了。

尖厉的声音割裂了天空。人生就是一块掉下来并破碎的玻璃，而他们是那些碎片。人们就是那些玻璃碎片。

有人在喊汤米。

但是汤米走了。

汤米失踪了。她能听到自己在呼唤他。她在那个地方四处寻找后又回到原处，在那一天，她从未离开。

她以为她已经放下了，以为她已经向前走了，绕过它，但是没有忘记，绝不会忘。她以为可以通过漫长的时间慢慢熬过去，但是她错了，因为它一直在那里，在她的灵魂里上映着。那一天，她从未放下。

汤米！

她被男孩们争执的声音吵醒。亨利在前一天晚上回来了，带着最后一刻在某个机场买的礼物，一如往常他会搞砸，而汤米更喜欢查理的礼物。所以男孩们在为了礼物争吵。她被吵醒了，仍然半睡半醒，而她想着，可恶，竟然对那一天将会发生什么一无所知。她只是想着，可恶，因为男孩们在争吵，而亨利在她旁边筋疲力尽，用睡眠来消除那些永不停止的深夜巡回演出所带来的疲倦，让她成为她从未打算成为的单身母亲。他们在前一夜为了这个而争吵，关于他回来教书、赚一些稳定的收入，为了他的家庭而留下。在男孩们面前吵架是他们一直都试图避免的。"你在拿走我所热爱的。"亨利喊道。

拿走我所热爱的？

然后，她又被男孩们争吵的声音吵醒，并想：可恶，现在我必须处理这件事，除了我没有别人。所以她脚步重重地走过走廊，并大声喊道："解决它，男生们，不然你们会将你们的爸爸吵醒的。"而她就是那样开始那一天的。

而汤米想去奥斯卡家玩，她说："好，你可以去。"因为亨利在睡觉，而男孩们在争吵，她觉得能有一会儿不受他的干扰会比较好。

所以她度过了她的一天，不受汤米干扰的一天。查理安静地玩着他的新玩具。亨利在睡觉。下午，他们会享用一顿悠闲的午餐，她决定晚餐做千层面。当她做饭的时候，她看向窗外，水仙花在喂鸟器周围绽放，而亨利回家了，房子很安静，她觉得自己很幸运。亨利回家了，还有查理和汤米，以及家里的喂鸟器和即将来临的暑假，她感到很幸运能拥有这宁静的一刻，这样的生活，这一天。

汤米!

后来到了傍晚，不久就要天黑了，她去接汤米回家吃晚饭。

她悠闲地沿着街走着，不赶时间。那是个周六。绿野在黄昏中发着光。夏天要来了，空气都是甜的。

她经过了隔壁狂吠的狗和克利福德家以及麦克卢尔家的信箱，并走到头，来到了奥斯卡家，以马蹄状排列的房子矗立在随风轻摇的高大树下。有一棵树肯定是坏了，树上面有一个人，将树枝锯断。她站在那里看着，并想着多可惜啊，枝干从这棵已经生长了数个世纪的树上落下来。在马蹄形的小区，人们走出屋、玩滑板、听广播、洗车。奥斯卡在车道上投篮，他妈妈在房子旁边的花园里给番茄浇水。丹妮丝在走进房子的时候，可以看见那些番茄，它们在藤上又小又圆又绿，就如一个希望。

她听到篮球嗖的一声进了篮筐，一个邻居洗去车上的泡沫时发出的水声，树上锯子发出的嗡嗡声，以及之后一根树干落下时缓慢断裂的声音……

如果她能回去——但她不能——如果她能回去，她会回到那一刻，她会活在那个时刻，在春天站在车道上，听着奥斯卡的球投进篮筐，等着汤米。奥斯卡的母亲抬起头看到她的那一刻，丹妮丝在她的脸上读到了明显的惊讶，而她的人生裂成了两块。

从那以后，总是会出现她的那块人生和另一块——在黑暗中的那块，在那里，汤米在遭遇着什么。

但是现在一切又再次发生了，汤米失踪的那一刻从未消失过。她被锁在里面，永远不会有任何出路，无论她吃下多少药。她总会在那里，在那一天，她只是想象着她会继续前进，她会尽其所能养大查理，她会继续工作。

丹妮丝抬头看着天花板，头昏脑涨。事情如今发生得太快了，如玻璃片一般落在她的周围。警车的蓝白灯光在窗外闪烁。那辆警车她叫得太晚了，因为他已经失踪好几个小时了，他没有去奥斯卡家。

她平坦地躺在床上，在口袋里触摸着她的药。她喜欢药的质感，边缘柔软而易碎。她又将一颗药放到口中，又干又苦，但是对她来说不算什么。

她将药从口袋里拿出来，并看着它们。

十二个小朋友，对她眨着眼，喊着她的名字。

珍妮从玉米地里回来了，挨着安德逊坐在厨房餐桌旁。她将头埋入双手内，并试图让脑子安静下来。安德逊正在和电话里的某人很缓慢地说话。她想知道他怎么能在诺亚失踪后如此镇静，但是诺亚毕竟不是他的孩子。这是个陌生人，一名研究者。而诺亚，这份独有的惊慌只属于她。

　　他试图用目光让她冷静下来，她避开了，搜索着丹妮丝的厨房。窗外是喂鸟器和玉米地，火炉上是一幅桃子的带框画，公鸡形状的钟，以及它响亮的嘀嗒声。她不愿去想在这个房间发生过的痛苦。

　　安德逊挂掉电话："警察要来了。"

　　"很好。"她的声音因喊叫而沙哑了，"你有没有……"

　　"我查过房子了。"

　　"克劳福德太太呢？"

　　"在休息，但是孩子不在那里。"

　　"那个少年呢？"

　　"在找。"

　　"你找过地下室了吗？"

　　"以及阁楼。我们马上会再找一遍的。我们会找到他的。"安德逊说。他看起来很疲惫，但是仍然专注和清醒。他是那类人，她苦涩地想，在逆境中反而充满活力。她曾希望她也是那类人，但是现在她并不这样认为。

"我应该在附近街区开车转转，"珍妮说。她站了起来，"把车钥匙给我。"

"休息一下。"安德逊说。

"我没事。"

"就一会儿。"

"不！"

"如果你冷静下来的话，对你会更有帮助。"

她再次在桌边坐了下来。她的膝盖在颤抖。

"这是怎么发生的？我怎么会让这发生的？他才四岁！"

"所以他走不远。"

"他不会吗？"她转向安德逊，"我最初就不应该来这里。我最初就不应该参加你那疯狂的实验。我到底在想什么？"

"你在试图帮诺亚。"

"那么，那是一个错误。"

"看着我。"他的目光清澈，"我们会找到诺亚的。"

诺亚！这个词让渴望雪崩。只要能让他回到她的怀里，她还有什么不能付出的？他圆胖的四肢和柔软的头。她从来没有理解过为什么人们说他们的孩子很可爱，但现在她明白了，她想找到他，那样她就能吞掉他，将他立马吸入她的体内，她就永远不会再失去他。

安德逊站了起来，并为她倒了一杯水。

"来，喝水。"

她接过那杯水，并一口气喝了下去。

"如果他在外面的时候哮喘发作了怎么办？如果带走汤米的那个人还在外面怎么办？"

安德逊再次倒满了杯子并递给她，而她一饮而尽。

"现在深吸一口气。"

"但是……"

"深吸一口气。"

她深吸了一口气。丹妮丝厨房里的钟仍在嘀嗒作响，它这些年就没有停下转动。

"我现在没事了，我可以开车。"

"你确定？"

"我确定。"

他将钥匙递给她。

"要小心，珍妮。"

"好的。"她手里抓着钥匙并站了起来。在厨房的门口，她回头看向安德逊。他为自己也倒了一杯水，并坐在桌边，看着杯子。他看起来很累。

他没有打算让这一切都发生的。她很抱歉之前对他态度不好。

"你怎么做到的？"她安静地说。

"做什么？"

"失去某人，你怎么忍受下来的？"

"你深吸一口气，"他说。他喝了一口水，"然后你再吸一口气。"

她站在那里，钥匙在她手里发出叮当声。

门铃响了。

安德逊抬起头："警察来了。"

　　有一个涉及好几项识别的案例是来自黎巴嫩的纳齐·阿－达纳夫。在很小的时候，纳齐就向他的父母和七个兄弟姐妹描述了一段前世，每个人都可以接受采访。纳齐描述了一个他家人不认识的男人的经历。他说那个人带着手枪和手榴弹，他有着貌美的妻子和幼小的孩子，他有座两层楼的房子，绿树环绕，附近还有个洞穴，他还有位哑巴朋友，最后他被一群人开枪射死。

　　他的父亲报告说，纳齐要求他的父母带他去他前世的家里——在十英里之外的一个小镇上。在他六岁的时候，他们带他去了那个城镇，陪同的还有他的两个姐姐和一个哥哥。在距离城镇大约半英里的地方，纳齐让他们将车停在主干道旁分出去的一条泥路边。他告诉他们，那条路的尽头是一个洞穴。但是他们没有证实便继续开车了。当他们抵达镇中心时，六条道路会合了，而纳齐的父亲问他要走哪条路。纳齐指向其中的一条路，并说顺着路走，会看到一条向上分岔的路，他们就能看到他的家了。当他们来到第一个分岔口后，他们向上开去，全家人下车后开始询问那里有没有人是按照纳齐所描述的那样去世的。

　　他们发现有一个叫福阿德的人在纳齐出生的十年之前死去了，并且曾在那条路上有过一所房子，这似乎与纳齐的说法相符合。福阿德的遗孀问纳齐："谁修建了这所房子入口大门的地基？"而纳齐回答对了："一个来自法拉吉家族的人。"之后那群人进了屋。在那里，纳齐正确地描述了福阿德是如何将他的武器存在橱柜里的。遗孀问他，她有没有在他们之前的家里发生过意外，而纳齐正确地说出了她出意外的细节。她还问了他是否记得是什么导致他们的小女儿病情严重，纳齐回答说是她不小心吃了她父亲的药。他还准确地描述了另外几件关于他前世生活的事。那位遗孀和她的五个孩子都对纳齐所展现的了解程度而印象深刻，他们也确信他就是福阿德的转世。

在那次会面后不久，纳齐拜访了福阿德的哥哥——Sheikh Adeeb。当纳齐看到他时，他边跑边说："我的哥哥 Adeeb 来了。"Sheikh Adeeb 要求纳齐出具他是弟弟的证据，而纳齐说："我给了你一把 Checki 16。"Checki 16 是一种来自捷克斯洛伐克的手枪，在黎巴嫩并不常见，而福阿德的确给了他哥哥一把。Sheikh Adeeb 再问他，他最初的房子在哪儿，纳齐带他沿着路走，直到他正确地回答道："这是我父亲的房子，而这（隔壁的房子）是我的第一所房子。"他们走进第二所房子，福阿德的第一任妻子仍然住在那里，而当 Sheikh Adeeb 问他那是谁时，纳齐正确地说出了她的名字。

——吉姆·B.塔克《前世今生》

保罗·克利福德缓慢地醒过来并估量着自己。又是一天了，而他完好无损——差不多。也许他的鼻子折断了，他的鼻子非常酸痛，并且他能感到上嘴唇上的干血特别痒。然而也许没有。他在那方面总是很幸运。他会陷入一些十分混乱的局面并昏迷，然后会醒过来，并发现自己仍然在这个该死的星球上活得好好的。一个让人失望的发展，如他曾经的匿名酗酒者聚会的保证人某次跟他说过的，当他在一次特别宏大的狂欢中打电话时……今天他脸朝下躺在混凝土上，而非泥土或地毯。那意味着他在他母亲的地下室里。

他的蛋蛋附近有些疼，然后他意识到是一个乒乓球拍。他一定是在桌边绊倒了，并在昨晚昏睡过去，躺在他倒下去的地方。他的嘴唇也感到不舒服，肿胀了。他在嘴里移动着舌头。嘴里尝起来像血、泥土、口臭和呕吐物。他的头发上也沾了一点儿呕吐物，虽然他想不出他有什么可吐出来的。他已经好几天没有吃固体食物了。

他抬起头。当然那已经很痛苦了。他将头轻轻地放在冰冷的混凝土上，那感觉很好，像一个枕头。也许他会躺一会儿。他记不得发生什么了，他和谁打架了，但是他感觉是正好在中午之后，而他再次彻底地搞砸了。如今金先生是绝无可能让他回到加油站。那意味着吉米可能会将他赶出去。他已经欠下租金了，虽然他从来没有赞同过为别人的沙发付租金。他已经要被榨取干了，对吗？所以谁在乎呢？

然而在加油站的工作并不算太糟，人来人往，让他的脑子很忙碌。当他上班的时候，他妈妈更少地提起让他考普通教育水平测试或回到匿名酗酒者聚会。他试图告诉他妈妈，他没打算回到那里，但是她不明白，而他也无法解释。她不停地问他："为什么？"

"诸如此类的问题，就是为什么。"他会说。

在匿名酗酒者聚会还是老样子。他们想让你告诉他们一个"故事"，你的"故事"。他们想让你说出来，你糟糕的童年，或者随便什么。而当他说他没有可以讲的故事时，他们从来不会听。他的爸爸是个浑蛋，当保罗十五岁的时候，他爸爸和他妈妈离婚了，并娶了和他私通的同事，但是很多爸爸都会做那样的龌龊事。为什么他会变成现在这样？又有什么区别呢？但是这对他们来说还不够。他们想要你的血，这才是他们想的。上次有一个辅导员不肯放过他。她一直盯着他看，仿佛她知道他在说谎似的。他的脑子开始产生那种眩晕感，仿佛是一个不停转动的轮盘，随时可能会在错误的数字上停下来。而他不得不立即离开那个房间。他从后面出去并直接去了杂货店，买了一瓶啤酒，就一瓶啤酒。现在开心了，臭女人？他一边将啤酒灌下去一边想着。他回到他妈妈的地下室里，唇上残余着啤酒味，而在他脑子里，那就像是他难以忘怀的女孩的气味。而之后在半夜他会突袭房子里他妈妈所有的白兰地、奈奎尔感冒药、接骨木果酒和古董架，在之后的一两天，他什么都不想，然后她便会将他赶出去。

他能听到他妈妈和弟弟在楼上走动，做着他们一整天都做的那些事。从地下室，他能闻到她在烤的热狗的味道。他喝醉了，但他也很饿，所以他感到恶心又饥饿，一种也许你觉得不可能的感觉，但他时时刻刻都有那种感觉。他现在极度渴望来一个热狗或者一个花生酱三明治，但是他不想冒着风险上楼，因为他妈妈会看他一眼就知道怎么了。她不是一个傻瓜，尽管她有时候仍然让他睡在地下室。

他躺在那里，直到他听到他妈妈和亚伦吃完午餐，在出门的时候关上纱门。也许亚伦在学校有个摔跤集会。

在他们走后，他很长一段时间都没有力气起来，然后他就躺在那个他在小时候玩过无数个小时的空气曲棍球、乒乓球和电子游戏的地下室的地上。他想过他有多饿，他有多么堕落。

之后，他的大脑又开始紧张起来，仿佛他要爆炸了。他在地上四处摸索着，看有没有什么东西，并找到了一瓶肯定是他昨晚买的伏特加酒。瓶里还剩一滴，但那远远不够。

他迫使自己上楼找些吃的。也许有一瓶意大利苦杏酒或别的藏起来的他还没找到的，虽然他很怀疑这点——在经历过上次之后。

外面有人，他能听到碎石路上的嘎吱声，也许是送比萨的人弄错了地址，他现在能吃下一整块比萨，即使上面有蘑菇。他会在某处找到现金的，在沙发垫里或某处肯定有一些零钱。他猛地打开了门。

门口站着一个男孩。

一个小孩子，黄色头发。他正站在车道上，盯着房子。男孩肩上有一只蜥蜴。那是一幅相当奇怪的景象。他认识街区上的所有小孩，而这个男孩不是其中之一。

"嘿。"保罗说。

那个男孩看起来十分紧张。也许一些别的小孩怂恿他过来的。街区上所有的妈妈都让自己家的孩子不要跟他讲话，他能通过有时候他跟他们说"嗨"时他们脸上露出的害怕表情分辨出来。想到这些，他就头痛。他想让这个男孩离开。

"有什么我能帮你的吗？"

他只是站在那里，一言不发。他是个奇怪的男孩。也许他本身有什么问题。比如他是先天愚钝型的或什么。现在人们叫他们什么来着？唐氏综合征。他有个朋友的妹妹得了这个病，她有时候也会盯着他看，却并不意味着什么。然而这个男孩的眼神很正常，用很大的蓝眼睛盯着他看，仿佛他偷了他的棒棒糖或什么。

保罗微笑着，试图表现得友好。那只是个小男孩。他不是一个十足的浑蛋，虽然每个人都那样想。

"你需要什么吗？"

"你不认识我了吗？"男孩说。他看起来很失望。

不知为何，保罗已经说错话了。他感到一阵疲惫向他袭来。有时候太难了，试图对人们友好。

"我不认识任何小孩子。"

"我弟弟的名字是查理。"

"好吧，"他想起了什么，"你是走丢了吗？你想进屋里来和你妈妈打电话或别的什么？"

"不！不！"男孩开始尖叫，"别管我！"

"那好吧，好吧。那我要，嗯，要走了。祝你早点儿回家。"如果男孩表现反常的话，他是不会参与其中的。他也许应该帮这个男孩报警。然而也许有的邻居会报警。他开始关上门。

"等等！"

他转过身："什么？"

那个男孩的嘴扭曲着："你为什么要那样对我？"

"做什么？"

他的眼睛看起来仿佛要从头上瞪出来："你为什么要伤害我？"

保罗开始出汗。他的汗闻起来像酒精，让他很渴望。他说："我之前从来没见过你，我怎么可能伤害你呢？"

"你狠狠地伤害了我，保利。"

这个小孩是怎么知道那个名字的？已经很多年没有人叫他保利了。

"我不知道你在说什么。"

"我本来要去奥斯卡家的，而你拦下了我。你本来很好的，后来你伤害了我。"

他开始发抖。也许是精神错乱了。然而那怎么可能？

"我不知道你什么意思。我之前从来没见过你，我从没伤害过你。"

"不，你伤过。用那把枪。"

他站在那里。他不敢相信："你刚才说什么？"

"你为什么那么做？我从没对你使过坏。"

他要疯了。就是这样。这就像他从高中退学之前读到的可怕东西，通过地板传来的怦怦怦的心跳声，直到他发疯了。那个男孩甚至不在这里。但是他在那里看到他了，在泥土中扭打着，手握成拳，看起来害怕又愤怒。黄色头发的小孩。那个男孩身上没有一点儿像死掉的人的影子。是有人在捉弄他吗？但是谁知道呢？

"你甚至都从来没有让我试试，"男孩说，"你说过你会的。"

"你怎么知道那个的？没人知道那个。"他说。更有可能的是他还在醉着，也许就是那样，虽然他一点儿醉的感觉都没有。

他脑子里又产生了那种感觉，像一个轮盘一样在不停地旋转，只不过这一次没有停下来的意思。

珍妮开着车，处在一个分裂的世界里，一个有诺亚和没有诺亚的世界。街灯一个接一个地亮了起来。她的车轮因裂开的沥青而轻微颠簸，错层式的房子、篮筐和绿草地在黑夜降临之际逐渐转灰，温度迅速下降。所有的这一切都不是诺亚，所以，毫无用处。

　　那个世界是三英尺高，苍白的皮肤，金色的头发，静脉随着生命而跳动。

　　那是她的双眼唯一愿意看到的，唯一会认出的。她能看到，但不会记住，这个没有诺亚的世界的形状。

　　然而她的大脑，她的大脑——

　　她的错。这是她无法控制自己一直在想的。太多的错误，太多的地方，她本可以从这条路上下来，太多的她本可以做的简单事情。她本可以不给安德逊打电话，她本应该意识到这趟旅行确实是个糟糕的主意，她本可以当诺亚在看视频的时候和他一起待在厨房里。她本可以看着他的，她应该看着他的，为什么她没有？他才四岁。

　　她的错。

　　她原以为来到这里，也许会帮到他，而实际上她本应该朝着相反的方向迅速地逃离。记忆不是答案，遗忘才是答案。没有别的人生，没有别的世界。仅此一次，就在这里，这个难以解释的、冲进破裂沥青的人生，有诺亚相伴。这是她寻求的全部，这是她想要的全部，然而她犯了一个错误，也许失去了他——永远！

不，当然不会，她随时都会见到他。

但是现在天快要黑了。她的孩子在黑夜的某处游荡着，孤单一人。很快黑夜将吞噬他的红色外套、他明亮的金发。那时候她怎么找他？

她摇下车窗，晚上的空气带着没有诺亚的清新和密度充满了整个车子。

"诺——亚——"

她极目远眺，毫无所获。

安德逊从克劳福德家里离开，蹒跚地沿路走着，他手里的手电筒射出的一束细光照在傍晚"灿烂的假笑"上。黄昏来临，而诺亚在外面的某处，而让一切都好起来的必要性让他热血沸腾，由肾上腺髓质分泌的荷尔蒙产生的强大力量充盈着他的全身——肾上腺素，提高了他的心率、脉搏率和血压，提升了他血糖和血脂里的血浓度，让他的大脑跳过了现在的高墙，回到了过去的十年、二十年、三十年。

Preeta Kapoor。

同样的河流，两次。

他是谁，能够玩弄生命，过去和现在？仿佛他是一个神！当人们命中注定不该记得，那就是为什么大部分人并不记得。人们命中注定就该遗忘。遗忘河——遗忘的河流。只有一些迷失的灵魂忘了去喝那治疗的水——忘记了要遗忘。

而他在这里，在这些郊区的街道走着，比任何印度村庄更让他感到陌生，在夜晚的天空下忘记了一个失踪小孩的名字，将它从他的胸口撕下。他最后一个孩子。

诺亚，金色的头发，活泼，蹦蹦跳跳。

走路和叫喊，一张嘴，一双眼，那是他唯一能做的了。遗忘河在他周围上涨，很快他便会忘记一切。

他必须离开那里。

保罗跑进屋里。他仍然能听见男孩在外面的喊叫和哭泣。

他从后门冲出去，直接跑过后院，跨过篱笆后出来了，从平坦的田野跑到阔叶林。当他经过那口老井时，他隔得远远的，仿佛他体内的骨头会跳出来并击打他的脸，他脑子里正在上演的电影就是如此疯狂。然而，那不是一部电影，也没有在他脑子里上演。他跑出树林，步伐不稳，双脚踩在松针上，很滑，但也推着他前进、再前进，仿佛他就能彻底地从六月十四日逃脱出来。但他知道，他永远逃不掉，那一天总会在那里，那个男孩仍然站在后院里说着：

"你为什么要伤害我，保利？"

"你为什么要伤害我，保利？"

"你为什么要那么做？"

而他自己的心面对着指控——我不知道！我不知道！我不知道！

他正坐在她的床边。他光滑的、发光的皮肤，他辐射四周的微笑。

嗨，妈妈。

丹妮丝睁开了双眼。

天已经暗了。她独自一人在房间。汤米不在那里。她是在梦里听到了他的声音。

然而那个声音仍然在她耳边嗡嗡响着——妈妈！

房间很暗。外面，细微的光线在田野里扫射着。

汤米！

她很快地坐起来，头晕目眩。她的嘴里还留有药的苦味，眨眼的时候，眼睛很疼。她将手摊开，看到了手中的药片。透过窗户，她能看到田野中以及更远的树林中闪烁的警灯。她将窗户拉起，让更多的新鲜空气进来。门阶前的人们在谈论着，对话的片段穿透她的耳朵。

"我们派了十几个人去树林里，副队长。"

"四岁，对，诺亚……"

她躺了回去。所有的一切涌向了她，淹没她的大脑，那些人在她的房子里，他们的话钻入她的耳朵，谈论着轮回转世。

同样的老歌。她之前听过，虽然有不同的答案。她一出生就听过了。

现在她看到了那顶帐篷——她三十多年都没有想起来过的在俄克拉何马州的大帐篷。她和所有人都以为疯了的爷爷坐在一起。她母亲说他们都是一群玩蛇人，但是她不在乎，她对玩蛇人很感兴趣，并且不管她爷爷去哪里，她都想跟随。那顶帐篷就像马戏团一样又高又大。里面坐满了人，比她这一生中一次性见过的人还要多，一排一排的人群。那位牧师站在前方，并以全帐篷的人都能听见的声音大声讲话。他又高又瘦，有着很深的棕色皮肤，而他似乎对丹妮丝很生气，但是人们似乎并不介意。有些人安静地坐着听牧师讲话，有些人则笑着、叹息着、喊叫着。

她坐在她爷爷的大腿上，她爷爷爱她超过了任何人。她不知道她怎么知道这点的，反正她知道。他将大手放在她的头上，并时不时地会拽一下她的辫子，仿佛在打招呼。

她记得有一些很优美的赞美诗，然后牧师开始讲话。他以那种人们引用《圣经》时的声音讲话。

以色列人在他们的旅途中很疲倦了，他们的希望在荒原中逐渐渺茫。

他们对着上帝说话，他们说：上帝可以在荒野中放张桌子吗？

上帝为他们降下了可以吃的，赐给了他们粮食……

她记得她咯咯笑着，她觉得那很好笑，在树林之中摆一张桌子。她向后靠着她爷爷的胸膛，他的手放在她的头上。他身上有肥皂、青草和肥料的味道，她在那喧嚣中立即睡着了。之后，牧师低沉的声音开始大喊："谁想进入天国？来这里是为了证明？谁来这里是想被他的力量治愈？让我看到你的存在。"

她睁开双眼，人们正在走向通道。"走"是错误的词，倒不如说他们在拖着脚走、蹒跚着走、推着轮椅走。有的人坐在轮椅里，有的人抱着比她年龄大的、无法自己走路的孩子。他们走到前面，说出他们的名字，他们所有人都是有关系的。"我是格林修女""我是摩根修士"……像那样，一个接一个。而他们所有人都病了。他们都属于相同的生病的家族，得了牙痛、胃癌、痛风、畸形足、盲眼和麻痹。她从来没有见过如此多的不同种类的伤痛。

也许有些人在那天被治愈了，但是她不这么认为。她记不得他们有没有被治好。她唯一记得的是对这个世界有如此多的伤痛而感到震惊，一个家庭要承受如此多的苦难是多么不公平。

而她爷爷如今已经去世了。他原本去塔尔萨市区买一些拖拉机设备，却在人行道上因心脏病发作而倒下了，没有人觉得一个黑人躺在那里很奇怪，也没有人停下来送他去医院，所以他在烈日之下死在了人行道上。而她奶奶在几年后因悲痛去世。她母亲在几年前因糖尿病去世。而现在，汤米也死了。

现在轮到她了。

"我很抱歉……"

那是查理的声音，随风而来，微弱、不安的声音。她在哪里都能听出自己孩子的声音。

查理在外面某处，处在苦恼中。想着那是他的错。

不，不，查理，不是你的错，是我的错。

我应该早点儿核查他的。我应该报警的。我当时在享受那份宁静。我应该早点儿核查他，然后我应该报警的，因为时间是重中之重。谁不知道那点呢？当一个孩子失踪了，你需要立刻处理，那是首要规则，那是安珀警戒的黄金规则。你报警——立即！马上！

但是她当时不知道他失踪了，所以当她报警的时候已经过了好几个小时了。

不是你的错，查理。

她必须告诉他。她必须告诉他不要道歉，他没有任何需要道歉的地方。

我本应该为了汤米做一个更好的母亲。也对你。对你。

这么长时间以来，他一直在等她，她的查理。多年过去了，而她让他一个人待在那儿，她不再关心他，然而他还在那里，在某处等着她，等着她说："不是你的错，宝贝。我的错，都是我的错。"

上帝可以在荒野中放张桌子吗？

她摊开手掌，看着因为在拳头里抓得太紧而碎裂了一半的十二粒药。她考虑了片刻，然后跑向洗手间，将所有药丢进水池，让水将药冲下去，用手指将白色药渣抹进下水管。她将手洗干净并擦干。她对着镜子整理着自己，梳顺头发，用湿毛巾擦脸。没有什么可以改善她的眼睛。

然后她走下楼，走入黑夜，去找查理所在的地方。

那只蜥蜴不见了，那是查理注意到的第一件事，有人将树蜂从他房里的水箱带走了。

他的嗨劲已经消退了，但是出现了一种紧张不安的情绪，他觉得仿佛一切都不对劲，并且不会再好起来了。那是种熟悉的感觉，没有喝醉的感觉。

他在找那个孩子，然后他看到树蜂不见了，之后他就知道了。他就是知道那个孩子在哪儿。

他飞快地从后门出去，穿过后院和喂鸟器，直到他走到树林的边缘。那里有一棵古老的橡树，树皮里深深钉着木质钉子，钉子之上是有一天他父亲试图建一个树屋而钉在一起的一些木板。那个树屋一直没有完成——建那个东西比父亲想象的要复杂多了。他曾对稳定性和支撑做出郑重许诺，但从未完成它，而他们的母亲禁止他们爬上去，因为那只是一些木板，其他什么也没有，没有任何扶手来防止他们摔下去。但是他和汤米有时候还是会偷偷溜上去，当他们不幸被找到的时候。那里很高，夏天的时候，叶子遮挡住了木屋，所以你看不到它。

他们曾叫它"堡垒"。他们将东西存放在那里——汤米写了几个月的日记、查理收藏的石头、他们从牙医办公室偷来的关于枪和汽车的杂志。有时候汤米喜欢将树蜂带过去，让它像在丛林里一样到处跑。

直到去年，查理开始上去吸大麻过瘾。

现在他得让自己魁梧的身躯爬过那个洞。

那个孩子在黑暗里坐在木板上，双手抱膝，树蜂懒洋洋地依靠在他的手臂上。那个孩子看起来一团糟，他涕泪交加。

查理在他旁边蹲下来："他们都在找你，你知道吗？"

"我们的房间不一样了。"

"什么？"

"我们的房间，东西没有了。"

"什么东西？"

"那些蜥蜴的书，我的手套、球棒和我的冠军奖杯。"

"噢，你是说汤米的东西。嗯，我们保留了一段时间。"

他不敢看孩子的眼睛。那个孩子是否像电影里奇怪的小孩一样有着某种能力？也许他能看到死人。也许汤米的鬼魂喜欢在他周围徘徊。他没有特别在乎是哪一个，那些都让人毛骨悚然，而他不想与其有丝毫联系。他想让这个孩子下去回到屋里，并远离他的生活。

"你怎么能拿走我的东西？"

"我没有。爸爸让妈妈这么做的。他说一旦我回来之后，那会对我影响不好。"

他面露喜色："你也回来了？"

"嗯，我当时住在我外婆家，你知道的，在最初的六个月左右。在妈妈和爸爸出去找……找汤米的时候。"

那些在他外婆家的漫长的时间，他已经好多年没有想起来了。跪在粗毛地毯上，外婆的老唱机上播放着福音音乐，他想知道家里在发生什么，他们有没有找到他哥哥。他们从未谈论过那件事。"如果有什么情况，我们会第一个知道，"她会说，"所以让那些人去做他们必须做的事。我们唯一能做的就是祈祷他能回家。"她那时候身体已经不行了，她的双脚肿胀得如此厉害，以至于她几乎无法从轮椅上下来跪着祈祷。但是他也无法祈祷，他太害怕了。

"谁照顾树蜂呢？"孩子问。

"我带它去了外婆家，"他说着，并开始笑了起来，"有一次我将它放出来，放到她的地毯上，就是为了吓唬她。可她一点儿都不喜欢。"

"是呀，她讨厌蜥蜴。"

"就是。"

"还有蛇。"

"就是。"

他低头透过树枝向下看。他能看到警察的手电筒射出的光在田野和树林间移动着。他们在找那个小孩，但是那个小孩正在他们所有人的上方飘浮着。

"我很抱歉我弄坏了你的潜水艇。"小孩说。

"我的潜水艇？"

"爸爸给你的那艘潜水艇。"

"噢。"

那是他见到汤米的最后一次。最后那一天，他们大吵了一架。他爸爸结束了一段很长时间的巡演回到家，并为查理带了一艘崭新的闪闪发亮的潜水艇，而汤米只得到了一本书。哎呀，他气极了。汤米想玩他的潜水艇，他不停地说就玩一轮，但是查理从来没有得到过任何汤米想要的，总是相反的情况，而他很喜欢这艘汤米想要的崭新的发亮的潜水艇，他就说："不行。"

"就玩一轮。"汤米说道。

"不，"查理说，"那是我的，而你碰都不能碰一下。"之后汤米将潜水艇从他手里夺了过去。就在那时，潜望镜碎成了两块。

"无论如何，我很抱歉。"那个小孩现在说。

"没关系，那是我的错，我应该让你试试的。"查理说。他突然想到他在把这个小孩当作汤米来和他讲话。然后他就想到（那些想法连续击打着他，让他眼前冒星星），只有他和汤米才知道汤米把潜望镜弄坏了。他本来打算让他哥哥为了这事而陷入麻烦的，但是哥哥在他还没得逞之前便失踪了。他透过沙沙作响的树枝看向黑夜，感到一阵头晕目眩。他一屁股坐下来，将长腿伸长到悬着的地板上。看！这是他的身体，他的腿上起了鸡皮疙瘩，他闪亮的短裤，他的高帮鞋。

"我弄坏它因为我很生气。它太漂亮了，"那孩子说，"我从来没有过像那样的潜水艇。"

"没关系。"

查理张着嘴坐在那里。他突然想起他应该闭上嘴巴。"你就是他，不是吗？"他说，对自己口里冒出的这句话感到吃惊，"你怎么会是他呢？"

"我不知道怎么成的。"那孩子说。

他们安静下来了。那孩子用手掌抚摩着蜥蜴背上的尖刺。

"谢谢你照顾树蜂。"

"没什么。"查理说。突然之间，他为自己感到无比自豪，能让汤米的蜥蜴活了这么多年，他感到自己全身都被自豪感冲刷了一遍，就像他小时候投了一个好球时，汤米会说："好球，查理！"

那孩子上下轻抚着蜥蜴的一边，蜥蜴用它黄色的眼睛回望着他。他想知道它有没有想念汤米并已经认出他了，还是这对蜥蜴来说只不过是平常的一天罢了。

"我对你身上发生的事很抱歉。"查理最终说道。

"那不是你做的。"

"但是我也许本来可以阻止的。"

"不，查理。你当时还很小。"

查理欲言又止，他的胸口发疼，他能感到那些话在他的喉咙里燃烧，所以他开口了："妈妈让我跟你说，要你回家吃午饭，从奥斯卡家里回来。她让我告诉你的。但是我因为你弄坏了我的潜水艇而生气，我就不想跟你讲话，所以我就没有跟你说。可如果我说了，你可能会早一点儿回家……也许那样……"

"不，查理。无论如何，那时候我已经死了。"

"你已经死了？"查理说。

"是啊。我很快就死掉了。"

"发生什么了？"查理问。他已经等了很多年想知道的答案了。那小孩没有吭声。他的鼻子又开始流鼻涕了。那只蜥蜴从他手臂上缓缓爬到地上，所以查理将它提起来，并将那冰凉、呼吸着的躯体放入手中。过了一会儿，他听到下面传来一阵沙沙声。有个人在下面，呼吸声传来。那个人没有说话。

"我见过他了。"那小孩最终开口说。

"谁？"

"保利。"

"保利？"

"保利——住在街边的。"

"你是说保罗·克利福德？"

他点点头。

"他就是那个……杀了我的人。"

"保罗·克利福德？住在街边的保利？他是那个……杀了你的人？"

他点点头。

"混账。保罗·克利福德？他做了什么？"

"我不知道。一切发生得太快了。"

小孩深深地吸了一口气。

"我当时正骑着自行车去奥斯卡家里，然后我看到了亚伦的哥哥保利在那里。他说……他说他有一把步枪，而我确实想用它来射击试试，那只需要一小会儿。所以我说好，因为他说只要一小会儿。而你知道，妈妈从来不会让我们碰枪。"

"是啊。"

"所以我们就去了树林里射击，他射了所有的瓶子后，都不肯让我玩一轮。我就问他能不能让我来一轮，然后他就朝我开枪了。"

"他朝你开枪？因为你想玩一轮？"

"我不知道为什么。我不知道。我本来站在那里，然后我就什么都看不见了，眼前一片黑暗。当我醒来时，我在下沉。"

"你在下沉？"

"我的整个身体都在下沉，那里很深，水很冷。那里面冷极了，查理，水淹没了我的头，又冷又臭。我努力让头浮在水面上，叫着，喊着，但是他不让我出来。查理，他不让我出来，所以我一直喊。每一次我身体里面都很疼，我身上真的很疼，但是我一直在喊，没有人过来，一直没有人过来。我在里面，只有我一个人，我做不到了。我尽力了，查理，我真的尽力了，但是我没有劲再抬头了。那下面很冷，我呼吸不了。我能看到阳光照进水里，光线很刺眼，照得铁桶都亮了。阳光很明亮，我能看到光线照进水里。然后我就死了。"

"天啊，噢，天啊，噢，老天啊。"他除了那句，不知道还能说什么。他看到他的哥哥汤米淹没在水里。他们所有人都在水下，汤米和他自己，还有他们的爸爸妈妈，所有人都在水下，在冰水里被淹没。

"保罗·克利福德，他为什么要做那样的事？"

"我不知道。我试图问他为什么要那样对我，但是他不肯告诉我，他跑掉了。"

那小孩沉默了片刻。他用袖子擦掉流进嘴巴里的鼻涕。他低声含糊地说了些什么。

"什么？"

"她不想要我，查理。"

"谁？"

"妈妈。她不想看见我。她完全忘了我。而我从一出生，就一直试图回到这里。"

他不知道该说些什么。他将一只手放在小孩的背上，并以小圆圈揉着。小孩大口喘息着，背部抽动着。没事的，查理想。你继续保持呼吸。你现在只用呼吸。为了我们所有人呼吸。你在那项得分上面需要赶上。

他对汤米的所有感情都锁在了某处的一个房间里，而现在房间门打开了，感情喷薄而出。

　　他看着小孩，幼小的流着鼻涕的白人小孩，既是他的哥哥，又不是他的哥哥！他无法理解。他试都没有试一下。

"汤米？"

丹妮丝站在树下，听到从她自己口中说出的这个名字。她说出来觉得很奇怪，听起来也觉得奇怪，仿佛她只是想试着说一下，仿佛她这一生中从来没有说过那个名字。

她一直站在那里听着，感觉脑袋在黑夜里旋转，她没有抓住任何东西，她没有可以抓的东西，除了那两个声音听起来正如她自己的两个儿子躲在摇晃的木材里说话的声音。她自己的两个儿子，她到哪里都会认出他们。她听到了，但又觉得没听到。她有一件事必须做，但是她不知道是什么，她也不清楚什么是真实的了，之后她便听到了自己说出了那个名字。

"汤米？"

她不想去看，她不想看见。那上面的不是汤米。她知道那不是汤米。她听到了，但好像又没听到！汤米已经死了，而这是另外一个男孩。

但她仍然抓着钉进树干里的木质台阶往上爬，将修长的身躯挤进了那个洞。

那个男孩看起来不像她的儿子。他是一个瘦弱的白人小孩，他的头发在夜晚也是金黄色的，就如彭妮百货的产品目录里的图片一样。

不像她可爱的儿子身上的浅棕色皮肤，仿佛是从体内点亮的，还有那能让你心碎的笑容。他一点儿都不像她失踪的儿子。

那里坐着的是另外一个小孩，查理的手还在他背上。

那小孩抬头看着她。他一团糟，他脸上满是泥巴、血迹和泪痕，仿佛他直接从她自己的肠子里面爬出来的。

"噢，宝贝。"她向他伸开双臂，而他爬过来并投向她的怀里，将他小小的身体紧紧地贴着她，以至于让她倒吸了一口气并向后靠着，树皮抵着她的脊柱的感觉真实、粗糙而坚硬。

她不知道那个身体里面的某处是否有汤米。她不知道那为什么会发生。她想，也许她在困惑中犯了一个无心之过，她是如此希望汤米真的在那里。但是她通过他的眼神知道了，他的眼神和她自己的眼神是如此相配，他就是那失踪的孩子，她自己的孩子。

保罗醒了过来。天已经黑了。他感觉很清醒。他一定是昏过去了。他平躺在松针上，透过树看着夜空，清澈的夜空，他能看见星星回望着他。繁星满空，他一直都很喜欢星星，它们不会斥责或批评他，它们只是看着他。一切都无关紧要，星星如是说。无论什么事，都不重要。

他一动都不想动。如果他将目光从天空中移开，他不知道他会遇到什么事。

有人过来了。他能听到他们的脚步声，他能感觉到手电筒射进了黑夜里。他们正在穿过树林。这就像一部电影，只不过在电影里还会有狗。在电影里，他会喘着气奔跑。但是他没有。他平静地躺着，对着天空。

"那是什么？"

"我以为我看见了什么！"他听到了真实的声音和对讲机里玩具发出的尖叫声。

"这里有什么东西！"

他想，不是东西，是人。

他想，那个男孩不知怎的知道了，然后他告诉他们了，现在他们来抓他了，他应该开始跑，他应该跑起来，但是他感到他身体反而更深地陷入了松针和泥土里。

他现在记起那一天了——六月十四日。他意识到他其实从未真正地离开那一天，他一直都在那里，在那一天，听着那个男孩在井底里哭喊着。

一切都从那只猫开始。

他起码在几个月前就注意到那只猫了，那瘦弱的身躯和黑白斑点经常在黄褐色的草地以及后面的玉米地出现，或是在那个区分隔了他们家和麦克卢尔家的灰色栅栏处，那只猫每天都会穿过栅栏。他在准备上学时无意识地看着它，那只猫在走过栅栏时，一只脚小心地跟在另一只脚后面，仿佛它在一步一步地实施一个大计划，而他会嫉妒那只满身疥癣的猫，嫉妒它可以想去哪里就去哪里。

之后有一天，他站在外面对着小屋扔网球，那只猫从栅栏上经过并看着他。那只猫直视着他，他感觉猫的眼神看透了他的整个身体。最近没有人像那样看过他，不像那样直接看着他的眼睛。隐形人，他有时候就是这样感觉的。高中是他中学的三倍之大，况且也没有人太注意新生，自从他们卖了他们的好房子并搬到镇另一边糟糕的出租房里后，他在高中一个朋友也没交到。他所有的朋友都在另一所高中。没有人欺负他，但他下午通常都是孤单一人，做作业，玩电子游戏，对着小屋反复地投球。

第二天，他又出去投球，那只猫站在栅栏上，他拿来一碗牛奶，猫咪马上过来舔着碗里的牛奶。

后来他在第三天、第四天都那么做了，直到他一走出后门，猫咪便出现了，仿佛是他养的一般。有一次他站在那里，猫咪擦着他走过。他能感到猫咪的身体压着他的腿。它的皮毛暗淡，让他不敢摸它，怕它身上有跳蚤或是什么。猫咪发出轻微的声响，呜呜叫着。那感觉从他的小腿肚直贯全身，让他整个身体都微微震颤了。

后来那个星期六，他起晚了，看见猫咪在外面，当他往碗里倒牛奶时，他听见一声喊叫。

"你在做什么？"

他一抬头便看见他爸爸正盯着他。爸爸坐在客厅里，手里拿着一只鞋，脸色通红。

保罗惊吓得手一抖，碗里的牛奶溅到碗沿和桌上，接着碗掉到木板上，咚的一声砸到漆布上。

"我说，你在做什么？"

他抬头看，还是平时的场景：他妈妈在沙发上阅读，他弟弟在电视前的地板上排列他的棒球卡片，他爸爸坐在椅子上看新闻——只不过现在他没有在看新闻，他在看着自己。

这就像本来在黑暗中，突然有人将灯开得太亮。他看着地上的那摊牛奶越来越大。

"扫干净。"爸爸说。

他拿了一块厨房抹布将牛奶擦干净。他希望爸爸不要再理他。保罗舔舔唇。他爸爸仍然在盯着他："你现在从碗里喝牛奶了？"

"没有。"

"那你为什么那样做？"

他看着爸爸的光脚搁在搁脚凳上。他所见过的最丑的脚，脚趾全因关节炎而肿胀，还要每天穿着他的好鞋站着。在过去的日子里，爸爸曾经为妈妈煮咖啡，并在他们吃早餐的时候吹着口哨出门，但如今，在星期六，爸爸比他们起得都要早，脚放在搁脚凳上，擦着鞋子。而此刻爸爸正斜眼看着他，阴沉的灰色脸上有两道红色的印记，仿佛他的人生沦落至此全是自己的错，他不得不站一整天来向那些只想给自己的 iPod 装扬声器的人销售立体声装置。

"给猫喝的。"

"我们没有养猫。"他爸爸说。

"外面有只猫。"

他爸爸在椅子上坐直了："你觉得那是你的猫？那只猫跟你一点儿关系都没有，那不是你的猫。你以为我会养你还有你的猫？你可以去找份工作，然后自己买牛奶，然后你可以养只该死的猫。"

"他还在上学，"他妈妈坐在沙发上，从书的后面说，"那就是他的工作。"

"那么他就应该做得更好。"

"他做得还不错。"

他能感到爸爸又要开始发火了。他看向墙壁。最近一点儿小事都容易让他爸爸恼火起来。"体育得了 C，怎么能叫不错？再说，你到底怎么拿到 C 的？只要你出现了——除非你是一个完全的废物！"

他妈妈抬头瞥了一眼，仿佛因为被打断她的阅读而感到不耐烦。她总是在看这些带有可怕插图的真实犯罪类的书。"他才高一。放他一马吧，特伦斯。他不像你。"她说。

他爸爸在高中的时候曾是一名摔跤冠军。他们在原来的房子里还保存着他的奖杯，但是他不知道现在那些奖杯去哪儿了。他妈妈将大部分东西都扔了。

他父亲用擦亮剂擦着他的鞋子："要我说，他真是让人失望。"

保罗一言不发。起初他以为他父亲在说电视上的那个人，某位参议员在和新闻主播讲话，之后他意识到他爸爸是在说他。

"特伦斯……"他母亲说，但是她的语气很软弱。仿佛那个词用尽了她所有的力气。她不知道还能说什么。当她从丹妮丝餐厅下夜班回到家，她喜欢什么也不干。

他爸爸哼了一声："好像我们有钱养猫一样。"他转头回去看新闻了。

保罗做完厨房的清洁后，便进了自己的房间，并关上门。他打开游戏机一个接一个地追捕农民，用火舌将他们消灭干净。

过了一会儿，他的游戏升级了，却仍然感到内心不安分。当他走出房间的时候，他们都离开了。他爸爸去上班了，而他妈妈肯定是带亚伦去操场或哪里了。他静静地站了一会儿，感受着空荡荡的房子。他打开电视，想找一场棒球比赛或什么来集中注意力，但是什么都没有。他打开冰箱，但是里面没有他喜欢的那款酸奶了。他一直让她去买，可是她每次买的都是另外一款。冰箱里也没有苏打水了。

"我们现在要缩紧开支了。"她说。

真让人失望。

他喝了一瓶他爸爸的啤酒，他以为那会让他开心和放松些，就如有时候对他爸爸所起的作用那样，但是相反，他反而觉得想吐和头晕。他慢慢走进父母的房间，打开一些抽屉，并看了看他妈妈的内衣，然后他迅速地关上了抽屉。他在床边蹲了下来，想从下面拿出步枪。他爸爸将枪放在原木的盒子里。他本不应该碰枪的，但是当他独自一人的时候，他有时候喜欢看看枪。在他小时，他爸爸曾经带他到树林里去练习射击。"射得好，保利！"在他射中一个罐头的时候，他爸爸会这样说，并且走过来摸摸他的头发。在他还小的时候，他爸爸总会带他做类似的事情。

他爸爸曾经去打猎，但是有一次他听妈妈说他爸爸最近喝得太醉了而无法去射任何东西。

保罗小心翼翼地将盖子从盒子上掀开，并伸手去轻抚那金属。枪真漂亮。

他从盒子里拿出枪。他想再次拿在手中感受它，回味掌握那种力量的感觉。他觉得开枪肯定感觉很好。那也许能缓解他脑子里所有的压力和他胃里喝了啤酒之后奇怪的感觉。射击树上的一个目标，然后想象他父亲的脸。真让人失望，当他在新学校里如此努力，大部分得了 B，甚至在生物学得了 A 时，他们还是这种态度。他从床下的盒子里拿出一些子弹，并将步枪塞进衬衫里，便从后门出去了。

他穿过栅栏里的洞来到了玉米地。那里有条老泥路，蜿蜒穿过玉米地，并最终绕过树林。他沿着路走，并看着两边的玉米，让他感觉很好，怀里的步枪抵着他的胃。他的整个身体都被激动包围着。当他正想着周围没有一个朋友看见他拿着一把步枪是多么遗憾时，他听到了泥土上传来轮子的吱吱声，并看到一个男孩摇摇晃晃地朝他的方向骑着自行车过来，他的手悬在车把手上的一英尺处，笑容灿烂，仿佛他清楚，如果他妈妈知道他不扶车把手还骑得那么快肯定会气死的。

那个男孩看到他时，便放缓了车速，并将手放回车把手，想绕开路。

保罗之前在街区附近见过他，甚至有一次还在林肯公园和他玩了街头棒球赛。他跟亚伦差不多大，但是他还不错。他是一名很好的投手。亚伦总是说起他是怎么忍受十二岁的孩子的。他是一名黑人，就如这个街区附近的很多小孩，却不知道怎么这让保罗更喜欢他了，虽然他不知道为什么。那个男孩直接从他身边骑过，并向他点点头。（为什么这个小孩不能取代讨厌的亚伦成为他的弟弟？）然后他想，嗯，为什么不呢？虽然这比不上向一个朋友展示他的枪，但总比没有强。他受够了老是一个人。汤米是那个男孩的名字。

"嘿！汤米。"他喊道。

汤米已经骑过去了，他将脚放下，并回头看他。

"想不想看个东西？"

汤米往回滑了几步，并越过车把手看着他，仿佛觉得那可能是个恶作剧，便问："什么东西？"

"很酷的。过来吧。"汤米从自行车上下来，并走向保罗，"你不能告诉亚伦。如果你告诉亚伦，我会知道的，而你会后悔的。"

"我不会说的。"

这不是个很好的主意，保罗想。如果他跟亚伦说了，亚伦肯定会告发他的，那他就遇上大麻烦了。但是汤米正等着他兑现诺言。如果他现在退缩的话，那他才是输家呢。他会成为这个街区的笑柄。

保罗将步枪的顶端慢慢向上顶，直到顶端从他衣领露出来："看这里。"

"哇，真酷！"汤米看起来相当震撼，"那是你的？"

他咧嘴笑了。他喜欢这个男孩。他真是个好孩子。"是呀，千真万确。0.54口径叛逆者步枪。我准备去练习射击。想不想试试？"他说。

"我不知道。"汤米犹豫不决。他笑着做了个鬼脸，仿佛无法决定。保罗几乎能读到他心中的想法：我妈妈肯定不喜欢这样。他在考虑。由于某些原因，这反而让保罗更想让他来了。

"来吧，只有一次机会，过了今天就没有了。"

"我要去奥斯卡家。"

"来吧，就一小会儿。我谁都不说。我敢打赌，你原来从来没试过。"

汤米脸上带着一种奇怪的表情转向他，仿佛他想要保罗来告诉他去做正确的事。仿佛他真的很想去他朋友家里，但他也很想试这把枪，而他无法决定选哪一个。

"你也许射击也不错，考虑到你的投球啊什么的。"

他知道这句话会起作用，确实也起作用了。

"那……好吧。就试一次。"汤米将他的自行车放在玉米地的矮墙旁，然后他们一起沿着路走进了树林里。

当他和爸爸过去一起去练习射击的时候，他爸爸总是会带一块有靶心的纸板，但是他自己没有想着要带。他们有一次去了树林里的一块地方练习射击，那里有口老井，顶上挂着一个水桶，周围有一些嬉皮士和飞车党曾留下的垃圾。

"嘿，汤米，看这个。"

他捡起一个苏打水瓶子，并放在井上。他举起枪并在手中感受它的重量，对准瞄准器，什么都不想，就开枪了。枪的后坐力几乎将他击倒，但是瞄准目标和他玩的电子游戏里并无太大区别。

"嘿！"汤米说，"射得好。"

他看向地面，就看见他正好将那个瓶子从井上面射下来。什么都不想让他做到了这个。每一次他想太多的时候，就会搞砸。

"是呀，射了。"

所有的电子游戏肯定对他的手眼协调能力有很大帮助。他爸爸总是因为他玩游戏而让他不好过，但是如果现在爸爸看到他的表现，肯定不会叫他废物了。只不过会因为动了自己的枪而废了他。

"你能帮我立一个瓶子吗？"他问汤米。

"好的。"汤米跑过去将一个瓶子放在井上。真是个好孩子。

他瞄准那个瓶子并将它射中了。感觉太好了。射二中二。

男孩气喘吁吁地跑向他。

汤米抬头看着他，仿佛他刚刚单手赢得了世界神枪手冠军一般。

"你觉得我能再来一次？"

汤米点点头："你当然可以了，保利。但是下一次可以轮到我吗？"男孩很渴望亲手拿着步枪来展示他的能力。保罗怀疑这个男孩是否有可能是一名比他更厉害的神枪手。那是有可能的。"我再射一次。"保罗说。

汤米在石井上又放了一个瓶子，并退后。

保罗瞄准瓶子，然后将目标移到太阳下闪烁的半生锈的旧水桶。当他扣动扳机时，想起了他爸爸说"真让人失望"时的表情。当子弹击中水桶并弹开时，他听到一声锐利的金属声。哈！

水桶在绳子上摇晃着。你试试啊，小鬼，他想。

"我做到了！"他转向男孩，他很激动，"射三中三。"但是男孩不在那里。他平平地躺在泥土里。

汤米一动不动，他背上有一摊奇怪的红色污点。

保罗环顾四周。树林里很寂静，一个人都没有，甚至都没有鸟在鸣叫。那是一个晴朗温暖的日子，仿佛什么都没有发生。他闭上眼睛，并希望他能回到十五秒钟之前他瞄准水桶的那个时刻，但是当他睁开眼后，那个男孩仍然躺在地上。

为什么他不能瞄准瓶子而非要是水桶呢？没有东西会从瓶子上弹起来。那只会打碎瓶子。

他让那个想法在他脑子停留了不知道多久——一分钟，一小时？仿佛沉浸其中他就能待在那里，待在过去。但最终现实还是站了出来，在他那干燥的嘴里和发热的脑子里。没有可以收回的了。他在这里，汤米的身体在那里，他的人生被毁了，他也许要在监狱里度过余生，人生再也没有什么值得期待的了，他当不了兽医，或什么都当不了了。

这太不真实了。他的人生因躺在那里的一具身体而被毁了。如果那具身体不在那里，他的人生就不会被毁，就能像之前一样继续。

他闭上双眼又睁开，之后又闭上。但是每一次当他睁开双眼时，那具身体仍然躺在那里，而他几乎不忍去看。

你的整个人生怎么能结束得如此之快？前一刻你的人生就在你面前，不尽完美，但是你的人生，下一刻它就结束了。他将枪放在地上——拿着枪，他无法思考。

他没有打算要杀死汤米的，但是没有人会相信他。人们也许会觉得他是一名种族主义者，因为汤米是黑人。他爸爸会杀了他的，他爸爸会徒手勒死他，他妈妈再也不会和他讲话了。

但是如果他能让那具身体消失呢？那个男孩的人生结束了。他没打算杀汤米的，但是汤米现在已经死了。但是为什么保罗的人生也应该结束呢？他意识到，他不想失去他的人生。一个小时之前，他的人生看起来不怎么样，但是此时他特别想要回到自己的人生。

他抱起汤米的身体走到了井边。那比他想象的要轻，他很轻易地便将那身体翻进了咸井水中。他听到了水花声。他看向男孩躺过的那块泥地，但是那上面一点儿血迹都没有，也没有任何发生过什么的迹象。他站在井旁，呼吸粗重，努力想厘清头脑。做完了，他想。结束了。这件事从来没有发生过。他从来没有遇到过那个男孩。他听到自己的呼吸声，远处路边的狗叫，然后他听到了一阵水花声，似乎还有人的声音。

是那个男孩，汤米，在呼喊，他还没有死，他还活着，在井里，起码他身上的某些部分还活着。也许他在里面要死了，也许他快要死了，他随时都可能死掉。

那个声音嘶哑而微弱，从起码二十英尺的下面传上来。他能听到汤米在井里挣扎时的水花声。

保罗无法让自己向下看或回答。那个声音紧紧地缠绕在他的耳朵周围。他四处跑着，想寻找一条藤或绳子什么的将汤米拉出来，但是什么也没有。没有什么可以将一个人从那么深的地方拉上来，更别说一个可能因枪伤而死的人了。他可以跑出去求助，但是他们离任何房子都有半英里远，当救援抵达的时候，那个男孩可能已经死去了，那时候他该怎么为自己解释？汤米射中了自己并将自己扔进了井里？他站在那里，试图想清楚他该说什么、他该做什么，所有的这些想法经过他的脑子，剩下的时间里他听到那个仿佛从他自己体内发出来的声音喊着："救我，保利！救我！放我出去！放我出去！放我出去！"之后只剩"妈妈！妈妈！妈妈"，再之后，终于消失了。

结束了。很长一段时间过去后，他朝井里面张望，只看到了深绿色的脏水。阳光仍然很灿烂。他捡起父亲的步枪和子弹，向回跑出树林，穿过玉米地间的小路，一直奔跑，跑过汤米的自行车，直到他回到自己的家里。他将爸爸的枪放回盒子里，并滑到床下，又喝了一瓶爸爸的啤酒后开始看电视。结束了，他想。

到了晚上，警察开始敲街区里的每一扇门，而他母亲和其他人出门去田野和树林里寻找。到了第二天早晨，他看见每一根电线杆和每家商店门面上都是汤米咧嘴笑的脸庞。他们将田地另一边的游泳池里的水排干。据说有人在肯塔基州看到汤米了，但其实没有。他们对小学计算机老师进行问话，但是之后他回去上班了。保罗等着他们在井里找到汤米，但是没有事发生。

但是没有事并不是真的没有事。"没有事"已经像他在生物课里读到的寄生虫一样爬入他的体内，就像非洲的虫子在你游泳的时候爬进你的脚趾，并在你知道之前就已经把你整个人都吃了。每一次当他听到汤米的名字或看见他的脸时，他都会颤抖。每一天的第一件事就是这样，之后随着时间流逝越来越少，他会觉得那只虫子又从他身上咬下了一块。这使他堕落到无法再专心于学业。有一次，当他状态极度糟糕的时候，他看到一张海报上汤米的面孔，却以为是他自己死去的脸在对他微笑着。那就是"没有事"的样子。

直到今天，当他听到一个白人小孩口中说出汤米的话来。

人们移动得更近了，他能听到他们经过树丛的沙沙声。他应该跑开的。他静静躺着，听得见自己稳定放松的呼吸，向上望着满空繁星。失去理智想必就是这样的感觉，他想，但是他却感到现在是这么久以来最清醒的一回。他曾经想做一个好人，或者起码不是一个坏人，但是之后他射中了汤米·克劳福德。而自从他让汤米死在井里后，他是如此恐惧。他本来不想那么做的，但他还是那么做了。

手电筒的光束从泥土和树根移到他的脸上。他对着炫目的灯光眨着眼。警察来了。他到哪里都能听出他们的机器人的声音。

他闭上眼睛后又看到了星星。他脑中所有的压力都在释放，他向空中呼着气。他心中埋藏着那句话太久了：是我，我做的。而现在他能释放它了。他唯一需要做的就是开口说话。

珍妮第一个看到外面的手电筒对着马路照射。当她开车靠近安德逊时，他透过车窗看着她，仿佛不认识一样，他的衬衫没有系扣子，眼神茫然。他的神情把她吓了一跳。她没意识到他是如此关心她的儿子。她打开车门，他眨了眨眼，之后一言不发地上了车。

　　"我准备再去房子里找一遍。"她说。她不会让自己停下来有工夫思考。

　　"好的。"他点点头。他们沉默地向着房子开车。

　　当珍妮停车的时候，一个穿着棕色西装的刑警站在车道里的车子旁。他正背对着她踱步，对着电话吼叫。珍妮走出车子，他的话自动落入她的耳中："我们现在就必须排干它，该死的。我不管它有多深，如果他说了那孩子的尸体在里面……"

　　那些词在珍妮的脑海中回响，被切成碎片，乱七八糟。

　　供认不讳……

　　那孩子的尸体……

　　她感觉自己在悄悄溜走，这不是真的，她不会让这变成真的，她会从发生了这种事的地方走得远远的。

　　"进屋吧。"她听到安德逊的声音在她耳边响起，但是她一个字都没听进去。

"来吧。"

没有明白语言是有好处的。如果你让自己明白了语言，那你就会感受它们，而你就说不准可能会发生什么了。

安德逊拉着她的手，试图带她向前走，但是她没有真的感觉到，也无法跟着他走。她的双脚也毫无感觉。在不真实的世界里，肉体就是这样的，如影子一般。她旁边的男人是一个影子，那位刑警是个影子，而穿过后院缓慢向她走来的人影，两个高高的影子，一个矮的，像一个小孩，像……

诺亚！珍妮的心脏要爆炸了。她猛地跑了过去。

他正靠在丹妮丝·克劳福德的腰边，抬起头看她。漂亮的、脏兮兮的诺亚，脸颊上还有鼻涕印子。珍妮此刻就站在他的正前方，但是他没有将视线从丹妮丝身上移开。

"诺亚！"

他不肯看她。为什么诺亚不肯看她？怎么可能会那样？她感觉双腿站不稳了，她快要倒下了，只不过有人在她后面，握着她的手臂，支撑她站着。是安德逊，她让他支撑着她。

"诺亚！是我呀！是妈咪！"

之后诺亚转过来。他疑惑地看着她，从很遥远的地方，以一只鸟从森林深处向下看一个路人的方式。

他们都看着他的神情，看着他试图呼吸，却难以呼吸了。

呼吸，诺亚，呼吸。

情况从来没有这么糟糕过。珍妮在车里将他抱在大腿上，用吸入器压着他的嘴巴，甚至都没有顾得上用安全座椅。

红蓝相间的灯闪过挡风玻璃，在前面带路。如果诺亚此时留意到的话，他肯定会很开心的。他自己的警察护卫，以及完整的警报器和闪光灯。

呼吸。他的头无力地靠着她，仿佛他还是个婴儿。尽管经历了刚刚的担忧，她对他重回她怀里还是感到一阵放松——当她以为她不会再有机会时。呼吸。

"他会没事的，对吗？"那个克劳福德家的男生问道。

他坚持要上车并坐在她的旁边，手指在膝盖上紧张地疯狂敲击着。珍妮希望他的母亲能让他停下来，但丹妮丝看起来不在状态。她坐在副驾驶的位置，以一种茫然的语调给安德逊指路。

"他会没事的，"珍妮说，她对自己说的同时也在对所有人这样说，"他可以多用·些药效强的沙丁胺醇，不过他到医院之后会有的。"

"这在之前就发生过？"少年问。

"是的，他有哮喘。"

"真的？"

"是真的。"

"所以这是因为哮喘？"

"是的。"

"哇，真是松了一口气。我还以为他可能在重现上次发生的事，他当时，你知道的……又要被淹死了。"

那一刻珍妮什么话都没说。她抱着她的小男孩，而他在挣扎着呼吸，和那个故事或任何故事一点儿关系都没有。安德逊坐在驾驶座上开口道："不是那样的。虽然有时候死亡方式和……异常行为之间会有联系。有时候得了哮喘的主体在前世可能是淹水或窒息而死的。"

闭嘴，杰里，珍妮心想。

"幸好知道了。"查理最后说道。

安德逊从后视镜里看他："他对你说了关于被淹死的事？"

"是啊。在井里。他自己特别生气。"

"我不明白。"珍妮转向查理，"他告诉你他在一口井里淹死了？他为什么要告诉你那件事？"

"也许是因为他觉得我是他的弟弟？"

她看着他，一个穿着克利夫兰印第安人的背心和短裤的少年，他瘦长结实的身躯写满了年轻。

"你相信他吗？"

"你并没有别的选择，如果你听进他说的话，是吗？"

她紧紧抱着诺亚。他靠在她的胸前，他的手用力地抓着她的手臂。她能感受到他体内每一次积聚起来的呼吸。

"我想没有。"

"你不相信他？"查理盯着她。

"不，我相信。"她说。这是真话。

"噢，但是你不愿意相信？"他看上去更敏锐。

"我猜——我只是想让他成为我一个人的。"

他笑了。

"你觉得那很好笑？"

他的笑容占据了他的整张脸，就如诺亚的笑，就如汤米的笑。

"女士，我没有冒犯的意思，但是你什么也不知道，"查理说，"他从来就不是你一个人的。"

珍妮将那个画面永远地刻在脑海中：诺亚躺在病床上，脸色苍白，但还在呼吸，一只手将沙丁胺醇面罩按在嘴上，另一只手抓着他碰到的第一个东西，就是丹妮丝的手。丹妮丝正坐在他的旁边，握着他的小手。

珍妮坐在丹妮丝旁边的椅子上。她想过要和坐在她儿子旁边的女人换位置，但是她不想冒着会让诺亚心烦的风险。有一刻，丹妮丝将手从诺亚手里松开，并移动位子，仿佛在将诺亚旁边合法的位子还给珍妮，但是诺亚抓住了她的手腕，他的双眼在面罩上方看向她。他们互相凝视对方片刻，仿佛旷野上的两匹马认出了对方，之后丹妮丝轻轻耸耸肩，又靠回椅子上，将另一只手盖在诺亚手上。

差不多十五分钟之后，珍妮再也忍受不了了。

"诺亚，我就在外面，就一小会儿，就在门口。"她说。他们俩转过头看着她，仿佛之前都不知道她在房内一样。

珍妮不想出去，但是她必须出去，她需要空气。她开始缓慢地退出房间。

"妈妈！"

珍妮和丹妮丝齐齐转向他。他摘下了面罩。

他看着珍妮："你还回来吗？"

她从来没想过自己孩子眼里瞬间闪过的恐惧会让她很享受。但是这一天已经翻天覆地了。

"当然了，甜心。我马上就回来。我就在那扇门外。"

"行。"他向她露出困倦、满足的笑容，"待会儿见，妈咪——妈妈。"

"戴上面罩，甜心。"

他用那只没有紧抓着丹妮丝的手将面罩戴回脸上，然后对她竖起大拇指。

珍妮拉上帘子，轻轻关上门，手掌留在门上，将额头贴着手掌。呼吸一次，再呼吸一次。就是这么做到的。呼吸一次，再呼吸一次。

"他没事了，你知道的。"

她转过身，一个憔悴的老人坐在走道的椅子上，是安德逊。他什么时候变得如此虚弱了？

"他们马上就会让他出院了。"他补充道。

"是的。"

她在他旁边坐下来，对着天花板眨眼，看着被卡在灯泡底部的死了的深色小虫子。呼吸一次，再呼吸一次。

"真是不寻常的一天啊。"安德逊说。

"我应该回到里面了。我甚至都不认识那个女人。"

"诺亚认识。"

沉默。

"他们中的大部分随着时间会遗忘，你知道的，"安德逊说，"这一世会被接管。"

"抱着这样的希望很坏吗？"

安德逊僵硬的身体似乎柔软了一些，他拍拍她的手："可以理解。"

当她闭上眼，椭圆形的明亮灯光在她眼睑下照耀着。她睁开双眼，脑子里升起怒气："那个人……警察抓的那个，他就是杀了汤米的凶手？"

"有可能。"

"诺亚需要到场吗？在庭审中。"

安德逊摇摇头，嘴角露出一丝讽刺的笑："一个今生的人格算不上什么证人吧。"

"我想你是对的，"她说，"我还是不明白他们怎么抓到他的。"

"我猜……这和诺亚有关。"

她会晚点儿再问，晚点儿再问清楚。一个人一时间能处理的信息只有这么多。呼吸一次，再呼吸一次。

安德逊的背如铁轨一般笔直，双手平放在腿上，平静。

"你不必在这里等着，你知道的。"她说，"你可以打辆出租车，回旅店，休息一下。"

"没关系。我们会在……今天之后再休息。"

"明天？"

"对的，明天。"

这个词在空气里飘动着。

"再一个明天。"他低声说。

"再一个明天，"她说，"一天接一天地蹑步前进。"

他震惊地看着她："直到最后一秒钟。我们所有的昨天不过替傻子照亮了前往死亡土壤的路。"

"你很了解莎士比亚嘛。"她说。也许他也有一位喜欢引用莎士比亚的母亲。突然之间，她觉得她的母亲仿佛也在这个房里。也许她在。人们可以重生，然后作为灵魂来到这里吗？不过那是另外一个时间思考的问题了。

安德逊悲伤地笑笑："只是一些我记得的词句罢了。"

"每个人有时候都会忘掉词句。"她回想起他似乎用了一些词语来代替另一些词的行为，比如那次车载导航让他混乱的情况，"但是不只是那样，是吗？"

他沉默了片刻。

"是退化的。失语症。"他干涩地笑笑，"那个词我可不会忘。"

"噢。"她感受到他说那个词的语气，"我很抱歉，杰里。"

"人生除了记忆之外，还有许多别的价值。他们这样告诉我。"

"还有此时此刻？"

"是的。"

"记忆也能是一种诅咒。"她说。她想到了自己，想到了诺亚。

"记忆就是记忆本身。"

沉默。

"要不我还是走吧。"他将双手放在膝盖上，仿佛在准备起身。

"事实上……你能再待一会儿吗？"她无法控制地说出了自己的需求。

他的双眼在日光灯下看起来是银色的，他说："好吧。"

"谢谢。"

"我能帮你带点儿什么吗？"他问，"一杯咖啡？"

她摇摇头。

"如果你饿了，我可以去……我可以……"

"杰里！"

"嗯？"他看上去——他看上去如何？有史以来第一次，随着她自己的绝望之情终于减弱，她看到了他本来的样子：他这一生中是多么努力地奋斗着，带着怎样的勇气；他现在是多么疲倦，他觉得自己是多么失败。

"谢谢你。"她说。

"谢我什么？"

"谢你……为了诺亚做的一切。"

他微微点头。他双眼闪烁了一下便闭上了。他更深地坐进了椅子里，将长腿伸向旁边，以防挡到走廊里经过的人。她感到从他身上散发出来的紧张感，从他身上抽离出来后飘到空气中。他将头向后靠在墙上，坐在她旁边，他的头发几乎要擦着她的头发。

他极轻地呼出一口气："不用谢。"

约翰·麦康奈尔曾是一名纽约城警察，退休后去做保安。在1992年的某一天晚上下班后，他将车停在一家电子商店前。他看到两个人在打劫商店后，掏出了他的手枪。一个站在柜台后面的小偷开始朝他开枪。约翰试图回枪，即使在他倒下之后，他站起来又开枪了。他被射中六次。有颗子弹从他背后射入并划过了他的左肺、他的心脏以及他的主肺动脉，那是将血液从右心房导向肺部来获得氧气的血管。他被紧急送往医院，但是没有幸存下来。

约翰和家人关系很亲密，并时常对他的一个女儿多琳说："不管怎么样，我总会照顾你的。"在约翰死后的第五年，多琳生下了一个儿子，取名叫威廉。威廉在出生之后很快就昏迷了。医生诊断他患有肺动脉闭锁症，指的是肺动脉瓣发育不良，所以血液不能输向肺部。不仅如此，他的右心室因为这个原因也没有发育完全。他历经了几次手术。虽然他需要终身服药，但是他恢复得还不错。

威廉的出生缺陷和他祖父的致命伤非常相似。并且，当他长大到会讲话时，他开始谈论关于他祖父的人生。他三岁那年的某一天，他母亲在家里的书房工作，而他不停地闹腾。终于，她告诉他："坐下，不然我就打你屁股了。"威廉回答说："妈妈，当你还是个小女孩而我是你爸爸的时候，你经常表现不好，而我从来没有打过你！"

威廉有好几次都说起他是他的祖父，并谈论了他的死亡。他告诉他母亲，在他死去的那次事件中，有好几个人在开枪，他还问了很多关于那件事的问题。

又一次，他对母亲说："当你还是个小女孩而我是你爸爸的时候，我的猫叫什么？"

她回答："你是说小疯子？"

"不，不是那只，"威廉说，"白色的那只。"

"波士顿？"他妈妈问。

"对啦，"威廉回道，"我过去曾叫它波士，对吗？"

他说的是对的。他们家曾养过两只猫，分别叫小疯子和波士顿，而只有约翰会叫白色的那只为波士。

——吉姆·B. 塔克《前世今生》

骨头不会撒谎。考古学家如是说，而他们说对了。

骨头不会编故事，仅仅是为了让人相信它们。骨头不会重复它们在某处无意听到的话。骨头没有超感觉力。它们是可证实的，在其裂缝之中包含着我们有缺陷的物质性和独特性的真相。股骨里的裂缝，牙齿里的破洞。所以不可能有比骨头更好的证据，按照安德逊思考的方式，能明确地鉴定那是汤米·克劳福德，在距克利福德家不远的树林里一口荒废的井里找到的。

安德逊站在珍妮、诺亚和汤米家人的旁边，向下看着地上的一个大坑，一副覆盖着昂贵鲜花的昂贵棺材已经落入土中，上面的鲜花在高温下已经开始枯萎。他觉得他应该观察研究对象面对这种情况时的反应，但是他没有。相反，他在想当他自己的那一天到来时，他完全不想要这些流程。让他们将他的身体留在山顶上分解，由秃鹰蚕食，就如西藏僧侣所为，直到部分肉体化成岩礁上的碎骨。他想着那个时刻应该不会太遥远了，他的身体绝不会活得比他的头脑长久。

男孩的父亲亨利站在大坑旁，手里拿着铁铲。他用铲子将泥土高高抛向棺材，泥土仿佛停留在半空中，然后分散地落了下来，接着他毫不停歇地又铲了满满一铲土，直到那看起来像一个漫长的连续性动作，铲土，土撒落，再铲土，汗水从他脸上滴落。

他们都看着他。诺亚,顺从地站在丹妮丝和珍妮之间,牵着珍妮的手。查理一只胳膊环绕在他母亲的肩上。

当然,大量的数据也难以说服一个不愿相信的人。人们往往会得出他们自己想要的答案。一向如此。以后也是。安德逊试过要在他自己的工作当中避免这种情况,雇用研究员来再三检查他的数据,请同事来复审他的文章,力求最高水平的怀疑论,但还是不可避免地会存在一些偏见。他的同事还是他的同事,他们都希望能相信他。他之前一直都相信,如果他将自己工作中最细微的主观性都去掉,那么他的数据被接受只是一个时间问题,这是他一直奋斗的和战斗的一部分。只不过现在已经是上午了,空气温暖,散发着土壤的清香,他感到那战斗开始从他身上脱离了。就让人们相信他们愿意相信的吧。

比如说卢登警官,他最能理解的答案就是超感觉力。这每次都让安德逊十分惊讶。这个理智而专业的人,有着杰出的才智和悲观消极的观点,把这个现象理解成了诺亚拥有天生的超感觉力,而非汤米的意识碎片可能以某种方式在他死后继续留在世上。新德里街上的咖喱角小贩、曼谷的一位出租车司机都会嘲笑这种天真,但是精神力量是美国警察局起码有过一些接触经验的现象——他们都听说过证据以这种方式产生的故事,有些人甚至还有时雇用过灵媒。所以年幼的诺亚·齐默尔曼是一名令人惊讶的强大的灵媒,他感知到了汤米·克劳福德人生的最后时刻。随你怎么想,警官。

他也必须承认,当他平静地接受了这个案例中的这部分后,觉得那个警官出人意料地有胆识。甚至在他们对遗骸的鉴定结果出来之前,他已经询问了诺亚,认真地记笔记,用它们填补空白,以便引出一个更全面的认罪,当然不是说那个凶手有所隐瞒。但是那位警官想要事实尽可能全面清晰地展现出来，安德逊明白这点，他想知道发生了什么。这难道不是我们所有人都想知道的吗？

所有说辞基本相符了，在有证据的情况下。那些骨头，被子弹击碎的肋骨。

那名父亲想要凶手被判死刑，但是那名母亲觉得那样已经没什么意义了，并且检察官已经取消了死刑。鉴于他已经认罪了，并且犯罪时还是一名青少年。毕竟他这一辈子可能都会活在愧疚之中，让他以命相抵也没什么意义了。所以安德逊同意丹妮丝认为死刑无用的看法，虽然她仍然拒绝使用那个词——"轮回转世"。

汤米的灵魂，她是这么表达的。

随你怎么想，我的朋友。随你怎么想。

他最近更认真地在思考因果报应这回事。他在工作上从来没有专注这个——要证实意识能够继承已经够困难的了，更别说不会混淆于关于穿越时空的道德分歧的复杂性中——但是偶尔他会搜索数据，试图找到人们的今生和后世之间是否存在一种联系。没有最后定论，但是一小部分生活在平静或富裕状态中的人记得他们的前世曾表现得如圣人一般。然而最近他产生了一种想法，那种无知、恐惧和愤怒，如创伤般，也许会从一世转移到下一世上，或许需要花好几世人生才能克服那些创伤。而如果愤怒和恐惧会留存——那么当然，更强烈的情感也会留存，比如爱。是爱促使一些人重生回到他们原来的家庭吗？是爱让一些孩子记起他们过去的关系吗？如果是，那么也许这个现象，这些他如此仔细研究了的孩子们的记忆，毕竟还是与自然规律不相悖的。也许他们证明的就是最基本的自然规律，三十多年来，他不知不觉地记录和分析着——爱的力量。他摇摇头。也许他的头脑变软弱了。

　　或许没有。他这些年来从来没有考虑过这些问题，而现在它们环绕在他周围，让他产生一种敬畏之情，引领他走向别的地方。

丹妮丝永远不会释怀。她知道这点。

汤米的遗骨在井底。

她与亨利和那些遗骨待了一些时间。当警察做完那些骨头的检测、标记和摄像后，殡仪馆在葬礼之前给了他们一些时间。她将遗骨紧靠在胸前，用手指抚摩着支撑他明亮眼睛的光滑眼窝。在那儿，却又不在那儿。她身上的一部分想要那些骨头，想要在晚上睡觉前将股骨放在她的枕头下，将他的颅骨放在包里随身携带，那样他就一直在她身边。现在她明白了人们是怎么变得疯狂并做出疯狂的事了。但是她身上的另一部分知道那不是汤米，他不在那里。

汤米的遗骨，在诺亚所说的他被淹死的地方，她觉得那算是证据了，如果那就是她所寻找的，但是她找的不是那个。不知为何，那对她已经不重要了。

然而这个男孩的体内深处是否存在着汤米的一小部分怎么可能不重要呢？一些碎片来自汤米的爱。汤米对她的爱，在诺亚体内幸存下来。那是有分量的，不是吗？

但是我们每个人无疑都在体内带有一小部分别人的印记。所以，那还重要吗，她儿子的记忆是否存在于另一个孩子的体内？为什么我们都要把爱藏起来、存起来？当爱就在我们周围，如空气一般流动，只需要我们去感受它。

她知道大部分人不会明白她想通了什么。如亨利，会以为她精神崩溃了。怎么会有人能理解她自己都理解不了的事情？

她的心——她的心不再是原来的了。那是她会说的，如果她觉得他会听的话。她知道她的心永远地碎了，破碎到无法修复，但是她没有指望她的心门会再次被敲开。

她永远不会从失去汤米中恢复过来。她知道这点。

她也无法再回到从前了。不再有阻力，毫无保留，在经历了一生的痛苦之后。她能感到每一丝微风都渗透进她的内心。她很害怕，但是也无能为力。她的心现在被敲开了，而整个世界都可以进来。

葬礼结束后，亨利将她拉到一边。其他人在高温下站在他们的车旁，给他们俩一些时间去单独哀悼。他们站在新翻的泥土和四散的鲜花旁，一幅不真实却熟悉的画面仿佛在喊着：相信吧。丹妮丝在阳光下斜眼看着所有整齐排列的墓碑以及上方弯成弓形的树。树木、石头、泥土、天空，就是她极目所视的。

亨利牵着她的手，而她对他们再次肌肤相碰而感到一阵放松。他捏着她的手指说："我不回家里了。"所有人都因葬礼后的招待会而聚在她家里。她还请了一位餐饮供应者。她觉得此时已经招架不住亨利的抵制了，他必须来。

"就待一小会儿，亨利。求你了。"

他虽然牵着她的手，但他在怒视："我无法忍受和那些人同在一个屋檐下。"

她知道他说的是哪些人："他们不会打扰你的。那不重要，亨利。"

他松开她的手："你说的什么意思？那不重要？"他提高声音，"他们都疯了还不重要？"

她本希望如果他能和诺亚相处片刻，那也许对他们都有好处。亨利也许就能看到他应该看到的，并以他想要的方式去接受。而她清楚亨利的冷淡伤害了诺亚。在葬礼进行的时候，她注意到诺亚用受伤的眼神抬头看着他。

"和他聊聊也许对你会有帮助。而我觉得也会对那个孩子有帮助……"

"我无法相信是你，在所有人中，丹妮丝……"亨利的声音充满怒气。他低下头，而她想去抚摩那头她如此了解的黑灰相间的头发，但是忍住了。当他再次向上看的时候，他的双眼在恳求，"我知道这很艰难，很残忍，但是我从不以为你会相信这些东西。也许我早该想到，那种你认为汤米还会回到我们身边的想法。而现在你为自己找到一个可以继续相信它的方法，不是吗？在面对这一切的情况下。"

"你觉得那都是幻想？"

"我认为你在尽一切可能去相信汤米还活着。你以为我不想那样？你以为我没有到处去找他？你以为我没有在人群中每一个孩子的脸上都看到我儿子的影子？但是我们得面对现实。"

现实——这个词仿佛打了她一巴掌，她说："你以为我不知道汤米已经死了？我们正站在我儿子的墓前。我知道他死了，我知道他不会再回来了。"

"你知道？"

"不会作为汤米。但是……"她搜寻着词语，"那里有他的一部分。噢，亨利。我不知道该怎么表达，就算我知道，你也不会相信我的。

290

但是我发誓，如果你和他相处一些时间。那个医生……"

亨利轻蔑地哼了一声。

"安德逊医生说那男孩可以为棒球比赛计分，没有人教过他。那是你教他的，亨利。"

亨利在摇着头。

"不然他怎么懂那样的事，在没人教他的情况下？"她本来没打算这样争辩的，但是真正的争辩不是由事实所组成的，无论安德逊医生搜集了多少。事实很重要，她明白这点，但是她也清楚无论多长名单的特征或陈述都不会动摇这个男人。她不知道什么会。

"我不知道。"亨利说。她能从他沉重的声音里听出她要失去他了，他对这段对话的耐力快要消耗光了。如果她能找到正确的话语就好了。她敏锐地察觉到他们的婚姻还剩下的部分已经前途未卜了。

亨利转向她，脸上的皱纹有些下垂，仿佛悲伤增加了重力的引力。他说："我知道我儿子死了。我知道是因为我手中曾捧着他的尸骨。而我灵魂深处在怀疑是否有这种事，我仍然保持高度怀疑。老实说，丹妮丝，我对你很失望。你一直都是我认识的人里面最理智的。而如今你留下我独自面对。我们的儿子死了，而你留下我独自面对，自己去听某个发疯的白人小孩说的话。"

"他没有发疯。如果你能……"

"我听你说这破事觉得要死了。你知道吗？你就在我正站着的地方谋杀我。你真的发疯了。"

她看着这个仍然是她丈夫的男人。他在受折磨，而她帮不了他。她让事情变得更糟了。她将手放在他的肩上，并感到他的肌肉在她指头下变得紧张，痛苦从他身上传递过来，仿佛流水找到了一条新的管道。

"也许吧。"她的想法并不是她真正的想法，那部分是真的。

亨利的眼神变柔和了。丹妮丝感到胸腔里升起一阵轻松之意。

"我们能让你获得一些帮助，丹妮丝。"他将健壮的手臂环在她的腰间。他们现在互相拥抱着，轻轻摇晃着，"让这一切说得通，"他向着坟墓和墓地示意，"这是可以理解的。我现在明白了。如果必要的话，我们会为你请一名新医生。我从来没有真的喜欢过那个弗格森。"

一阵微风在他们周围轻拂。她向后靠在她丈夫强壮的手臂上，让自己落入那熟悉的舒适之中。她很想念，她很想他。汤米坟墓上的百合花在微风中来回移动着，仿佛在摇着头。过于甜腻的花香和新翻的浓重的泥土味在她鼻孔里混合着。在泥土之下，是棺材，是尸骨，汤米的尸骨。然而，也不是汤米。他无处不在，连接了一切事物，包括微风，包括诺亚。她不知道怎么会这样，但是她无法假装是其他情况。即使是为了亨利也不行。她从他的怀抱中松开并蹲了下来，让一些泥土从指间滑落下来。

"我很抱歉，亨利。我不想让你独自面对，我真的不想。我也很想他，每一天的每一秒钟。"她又捧起一抔土并慢慢落下，她的手指下下起了干雨。她想起了汤米的脸庞。她专注在他的笑容上。她无法看着亨利，"但是诺亚没有发疯。他身上有一部分汤米……一些汤米的记忆，还有一些他的……爱，也是对你的……"她开始叙述着，转身，但是亨利宽阔的背影已经在远离她了。

每一个殡仪接待都不一样，珍妮猜测。她没有去过很多次。犹太人也举行七日服丧期，另外一种聚会，尽管是相同的主题。

　　而有些人，像汤米·克劳福德，会有一个守夜的项目。那个项目在前一天晚上发生，在举办葬礼的房子里，一个肃静、拥挤的房间里。她和诺亚在那间房里只停留了片刻，盯着盖满鲜花的发亮的木质棺材。棺材里装着汤米的遗骨，那孩子的照片就放在旁边。

　　诺亚盯着那张照片，光滑的棕色皮肤，淘气的露齿笑。"那是我！"诺亚喊道，"那是我！"

　　她不得不赶紧带他离开那里。人们转头看向他们的方向，窃窃私语。当她拉着诺亚走出房间，穿过走廊并走到外面的时候，她瞥见汤米的父亲对他们怒目而视。

　　那是一场守夜。但是他们为什么这么叫守夜？就像一只船划过后留下的波动的水，在一场主要事件后随之而来的不稳定？像那样的守夜？

　　或者守夜是必要的事。

　　醒过来，珍妮。

　　她用牙签插了一些火鸡块放在盘子上，还把给她自己吃的土豆沙拉和泡菜，给诺亚吃的一些芝士和菠萝放在盘子上，摊开手掌举着盘子。房间里站满了她不认识的穿着深色西装和裙子的人。那些认识汤米的人，每个人都在聊天叙旧，汤米已经死了好几年了，新的震惊和悲伤之情已经转变成内在的情绪。

一群青少年在放满食物的桌子旁聚集着，穿着不合身的西装。他们拿着盘子，有些无所适从。他们非常不稳地拿着盘子，笨拙地将满勺土豆沙拉塞进嘴里。

丹妮丝经过并喊着："感谢到来，感谢到来。"她情绪激昂。没有别的词可以描述。珍妮会说也许是悲痛，如果她必须描述的话，但是你无法从她身上转移目光。

房间的气氛看起来缓和了，充满了餐具的叮当声、低语声。"结束了，安息吧。"声音的河流穿过房间。诺亚站在她的对面，查理站在旁边，蜥蜴在他肩上，少年的大脑袋向下弯着。阳光穿过客厅的窗户，擦过诺亚的头发。一个温暖的日子，热度在他们放松的脸上闪耀着，查理盘子上的土豆沙拉反射出苍白的光泽。

诺亚在和查理说话，告诉查理一些事情，又是一件她永远都不会知道的事。那片大海里的一小滴。

醒过来，珍妮。

她回想起艾米莉·狄金森的一首诗：

如同缓解孩子对闪电的害怕

耐心地解释

真相必须逐渐发出耀眼的光

否则每一个人都会眼盲

…………

身体产生的热量使房间里的温度升高了。诺亚站在阳光下。没有可以坐的地方，房间在她面前滑动，墙壁高高地射向天空……

她蹲在地毯上，腿上放着盘子。

如此多的陌生人：老年人在拥抱、握手，闷闷不乐的尴尬的少年们，安德逊站在墙边，看着人群、丹妮丝、查理、诺亚……

她是这里唯一没有见过汤米的人，除了安德逊之外。

而诺亚，当然，你真的……不能……算他。

那些傻笑在她喉间抓挠着，里里外外，仿佛饥饿的老鼠。她用双手蒙住脸。

其实没关系，她没有真的在笑。她在哭。她有眼泪来证明，就在泡沫塑料盘上，滴落在芝士片上，而这在殡仪接待上是可以的，也许更合适。希望那里的人以为她认识汤米，也许他们以为她是他的钢琴老师。她看起来像一位钢琴老师，不是吗？即使她一个音调也不会弹，也许她应该学学，诺亚可以教她弹《粉红豹》的主题曲……

她的鼻涕从指间流下，滑溜的鼻涕，眼泪溅出的咸味。

"你还好吗？"丹妮丝两只手各拿着一只盘子站在那里。

她抬头看去："我……"

"跟我来。"

丹妮丝房间的光线很好，窗帘完全拉开，珍妮不得不在耀眼的光下挡住她的眼睛。她坐在床边，她在打嗝儿，眼泪汪汪。丹妮丝为她拿来了一盒纸巾。

"我可以给你一颗药，但是可能会让你昏睡。"

"我想我已经昏过去了。"

丹妮丝点了点头。她现在看起来很有效率，一位动作利索的护士：
"你想要一些布洛芬镇痛药吗？"

那不是她所需要的，但是她准备收下："那会很好。"

她躺在床上，并试图让自己安静下来，丹妮丝则在卫生间里忙碌
着。然后珍妮突然站了起来："噢！诺亚。我必须回去。"

"查理在照看他。"丹妮丝一手拿着药，一手拿着一杯水回到房
间，"那个医生也在这里。"

"是的，但是……"

"他没事的。坐下来。"

她坐了下来。房间里的光线很刺眼。她接过那颗她并不需要的药，
然后吞了下去。并不是疼痛让她头晕，而是现实。她正坐在另外一个
女人的布满花纹的床罩上——那是真的，她眼里的阳光也是真的，而
眼前这位女人，也是真的。而真实的情况比那些都要……但是她做了
些什么？即使是想想都让她头晕。

"我很抱歉。"她脱口而出道。

"为什么？"丹妮丝脸上毫无表情。

"让你从聚会中……中途离开。"那个词痛苦地悬在她们之间，
"我是说，守夜……不，那不对。我是说……"

丹妮丝从她手里拿回水杯。"查理很会和小孩相处，"她继续说，
仿佛要通过不断说话来带她回到常态，"我一直试图让他在附近做些
照看小孩的事，赚一点儿钱，而非从我的钱包里拿钱出去。天知道他
用那些钱做了什么事！大部分是漫画书、垃圾食品和电子游戏。而那
只是我所知道的事情。"

"哇。"珍妮试图理解这个女人正在说的话，"家里有个青少年，

那肯定很辛苦……我目前只是想过完幼儿园。"

"查理是个好孩子，但是他讨厌学习。另外，还有他的诵读困难症。所以……"她悲伤地摇摇头。

"诵读困难症……你什么时候知道他得了这个？"她还没想到过那个。又是一桩要担心的事。

丹妮丝递给她一张纸巾，看着珍妮擤鼻涕，说："通常在一年级——当他们开始读书的时候——那就是他们的学习障碍开始变明显的时候了。"

"噢，我明白了。"她试图回忆诺亚有没有任何困难辨认字母，他似乎对那相当擅长，"汤米有没有……"

"只有查理。"她生硬地说。

珍妮沉思了片刻。那里有一个遗传的联系，不是吗？但是你能从前世的家庭里继承东西吗？她又开始头晕了，她深吸一口气。从哪里算汤米结束而诺亚开始呢？亨利和丹妮丝跟这有什么关系？她想要问丹妮丝，但是没有勇气开口，又说："我想等到他们长成青少年时，你已经彻底了解他们了。"

有史以来第一次，丹妮丝展露微笑："你在开玩笑吗？大部分时间我都不知道查理脑子里在想些什么。他就那样——从我身边消失了。"那些话飘在空气中。她再次面无表情了。珍妮想要拉近她们之间的距离，但是找不到正确的话。

她环顾房间，这里除了照片之外，没有什么可看的——墙上挂着查理和汤米上学时的照片（她从报纸文章里认出其中一个），其他照片摆在床头柜上。一张带相框的快照里面，一个学步的幼童蹒跚地走向一位朝他张开双臂的戴着金色大耳环的年轻美丽的女子。

"那是查理学会走路的那天，"丹妮丝简单地说。她就站在珍妮旁边，从珍妮的肩膀上看过去，"他从一两步开始到顺利地走过房间。照片上看起来他在走向我，但实际上他在走向他的哥哥，就在我身后。他很崇拜他哥哥。"

珍妮再次看着那张照片。她没有意识到照片里的女子就是丹妮丝。她拿起了旁边的照片。

一张汤米从一只木筏上跳起来的照片。那是一张快照，但是相机捕捉到了阳光在水面上熠熠发光，以及木筏上粗糙的木材。汤米跳到半空中，双腿展开，她认出了他脸上纯粹的兴高采烈，她知道那个表情，她难以挪动视线。

丹妮丝瞥了一眼照片："那是在湖边小屋附近。我们过去每年夏天都会去那儿。"她的声音里充满了留恋，"汤米爱极了那里。"

"我知道，"珍妮说，"诺亚提起过。"

"他说过？真的？"

"他告诉他的老师，那是他最喜欢的假期。"珍妮说。这句话在她脑中徘徊片刻，而她等着随之而来的嫉妒之情。但是她并没有感到任何嫉妒，看着那张照片上似乎涵盖了汤米最纯粹的喜悦。她产生了另外一种情绪——感激。他曾经在这里有一段幸福的人生，和丹妮丝。第一次，她意识到她无法将这个她生下来的可爱的、生气勃勃的男孩和那幅画面割裂开来。

丹妮丝轻轻地将照片从她手里拿过，并放回到床头柜上。

"当我们要回家的时候，他不停地哭，"她沉思着，"他问：'我们什么时候回去，妈妈？我们什么时候回去？'开车返程中一路都在问，问得我们都要疯了。"

"我能想象，"珍妮说，"他很容易产生依赖感。他一直都是那样。"但是一直是什么意思？一直是从什么时候开始的？

"我们已经好多年没去过了。"丹妮丝眼神蒙眬，"也许……"

这个想法在房间里闪着微光，她们一起幻想着湖上有一个金发男孩在跳跃。珍妮将视线从照片里的男生身上移开，她无法再往深处想了。这个幻想在她们任何一人勇于开口之前便消退了。

"你似乎对发生的这一切表现得很平静。"珍妮说。

"平静？"丹妮丝轻笑着，"那么，我们并不认识彼此，对吗？"

"是的，我们不认识。"

客厅里突然爆发出一阵笑声。

"我想我该回到那里去了，"丹妮丝说，"我家里现在有很多人，而他们玩得太过开心了。毕竟这是一场葬礼。"她嘴角的微笑似乎由纯粹的意志控制在那里。她将头发向后抚平到圆髻处，虽然她头发丝毫未乱。

"好的。但是……就一件事……"

那个女人站在那里，等待着。珍妮感觉她所有的问题都在体内往上冒泡，她不想再忍了："如果诺亚无法忘掉这一切呢？如果他一直都想待在这里，就像他想去湖边一样呢？"

丹妮丝抿着嘴唇："你的儿子会没事的。他的妈妈爱极了他。"

"妈咪——妈妈。"她说。

"什么？"

"我是妈咪——妈妈，你才是妈妈，他是这么叫你的。"

丹妮丝警惕地朝她皱起眉头。

我不应该那么说的，珍妮想。但是现在已经迟了。"那你的儿子呢？"她说。

"查理也会没事的。"丹妮丝说，但是她听起来并不确定。她听起来像她只想离开这里。

"我是说你另外一个儿子。"这不是正确的表达方式，她不知道是否存在正确的表达方式。你对这整个事情怎么看？这才是她想问的。这是什么意思呢？

这就像珍妮踩在了一只受伤的脚趾上面。丹妮丝眼神闪了闪："汤米已经离开了。"

"我知道。我知道。但是……"

"不。"

"但是，诺亚……"

"是另一个人，"她猛地说。她眼神明亮，"你的儿子。"

"是的，是的，他是，但是……但是你自己也看到了，你没看到吗？你说过你看到了，他的记忆……似乎是真的。它们是真实的，不是吗？而那些尸骨……"她实在没有办法清楚地表达出她想要说的话。她摇了摇头。

丹妮丝站着，避开了照射在她脸上的阳光。

"那么，"珍妮痛苦地继续说道，她现在无法停下来了，"有一些安慰吗？有帮助吗？"

丹妮丝一言不发。她站在满是浮尘的阳光下，看起来仿佛呆住了，又完全茫然的样子。而珍妮突然对自己这样问而感到羞耻。

"我不知道。"丹妮丝缓慢地说。

"只是……你似乎知道些什么。"

"真的？"丹妮丝开始笑了，"因为我还希望你知道呢。"

然而她们两人都笑起来了—— 这种艰难的、无助的笑让珍妮胃都疼了，因为整个宇宙对她们开的玩笑而大笑。这一刻比珍妮以为的要长一些，直到她们两人终于退后一步，喘息着。丹妮丝眼角有泪水流下，她用手指抹去了。

"噢，天啊。他们会以为我一直躲在这里哭诉。"她说。这句话像一团阴影落在房内。

"我不会告诉他们的。"

"最好别。"

她们看着对方。她们联结在一起，却又得独自承担这件事。

"我想我该过去了，"珍妮犹豫地说，"在诺亚吃光所有的巧克力蛋糕之前。"

丹妮丝用纸巾擦着眼睛："哈，就让他快活吧。"

"你肯定忘了一个四岁的孩子为了糖果疯狂是什么样子。他们变成小小的狂热分子。"

"不，我没有忘记。"她表情冷静，没有泪水的痕迹。这很难相信前一刻她还笑中带泪。

珍妮打开房门，让人们的嘈杂声将她们吞没。

"那很好。"珍妮说。这是她可以说的话。

珍妮站在打开的门边，听着有诺亚的喧闹的房间发出的声音。不知为何，她对回到他身边有些紧张。

"我不再知道他是谁了，"她说，"也许是我不认识自己了。"

她想，也许她说这些事是不对的，尤其是对丹妮丝，但是她不知道还能对谁说了，或者什么才是正确的。

丹妮丝又拿了一张纸巾擦着她已经干了的脸，丢进废纸篓，并抬头。"你在这里，"她安静地说，"而诺亚在我的客厅，等着你。这还不够吗？"

珍妮点点头，被其中的真相所打动。当然，这足够了。她走向了她儿子所在的房间。

"那确实有帮助，"丹妮丝突然说。珍妮回头，丹妮丝的眼里充满情感，"那有帮助。不是关于想念他，不是那部分，但是……"她的声音减弱了。

她们安静地一起站着，她们之间的空气因为一切未知的奇妙而鲜活。

当珍妮回到房间时，诺亚抬头看去。他正坐在沙发上，那双蓝色的眼睛直直地看穿了她，触碰着她身上别人无法触及的某个部分。她在他旁边坐了下来。

他们看着那群围在餐桌边的青少年一边吃着土豆沙拉，一边咕哝着，他们的身体在不合身的西装里笨拙地摆动着。

"我们现在能走了吗，妈咪——妈妈？"诺亚问。

"你难道不想和汤米的朋友们多待一会儿吗？"

他摇着头："他们都……好大了。"

"噢。"

"那真变态。"有一个少年说。他们爆发出一阵笑声，又生生停了下来，仿佛想起来他们所在的场合。

她希望自己能做点儿什么来缓解诺亚脸上的紧张和悲伤，但是她能做什么呢？她以为自己能治好他，但那一直都是超出她的能力范围的。

"一切都不一样了。"他说。

"是的，我想也是。"

他的嘴巴开始扭曲。

"噢，宝贝，我很抱歉。你以为一切都会和原来一样吗？"

诺亚点点头："我们马上就回家了吗？"

"你是说，回布鲁克林？是的。"

"噢。"

他眨了几次眼睛，环视着房间。她跟随着他的注视。

她之前还没有仔细看过这个房间的全貌，她当时太过震惊而没有看清。房间很不错，这座小的郊区牧场房子的室内装饰。他们用舒服的棕色家具将房间填满，堆放着互补色的抱枕。一架竖的钢琴放在楼梯下，钢琴的边角有些破损，但是木质仍在发着光。长方形的落地窗面对着绿树成荫的街道。石砖壁炉上、壁炉架上放满了纪念品和小雕像：一只蜷曲的石猫、几支蜡烛、一个小小的木质天使捧着一只连线的蝴蝶、一座棒球奖杯。没有特别的地方，这个存在于诺亚梦中和她的噩梦中的房子。这只是一座房子，他曾在这里被人爱着。

"我们不能待在这里，诺亚。"

"我想回家，但是我也想待在这里。"

她脑海里浮现出他们自己的公寓，他舒服的卧室，衣柜上的老虎，天花板上的星星。"我知道。"她说。

"为什么我不能两个都有呢？"

"我不知道。我们只能就我们所拥有的一切尽力做到最好。我们现在活在这段人生里。在一起。"

他再次点了点头，仿佛已经明白了这点，并爬向了她的膝部。他将脑袋向后靠在她下巴处："我真高兴我来到你身边。"

她将他转过来，以便看清他的脸。她本以为他清楚诺亚所有不同的阶段——易怒的和沮丧的诺亚、崩溃的诺亚，还有她最了解的、欢闹的、充满爱的诺亚，但是她从没见过眼下这个表情。她让自己的声音保持平稳："你说的是什么意思？"

"在我离开另一个地方之后。"

"什么地方？"

"我死后所去的那个地方。"他简洁地说。他的眼神忧郁而不同寻常地明亮，仿佛他意外地抓到一条鱼，并在欣赏阳光下闪闪发亮的银色鱼鳞。

"那个地方是什么样的？"

一个简单的问题，然而答案里却包含了大千世界。她屏住呼吸，等着他回答。

他摇着头："妈妈，我无法描述那个地方。"

"然后你在那里待了一会儿？"

他想了想："我不知道有多久。之后我便看见你了，然后我就来这里了。"

"你看见我。你在哪里看见我了？"

"在沙滩上。"

"你在沙滩上看见我？"

"是啊。你当时站在那里。我看见你了，然后我就来到你身边了。"

即使她以为她思维的极限已经尽可能地扩展了，但还是有一个更广阔的世界。

他将额头抵住她的额头。"我真的很高兴这次你成为我的妈妈。"

诺亚说。

"我也是。"珍妮说。她有这句话就足够了。

"嘿，妈咪——妈妈，"他悄声说，"猜猜现在什么时候了？"

"我不知道，小臭臭。现在什么时候了？"

"到了再吃一块巧克力蛋糕的时候啦！"他移开脑袋，眼里充满了他惯有的淘气的喜悦，而她知道那另一个孩子现在暂时离开了，他已经将那条鱼扔回了海里。

在客人都离开后，珍妮和安德逊帮着丹妮丝和查理收拾剩下的食物，珍妮将桌子抹干净，而丹妮丝用吸尘器吸着巧克力蛋糕的碎屑。当房间终于再次变整洁后，安德逊最后一个案例的研究主体们坐在沙发上——查理、丹妮丝、诺亚和珍妮。

安德逊坐在他们对面的单人沙发上，他感到沙发支撑着他的身体，他让自己陷了下去。

已经黄昏了。他们五个人静静地坐着，陌生人间充斥着陌生感。

"所以你们明天离开？"丹妮丝最终开口道。

"是的。"珍妮的声音里包含着一丝歉意，"我们的飞机下午起飞。"

他们已经完成这次拜访了，他们被警察询问过，他们参加了葬礼。现在应该恢复到原来的生活了——工作，责任。所有人，却除了他，安德逊想。奇怪的是，这个想法没有让他烦恼。他很想知道为什么。

"我们现在该做什么？"珍妮问安德逊。

所有人都看着他。

还需要完成一些文书工作。那些文书工作曾经对他很重要，但是现在却不那么重要了。

安德逊耸耸肩。

"那我们就这样离开这里？就完了？我们不……"她看向丹妮丝，

"保持联系？"

"你们可以拜访。如果你愿意的话。"他微笑着说，"这由你们决定。"

"噢。"珍妮环顾客厅，"你觉得这是个好主意吗？"

"你说了算。"安德逊再次说道。这听来有些轻率，甚至在他自己耳中。他正在体验着一种对他来说不同寻常的情感。放松就是这种感觉吗？

"我可以过来拜访你们，"丹妮丝突然对珍妮说，"我可以来布鲁克林。"

珍妮看起来松了一口气："噢。那样也很好啊。不是吗，诺亚？"

"当然不是马上，"丹妮丝迅速补充道，"我是说，我觉得我们都需要一点儿时间……但是有一天我想过来看看你们住的地方，"她对诺亚说，"去看看你的房间，我可以这么做吗？"

他害羞地点点头。

"那就说定了。"珍妮说。

安德逊望着他们。一切都尘埃落定了，却又不然，他清楚这点。事情会改变，诺亚会改变。当然安德逊需要跟进调查。然而他却不渴望这么做了。也许联系会保持，也许不会，也许他们会转变为其他形式的存在。他之前都没有意识到他有多想念沉默。他们这样坐了很长时间，阳光逐渐变得更加暗沉厚重，诺亚安静地坐在丹妮丝和珍妮之间。安德逊仰起脸去吸收最后一抹夕阳，仿佛一只困倦的动物。

"我想我们现在应该回酒店了，宝贝。"珍妮最终和诺亚说道，将所有人都惊醒了，"时间不早了。"

诺亚伸了个懒腰。"我想在这里洗澡。"他懒洋洋地说。

珍妮在她座位上坐直了："你想洗个澡？"

他顶出下嘴唇："我想在这里泡澡，在粉色的浴缸里，和她一起。"

他指向丹妮丝，丹妮丝微微耸肩，并等着珍妮的指示。

"噢。"

安德逊看到珍妮眼里升起抗拒之情，然后他感觉到她放下了。

"好吧。"珍妮说。

"那你可以下次帮我洗澡，好吗，妈咪——妈妈？"

她仅仅犹豫了片刻后便朝他咧嘴笑了："当然，诺诺。你高兴就好。"

诺亚想泡澡，所以丹妮丝在帮他洗澡。

那就是任务，这漫长的一天的最后一项，之后她便可以休息了。她今天已经埋葬了一个孩子，埋葬了他剩下的遗体，而此刻她要为另一个孩子洗澡。

另一个孩子。那一刻，她的心里是那么想的。而当她微笑着将他放在马桶盖上，递给他一本查理原来的加菲猫的漫画书，她便在卫生间柜子里四处寻找一些泡沫沐浴露时，他仿佛就是她的另一个孩子。

在后面有一瓶冒泡先生泡沫沐浴露，她曾给她的儿子们小时候用过，瓶里还剩一点儿，所以她留了下来——在给孩子们洗澡之后的很多年，人们会保留这样的东西——因为她身上的一部分觉得也许这样就能保留一些汤米的童年碎片，仿佛那也在瓶子里，在明亮的粉色瓶子里。

真相却是，他已经离开了。离开去哪里了？

冒泡先生朝她笑着，一个疯狂的笑容。

她打开水龙头，水声在她耳边轰轰作响，她的思维闪回到汤米身上，他呼吸困难，在黑暗的水中呼喊着她："妈妈！"

专注在水上。你会没事的。

她将手放在水流下，回到现实里，将剩下的冒泡先生倒入水中，泡泡在浴缸里激增，填满了浴缸。

"那是泡泡吗？"诺亚跳下马桶，并靠向浴缸的一边。

"是呀。"

"那我能进去吗？"

他脱下剩余的衣服后似乎开始犹豫。他站在浴缸边缘说："水不是太冷，是吗？"

"不，宝贝，水很温暖。"

"噢，好的。"他对自己点点头，仿佛在做一个决定，然后慢慢进入浴缸里，接着开始重重拍打那些泡泡，"当我还是汤米的时候，我们总是放泡泡的。"

当他每次说这样的话时，她都会感到十分惊讶。

"是啊，你们两个男孩子总是弄得一团糟。"

他笑了："我们确实这样。"

专注在爱上。你会没事的。

她将眼睛闭上片刻，然后想起查理和汤米在浴缸里互相用泡泡嬉闹，肥皂水渗到地上。她维持着那个感觉，直到整个房间似乎都充满了她对他们的爱。如此多的爱。

水一直往下流，流过她的手指，时刻变幻着。在她小时候，她看过一部关于海伦·凯勒的电影，她是如何从一个水泵里感受水的流动，并最终将名字和那个物质的名字联系起来——但是此刻她在走向相反的方向，而名字在失去它们的意义。诺亚或汤米是什么？而她又是谁？她的脑子里充斥巨大的疑惑不解。

"嘿，看！"他在叫她。无论她对他来说是什么，她都不是一个陌生人。这里没有陌生人。

"看，"诺亚说，"看这个泡泡！"

水龙头的光亮反射到她的眼睛上。丹妮丝向上看，有点儿太晚了。

"噢！破了。抱歉。"诺亚说。

"好吧。"

"看！泡泡！"这次她很快地看了过去。

"我看到了，"丹妮丝说，"那是个很大的泡泡。"

那是个很大的泡泡。泡泡跨越了他膝盖间的距离，随着他双腿张开，泡泡越来越大，在它存在的那一瞬间闪耀着光芒。

"看！"

泡泡还在变大。在它不断变换的颜色地图中，有人在淹死，有人在重获新生。

"噢！破了。"

"是啊。"

没有需要再坚持的事物了。

诺亚向下看，然后，将他整个脸浸到水里。他抬起头。他有一抹泡泡小胡子，他咧嘴笑着，仿佛一个恶魔版的圣诞老人。"猜猜我是谁？"他说。

丹妮丝微笑着："我不知道。谁呀？"

"是我！"

当他们从机场回到家时已经很晚了。当他们开进车道时，查理坐在他妈妈的旁边。又是一个在阿什维尔路上的晚上，还是相同的一成不变的蟋蟀叫声和约翰逊家里电视播放的印度游戏的声音。想想就疯狂：一切看起来没变，但他脑子里想到的却已经变化太大了。他猜人生就是这样的吧。谁知道每个人心里在想些什么？而与此同时，人们会死掉，再重获新生，就像六月里的萤火虫，在这里闪着光，然后就消失了，接着又出现了。那就像某种"一场偷天换日"的魔术一样。

在他们小时候，查理和他哥哥会花好几个小时去捉萤火虫。汤米会拿着一个玻璃罐在后院跑来跑去，查理就跟在他的后面。一旦他们抓到几只，他们就会将罐子放在台阶上并坐下来，看着它们闪烁着。他们总是会在不得不放了它们的时候抓狂。他们想将萤火虫作为宠物养，尽管他们的妈妈解释说那样它们就会死掉，它们属于野生的。某一天晚上，汤米和查理再也受不了了，他们撒谎并将玻璃罐藏在汤米的床下。到了第二天早上，他们醒过来，发现自己变成玻璃罐里三只死虫的主人，那些虫子又干又丑，有着黑色翅膀，看起来像普通甲虫，仿佛有人在夜晚进来将那种神秘从它们身上榨干了。

如今查理很好奇那个孩子——诺亚，有没有在城市里见过萤火虫？或者他是否还记得它们？虽然他并不是汤米，并不真的是。

他斜着眼看他妈妈：她在想什么？他知道也许是关于他哥哥的事，但是最近有时候，她让他感到吃惊。她会询问他的意见，比如招待会应该准备哪些食物，或者他们是否应该邀请他的父亲过来吃晚餐。为什么突然之间对我怎么想的这么好奇，而她在过去的七年里对我毫不关心？这也是个问题，因为这意味着他不能再那么频繁地吸大麻了。他曾在葬礼的前一天在车库里飞快地吸上一两口，然后她不过一秒——一秒不到，就看出来了。她直视着他的眼球，而在他弄明白原因之前，他就被禁足了。

丹妮丝透过挡风玻璃看向外面的黑暗，思索着失去的阶段。

她会一直想念汤米——她身上没有一处不是在永远想着他。但是这另外一个孩子，这个不是汤米的孩子，为她满心的苦涩中带来了一丝甜味。他们一起经历了这次，他们二人，而她知道他们之间永远都会有一个纽带。

当他们在机场说再见的时候，他紧紧地抱着她很长一段时间，而她很惊讶地发现她有片刻说不出话来。最终她说："我们在布鲁克林再见。"

"好的。"

"你会带我去看你的房间吗？"

他点点头："我房间里有星星。"

"星星？真的吗？"

"它们是在夜里会发光的贴纸，在天花板上，有所有的星座。我妈妈将它们贴上去的。"

"那么，我等不及要看它们了。"

313

她让自己露出微笑。她仍然搂着诺亚的肩膀，而他双手环着她的腰，仿佛他们在跳舞一样。她不想对他放手。她不确定她能够放手。在她周围，其他人影是虚幻的、模糊的——她看到珍妮在看她的手表，而安德逊医生在轻声和查理说话。之后，查理将他厚重的手放在她背上说："走吧，妈妈，他们要去登机口了。"而她知道她必须那么做了，然后她便放他走了。

他们三人从她身边离开，并站在队伍的末端——安德逊医生，一个如她父亲般严厉的人，他们属于相同的种类，农民和医生会认真对待他们的工作，在那正派的行为举止之下有着一颗善良的心；珍妮，另一位在尽力做好母亲这份工作的妈妈；那个金色头发的小男孩，她心里对他有一些爱，没必要否认。

看在老天的分儿上，丹妮丝。当地狱的烈风在朝她嘴里吹着炽烈的火花时，她撑过来了，她现在理所当然地也能再度振作。她强迫自己看着他们加入到队伍里，排队的人拎着任何被允许的行李从这个地方带到下个地方。在她旁边，查理像个大人般笔直地站着，而她对他稳健的手很感激。

此时她在车里瞥见他。他正看向窗外，想着什么。那个男孩在想什么？她必须弄清楚。她必须问问他。他的手指在窗玻璃上击打着。

也许他在想亨利。这么多年来，他是那个坚持要她面对现实的人，要她接受汤米已经死了并且不会再回来了，然而汤米的尸骨被发现让他彻底破灭了。他从来没有相信过死刑，认为死刑被不公平地使用和按种族被曲解，但是如今他却不满于这场起诉没有对汤米的凶手执行死刑，那个凶手在那时候是如此年轻。死亡耗尽了他。她也许仍然会和他打电话，并邀他过来吃晚饭。而如果他拒绝，她会一直尝试。而在这样的日子里，他也许会答应。

她在坟墓边对亨利说过的那些话是真心的，她确实在每一天的每一秒都想念汤米。她想念他的同时，也感受到了他的存在。不是在另一个孩子的身上，而是在四处，但她无法紧紧抓住或理解它，就像她无法紧紧抓住汤米一样，就像她无法理解为什么她能立马对诺亚敞开心扉，或者她对亨利的爱就像她无法摆脱的伤痛。

"你还好吗，妈妈？"

他一直望着她。他总是在望着她，她的查理。她转过身面对着他："我很好，宝贝。我真的很好。我只是再需要一分钟。"

"好的。"

她关闭了引擎，他们在黑暗中坐在车道上。

当安德逊穿过取行李处拥挤的等候着所爱之人的人群时，他心想，只剩下说再见了。到处都是人，有人急切地伸长了脖子望着，有的人拿着气球哭着去拥抱他们的亲戚，父亲们将他们的女儿高高举过头顶。

人们曾经在大门口重聚，但那是不同的年代了。现在人们在这个糟糕的、洞穴般的地方领取行李，叫喊着："我的。""这是我的，蓝色的那个。""你手上拿的是我的。"一位年轻漂亮、穿着破洞牛仔裤的女士在人群中搜寻着，一位年纪较大的、体格魁梧的妇女走向前去，将她搂入怀中。

只剩下说再见了……之后便……

"都准备好了？"珍妮将一只手放在他的肩上。他们现在更了解对方了，已经达到了一定的亲密度，不管他喜不喜欢。她很担心他。他看向别处。

"我的车停在停车场。"他用下巴示意，"你需要我载你们一程吗？"

"我们叫辆出租车就好了。"她说。他点点头，他的脑子里充满着轻松感。他不需要再开口说话了，在之后的几分钟内。在他脑海里，他已经开着车上路了，行驶在寂静的夜里。"我们跟你不顺路，"她补充道，"或者，如果你愿意的话，现在开车太晚了，你可以在我们家睡一晚上。我们家有一张折叠沙发。"

"我没关系的。"他避开了她的目光。那里面有太多的暖意。他不想让她关心他。他心里已经离开了。

他在诺亚身旁蹲下来："我现在要跟你说再见了，我的朋友。"

"我不喜欢再见。"诺亚说。

"我也不喜欢，"安德逊说，"但是有时候它们……很好。"他本来想说的是另一个词，但是不重要了。

"但是我们马上又会再见到他的，臭臭。"珍妮说，试图营造出安心的轻快感，"不是吗，杰里？"

"那是有可能的。"

"有可能？"珍妮的声音比平时要高。他将注意力集中在诺亚身上。

诺亚似乎处理这次分别比他妈妈要好些，也许如今他已经习惯了。他说："你是说，也许，对吧？"

不，珍妮，他想，这一次我说的是我想要表达的词。

"我想你会玩得太过开心而完全忘了我。"他对诺亚说。

"不，我不会忘的。你会忘了我吗？"男孩看起来很焦虑。

他将手放在诺亚头上，他的头发在指尖下很柔软。"我不会的。但是有时候遗忘是没关系的。"他轻轻地说。

那个男孩记住了这句话："我也会忘记汤米吗？"

"你想忘记他吗？"

诺亚考虑着。"有些事情我想忘记，有些事情我不想忘。"他清脆细小的声音在来来往往的人流中几乎听不见，"我能选择记住那些事情吗？"

他会想念这个孩子的。

"我们可以试试，"安德逊说，"但是我们不能忘记现在，诺亚。我们现在所处的时刻，我们现在所在的人生，那是更重要的，我们不能忘记那些。"

诺亚不相信地笑着："你怎么可能忘记现在呢？"

"我不知道。"

安德逊仍然蹲着，这让他的膝盖开始疼了。男孩将额头贴着他的额头，似乎要看透他的内心。他闻起来像飞机上空乘员给他的棒棒糖。

"很多事你都不知道。"

"的确。"他看着诺亚。这个案例就要完成了，只剩下一件事要做。他之前没有想起来要问是多么有趣。

"你能为我做一件事吗？我知道这很奇怪，但是我能看看你的……胸膛和背部吗？就看一下，你介意吗？可以吗？"他现在转向一直在听他们对话的珍妮。她点点头。他站了起来，将诺亚从人群中拉过来，来到一个静止的行李传送带边，远离人们的视线。

一个成人也许会问为什么，但是诺亚只是简单地掀开他的衣服。

安德逊小心地让孩子转身，看着他苍白的胸膛和背部。两处胎记，几乎看不见——背上一个模糊的圆圈，略微发红，胸膛上有一个凸起的不规则的星星。一个子弹的轨道，直白地写在肉体上。

如果是在另一时刻，他会将这些照下来，但现在他只是将衣服放下。证据就在那里。

一个大家庭成员在旁边的行李传送带处数行李。两个穿着足球T恤的男孩围着传送带开心地跑着。他结束告别，诺亚跑过去加入他们，开始一场关于机场标签的即兴游戏。

"你可以用它。"珍妮低声说。

她声音里有一种确定性是他之前没有注意过的，她见过她儿子身上的标记。"为了你的书，你可以写关于诺亚的事，你可以用他的名字。"她说。

"我能吗？"他在问他自己。

"我很抱歉我之前怀疑过你。你现在得到我的允许了，"她正式地说，"以任何你想要的方式来写他的故事。"

他微微低头表示感谢。也许他还有足够的精力去完成这一章节，如果他动作够快的话。他欠过去的自己这么多。而他现在成为的人……那是谁呢？

"你觉得诺亚有……好转吗？"珍妮迟疑地问。她看着他时，眼里流露的信任让他既感动又惶恐。

"你觉得呢？"

她想了想："也行吧。我觉得有。"

诺亚和足球男孩们已经笑得直不起腰来。

"你觉得为什么汤米决定回到美国来？"她看着她的儿子问道，"为什么他没有重生到中国、印度或英国？你曾说过，人们通常会轮回转世到相同的地区。但是为什么呢？"她很认真地在思索这个谜题，而他感到某种困惑，仿佛所有这些困扰了他大半生的问题找到了一片全新的战场。

"那之间确实似乎存在一种关联。"他缓慢地说，小心地选择每一个词，"有些孩子说过他们在死去的地方待过，从经过的人当中选择他们的父母。其他人重生到他们自己的家庭中，变成他们自己的孙子辈或侄女、侄子。我们推测过那可能是因为……爱。"他本来想说的是另外一个词，一个更具临床性的词，但是他脑子使不上劲，"也许人们爱他们的国家就如爱他们的家庭一样。"他耸耸肩，"我无法回答转世迁移这个问题真是一个巧合。我一直卡在构建它的存在上。"他不耐烦地换着脚，"听着，这次很……"

"但是我现在不确定该怎么做了。"她碰到他的袖子，这个手势吓了他一跳，"我现在该怎么回去并继续养育汤米呢？"

"你依靠你的才智和你的……"第一次，他想不起那个词，"感觉。你的感觉很好。"他现在削减语言了，只说得出平凡的话或简单的真相。

无论如何，他们都要告别了。"我们现在必须说再见了。"他低声说。

"但是你需要跟进调查诺亚的情况，是吗？"

我不知道，他想，但是他说："当然。"

"所以我有时候可以给你发邮件，如果我有更多的问题的话？"

他微微地点点头。

"好吧。"他们凝视对方，不知该如何分别。拥抱似乎谈不上，但是握手似乎又太过正式。最后她笨拙地向他伸出手，而他用他的大手匆匆地握了一下，然后在冲动之下将她的手抬起并亲吻了一下。她的皮肤在他唇下很柔软。这是一位父亲在婚礼上的亲吻，将他的女儿从他的手中放开。他感到一阵莫名的失落感，因为她的陪伴或因为女性，都离他很遥远了。

"保重。"他说，松开了她的手。他拎着破旧的包走出了大门，走进了温暖的夜里。

他自由了。

这就是他。

自由。有几辆车在减速，人们将车停在路边来接亲戚和乘客们。他经过他们，向停车场走去，享受着他的势头，他的双腿麻利地迈开的样子，他的思维在黑暗中令人欣慰地延伸着。

他很关心珍妮和诺亚，但是他们从他身边迅速地后退了。这是他的最后一个案例，而它结束了。

他们重新回到了地面上，而他在——上浮。

当他了解到自己的人生之后，他和一切事物斗争着去坚持他的人生，而现在它结束了，他飘浮在轻盈的失败之上。他已经运用了全部的思维力量去试图理解那高深莫测的问题，也许他已经从无穷大的咽喉中取出一两颗牙齿，而现在他只需要写出这最后的一个案例。

他曾以为当他越来越靠近自己的死亡时，那个无法解答的问题会让他忍无可忍，而如今他震惊而愉快地发现，他不再需要那个问题的答案了。不管会发生什么——都会发生。

这又怎么样呢？天要下雨，娘要嫁人。

他现在会写完这本书，之后他就可以做他想做的事了。而到有一天他无法再读吟游诗人的作品……他便会去重温他坚持记下的部分，记不住台词就去记里面的深度和韵律。他能像一个疯子般在橡树下面不断地诵读莎士比亚的作品。

或者他可以回亚洲。再次踏上亚洲的土地肯定很不错。而又有什么在阻止他呢？什么都没有。如果他想的话，他现在就能出发。他能搭乘下一班飞机。

泰国，那里稠密、潮湿的空气，街上的混乱。

为什么不去呢？当他想这些的时候，他感到体内开始流动着兴奋感。他可以去参观宏伟的卧佛寺，以及他脚下的用珍珠母贝壳雕刻的一百零八块吉祥图案。他可以开始冥想。他过去一直都很担心一次精神历练有可能会影响到他的科学客观性，但是现在已经无关紧要了。而如果西藏人是对的，那冥想可以引向一个更平和的死亡，这会积极地影响到他的下一世——尽管他自己的数据在那一项上并不确定。

也许他甚至会停留在一个沙滩上。皮皮岛应该是一个值得去看的地方。白沙如丝绸般在你的脚趾间，湛蓝的海水如玻璃般剔透。此时此刻，向现实屈服吧。他听说你能坐船去看从浓雾中冒出来的奇怪的石灰岩，就如中国的水墨画卷一样——那些水墨山被烟雾弥漫，向上延伸到看不见的天空，而下面有一个孤独的人坐在船里消磨时光，如此渺小，以至于几乎看不见。

他必须买一件泳衣。他迫不及待了。

珍妮将头靠在出租车的窗户上，手臂环着她打瞌睡的儿子，看着外面熟悉的景象。那里是宽阔的东方大道，有公寓大楼、犹太学校和高大的树木，还有她买杂货的超市，展望公园黑暗的小道。相同的景象让她吃惊，仿佛她期望着家里的世界会变化。他们经过了她第一次见安德逊的餐馆，那里的女服务员的后肩上有一块YOLO字样的文身。

　　"你只活一次。"人们是这样说的。仿佛人生真的很重要是因为人生只会发生一次。但是如果是相反的情况呢？如果你的所作所为更重要，是因为人生会不断发生，因果会跨过时间和空间来呈现。如果你会不断地有机会去爱你所爱的人，就去修正你犯的错误，去改正过来。

　　他们现在将车开到褐色沙石外了。瓦斯灯在黑夜里闪烁着，仿佛一位很高兴见到她的朋友。她付钱给司机后，将她沉重的睡着的儿子从车里拖了出来。因感激他们终于回家了，回到地面上了，而心里发疼。

　　走进他们的公寓，珍妮抱着诺亚直接去了卧室，在黑暗中将他放到他的床上。她在他旁边蜷曲着，在狭窄的床上对着他，并将被子盖在他们俩身上。他醒了过来，并揉揉眼睛，打着哈欠。

"嘿，我们到家了。"他感叹道，依偎在她的身边。他将腿跨在她的臀部上，额头抵着她的额头。在黑暗中，他将手放在她的肩膀上。

"这是身体的哪一部分？"他悄声问。

"那是我的肩膀。"

"这个呢？"

"那是我的脖子。"

"而这是你的脑袋、脑袋、脑袋……"

"是的。"

"嗯。"

沉默。之后从被子深处传来一个声音。他脸上露出一抹困倦的笑容，道："我放屁了。"

就像那样，他再次睡着了。

珍妮慢慢地从床上起身。她安静地穿过房间，停在门口。

诺亚翻了个身，他现在平躺着，睡在星星下面。它们在他上面放着光，所有人造的星座，那张地图是我们大部分人所能理解的延绵不绝的宇宙的全部。多年前，她将塑料贴纸贴在天花板上，创造了诺亚的北斗七星，他的猎户星座，想着在他以后的人生中，每当他看到星星时，就会有家的感觉。她过去也一直是这样记忆的，但是她回不去了，她也无法再将贴上去的星星当作真的。

诺亚嘴角微微扬起，仿佛在做一个甜美的梦。

她站在门口很长时间，看着他沉睡。

尾 声

关于去纽约的每一件事都是出乎丹妮丝意料的。

比如说，亨利决定和她一起去的这个事实，使她震惊。

你从来不知道最近的亨利会做些什么。有些时候他醒过来后会吹着 Straight No Chaser 清唱合唱团的口哨。在星期天的早上，为查理和她做蓝莓煎饼。其他时候，他会熬通宵，在客厅里喝啤酒，电视里大声播放着任何愚蠢的节目，而如果她起床去看他，或者让他调小声音，他会咆哮着让她回去睡觉。她总是努力在第二天清晨早早地起床并收拾好，并温习她当天的教学计划，因为她知道那需要一些时间，叫他起床并确保他穿好衣服后出门。有时候她觉得家里有两个坏脾气的青少年。他们三个人能够按时到达学校真是一件令人惊奇的事。

"这就是现在的我。你想要我回来，可以，这就是你得到的。你不想要，那也行。"当他提出要搬回家时这么说道。他的脸色难看，并在说话的时候耷着肩，仿佛无论怎样都对他没有影响。但是她看穿了他，仿佛他就是她的孩子，对于他多么希望她要他回来看得一清二楚。而她也清楚自己多么想要他回来。

她很开心他回来了。他身上有着因汤米之死的沉重，她不指望那个有一天会消失，但是他能享受一盘好食物，而她发现自己再次爱上了下厨的简单乐趣，放一点儿这个，再放一点儿那个，然后从冒着蒸汽的烤箱里拿出来食物，整个房里都弥漫着香味，然后吃得一干二净。"你骨头上又在长肉了。"亨利一直这么说道，戳着在她肋骨上面新长出来的柔软肚皮。而这对查理也很好。这很清楚。那个男孩就是爱装傻，一直都是，而如今她能看清那后面藏着多少狡黠。她最爱的场景就是在漫长的一天后，看着餐桌旁的亨利因查理说的一些好笑的事而仰头捧腹大笑，而查理脸上则因开心而闪过红晕，他害羞地低下头吃着东西。有时候晚餐之后，他们在车库里一起合奏，查理打鼓，亨利弹贝斯，声音穿过墙壁，传到街坊里，甚至盖过了邻居的狗叫声，而她觉得也许一切都会好起来。

他们没有谈论起诺亚。他们俩都不想吵架，没有人会吵赢，也吵不完。当春天来临，她继续过生活的时候，产生了去拜访诺亚的想法。起初她会将它放在一边，害怕会破坏家里新建起来的脆弱的平衡。她会送诺亚一个礼物来代替，在汤米生日那天，虽然她在卡片中并没有提起。

在开始的几个月，她和诺亚在电话里聊过几次，但通常都是灾难性的——不知是因为男孩的幼小和对电话天生的没耐心，还是当时情景的怪异，她不确定。在前五秒钟，他会急切地跟她讲话，经常缠着他母亲去打电话。然而他会以一种害羞的、单音节的方式回答她关于幼儿园的问题（在问到树蜂时振奋了一下），然后在几分钟后要挂断电话时明显轻松起来。她总要花掉下午剩余的时间从紧张的感觉中恢复过来。过了一阵子，电话逐渐变少了。

到了夏天，她下定决心要去亲自看看诺亚。她觉得她现在可以承受了。珍妮同意了，虽然她听起来很谨慎："他真的没有怎么提起汤米了。"而丹妮丝觉得那也无妨。

她在告诉亨利之前便订好了票。查理在驻步包装杂货店打工，还在游泳池当救生员，所以他去不了。当她告诉亨利她要去纽约看诺亚时，他站在那里，因那个名字而有些面部抽搐，而她在想，告诉他风险是不是太大了？

"那我和你一起去，"他最后说道，仿佛他突然变成了别人的丈夫，"你觉得可以吗？我想过去见一些老朋友。"

他在那里待过几年，当他还是一名年轻有潜力的贝斯手时。

她让他一起去了，没有问任何问题。也许她不想知道他真正的动机是什么，而她想要他的陪伴。她从来没有去过纽约。

又一件她没有想到的事：和他一起玩得如此开心。

在他们到城里的第一个晚上，他们去了蓝调之音，并在舞台旁边的位子坐了下来。他们喝着发光的蓝色饮料，听着亨利的老朋友卢吹萨克斯，之后他们和乐队一起去了其他地方，欢笑，喝酒，吃着又便宜又好吃的食物。第二天清晨，听着音乐家们轻松地戏谑，讲述他们的故事：在路上住进某人的表亲家里，并闻到了厨房里猪肠爆破的香味；还有，关于吝啬鬼乐队领班和音乐人的故事：他们从卫生间里冲出来，鼻子上沾着白灰，裤子在下面；而那次卢在西雅图的女朋友飞到旧金山看他演出，在同一个晚上撞见了他分别在奥克兰和洛杉矶的两个女朋友。

回到酒店后，她和亨利重拾了往日的激情。那股力量让她吃惊。她很欣喜地发现他们之间仍然存在着可能，在所有的一切发生之后。

她没想到第二天亨利会和她一起去珍妮的公寓，没想到珍妮的公寓会这么小和老式——她想象的是一间大而现代化的阁楼，就像那些电视里的纽约公寓，而非这个放着华丽木制品的奇怪地方，就像她母亲家里的摆设一样。

那天很炎热。当他们二人迷路后到达时，珍妮看了他们一眼后说："我给你们倒些水。还是你们想喝冰咖啡？"

丹妮丝摇着头："真希望我能喝。如果我现在喝咖啡的话，我会一直清醒到黎明。"

当珍妮去为他们倒水时，丹妮丝走进客厅，诺亚在那里。

他已经快六岁了，正是婴儿肥开始消失的幼年时期，而你可以在他们初生棱角的脸上，看到他们可能会成为的人。他盘腿坐在沙发上，全神贯注地在读一本书，他明亮的头发显得有些乱糟糟。

"诺亚，看看谁来了。"珍妮边拿着水杯边说着。他抬起了头。

丹妮丝站在房间的中间，手里抓着她买的礼物，当诺亚带着快乐却没有认出来的眼神对上她的视线时，她感到嘴里发干。

她直到那一刻才知道她有多么在乎。她完全没有意料到会这样。

"这是你的丹妮丝阿姨，你不记得了吗？"珍妮说，向前迈了一步。

"噢。嗨，丹妮丝阿姨。"他礼貌地笑笑，以一个孩子的方式接受了她的礼物以及她来到他的生活中，没有问她是从哪里来的。

她坐了下来，双手捧着那杯冰水，仿佛在遥远的地方，亨利在向诺亚介绍自己，而那孩子三下五除二就拆掉了盒子的包装，里面是汤米旧的棒球手套。

他将手套拿出来并喊着："嘿，一只新手套！"而她从他开朗、简单的喜悦中感觉到又苦又甜的东西。

他们走着去公园。天朗气清，轻风拂面。

"那么，我想问你一个问题。"在他们一起走的时候，亨利对诺亚说。他带着一副严肃的面孔转向诺亚。

"嗯？"诺亚担心地向上看他。

"大都会队还是洋基队？"

"大都会队，支持到底！"诺亚说。

亨利笑了。"这就是我想听到的！"他和男孩击掌，"你觉得格兰迪怎么样？你觉得他能赢吗？"

显然只需要这个话题。他们在去公园的一路上热烈地讨论着棒球，而珍妮和丹妮丝沉默地肩并肩走着。丹妮丝因失望而一言不发。

"我很抱歉，"珍妮低声说道，"我不知道当他看见你时他会做什么。他没有再提起过了，但是我不知道……我猜他现在就只是诺亚了。"

她们继续沉默地走着。

"但是他仍然喜欢那些东西，"她接着说，"蜥蜴、棒球还有新的事物。你应该看看他能用乐高积木拼出什么。那些美妙的建筑。"

"他和他的妈妈很像。"丹妮丝最终说道。

珍妮脸红了，耸耸肩："他很快乐。"

他们走到了公园，并找到一片空旷的草地。一对老夫妇手挽着手走过。一个哈西德派大家庭走过一条小道，拦着他们的孩子，防止他们跑到太靠近草地边的池塘。有人在喂鸭子，一派鸭嘴啄面包屑的狂热景象。一个女孩站在草地里转呼啦圈，转啊转，仿佛是另一个时代的人。

珍妮和丹妮丝在一棵大树的树荫下铺好毯子坐下来，拿出装着多油的乳酪球、鹰嘴豆泥、葡萄、胡萝卜和皮塔饼的几个盒子，用水壶压住餐巾纸，以防它们飞走。他们还带了棒球和手套，当她们在准备野餐的时候，亨利和诺亚走到开阔的草地上，来回投棒球，亨利就如过去一样徒手接棒球。

丹妮丝看着他们，诺亚很开心，看到他如其他孩子一样开心，感觉很好。他已经忘了她，这对大家都好。丹妮丝清楚这点，但是清楚并没有减轻一丝痛苦。她很感激人的天性可以自身纠正，但是不由自主地感到有什么珍贵的东西从她身上被夺走了。

在飘动的绿叶下，她向后坐着，用手肘支撑着身体。亨利以一种稳定、轻松的节奏扔着球，他的神情和诺亚一样，友好平静。她意识到心中早已知晓的：亨利一如既往地对此毫不相信，但是为了她在做这件事。因为他爱她。那爱的声音蕴藏在汤米旧手套的重重击打声中，而她的爱的声音——她对亨利、汤米、查理以及诺亚的爱，就是头顶上风吹着树叶的声音，这声音织成了一张网抓住了她，让她停留在这一刻，此地，此刻。

她向后坐着，看着亨利和诺亚来回投球，来来回回，就如任何地方、任何时候的父与子、男人与男孩。

"现在不妨让你试一个弹跳。"亨利说，他将棒球直直地扔向天空。

珍妮给安德逊写信。她想让他知道诺亚的最新进展，也许会对他有帮助，以备他们会再版他的书。如今正常状态已经伴着忙碌的喜悦统治了她的土地，她愿意时不时提醒自己他们所经历过的。她和杰里不曾是朋友，但是他们之间有过更深的联系——他们是同盟。她写下了丹妮丝和亨利的拜访，提供了所有相关数据，诺亚玩得多么开心，而没有认出他们中的任何一个。她发送了邮件，之后又发了一封，但是他没有回信。

她希望他没事。她只见过他一次，他顺路拜访并给了她一本他的书，在他再次永远出国的几个月前。关于他的书的评论，各方不一：有些评论家开玩笑地攻击他的研究，仿佛那全部是一次电话中的误解游戏或欺骗行为，不能当真；而其他人对他的发现感兴趣，但是不知该如何理解它们。然而安德逊似乎并不在意。他更安静了，不知为什么，也更放松了，仿佛某条紧紧的绳子突然断了。他穿着带口袋的白衬衫，那种岛上居民穿的衣衫。她提到了这点，而他居然笑了。"确实如此，我现在是岛上居民了。"他这样说。

珍妮不想忘掉所发生的一切，但是她控制不住。日常生活太迫切了，她忙于工作，创造和谐空间的愉悦，挑剔客户引起的头痛。让她感到十分惊讶和欣喜的是，鲍勃——她之前的短信暧昧对象，走进了她的生活里，热情地回复了她羞怯的短信："如果你还想要和我在一起的话，跟我说。"他们这六个月以来，每周都会见一两次面，时间长到足以让她开始相信这有可能真的在发生着，并且想着（也许有一天）将他介绍给诺亚。当然还要照顾诺亚，监督他的作业，准备他的晚餐和泡泡浴（她现在在日常生活中有那么多的乐趣），跟上他自身不断发展而产生的需求。他逐渐长大了。有时候，当他们在公园里骑车时，她会让他骑到她前面去一点儿，越骑越远。她看着他金色的头发、狭窄的背部和转动的小腿，突然产生一种若有所失之感，但她知道，那只是正常的母性。

有一天晚上，她突然惊慌地醒来，很确信她在失去什么珍贵的东西。她走进诺亚的房间，并看着他睡觉（那些噩梦，谢天谢地，很久以前就不再出现了）。当她停止担忧之后，她打开电脑并查看邮件。

终于出现了！杰里·安德逊的名字在她的收件箱里。没有主题。

她很快点开邮件。沙滩，他写道。全部大写，没有其他。这个词和公寓里的安静产生共鸣，引起一丝担心和放松。"你还好吗？"她写道。屏幕在黑暗中投射出一道奇怪而暗淡的光，而她在那一刻立马感觉到他的存在，仿佛他就在她身边，她在心里喊道："杰里？"

我很好。她想象着他说这句话，虽然他没有写下任何回复。这是她的一种感觉，然而无论那是真的还是编的，她都无从得知。她仍然透过那广阔的天地感受到他的存在，这让她镇静下来。

第二天，珍妮正在去接诺亚放学的路上，脑子里思绪纷飞，突然她停了下来，环顾四周。

她正站在地铁的车厢里，脚下感受着移动。地铁从地下开出来，开到了曼哈顿大桥上，黄昏的晚霞映在河上，映在载着货物的船上，映在车厢里的人的身上，每一个细节都带着鲜明而柔和的清晰度。她对面的青少年膝盖上贴着创可贴。少年旁边是正在读书的女士，头发直立。拉斯特法律教派成员嚼口香糖的嘴唇在胡子下面动着。

在地铁的车厢里，有关于啤酒、储存室和床垫的广告——醒来后，让你的生活充满活力。

我一直都错了，她突然想。

诺亚的遭遇似乎将她与那些不了解这个故事的人区分开来——或者，当她试图向她亲密的朋友解释这件事时，他们总是无法相信。所以她将它放在一边，放在自己心里，仿佛又是一件事情隐约地将她隔开，而实际上……实际上却暗示了相反的情况。

有哪些暗示呢？

如此多的人生。如此多的人爱过、失去过，又重新找回了。你从未认识过的那些亲戚。

也许她就在这节车厢里跟某个人有关系，也许是那个穿西装拿着 iPad 的人，或者是那个嚼口香糖的拉斯特法律教派成员，或者是那个穿着波点衬衫的金色头发的男人——蕨类植物从他的包里露出来，或者是那个头发直立的女人。也许他们中的某个人曾是她的母亲，或者她的情人，或者她的儿子，或者她最亲爱的。也可能是在下一次轮回中。如此多的人生，那么他们都相互关联也是合乎情理的。只是他们会遗忘罢了。那不是一首嬉皮士的《营火之歌》，它是真实的。

但是那怎么可能呢？

怎么可能不重要？它是真实的。她环顾车厢。她旁边的橄榄色皮肤的男人在找报纸广告上的约会对象。她对面的小孩在用露出的膝盖轻摇一个滑板。她最亲爱的，她想着。她觉得有点儿昏昏欲睡。

那样生活会很困难，以那样的方式看待人们。但是你可以试试，不是吗？

车厢的门滑开了，一个流浪汉走了进来，赤着满是污垢的脚慢吞吞地走进车厢。他凌乱的头发上戴着一个劣质的安全帽，而他的衣服——她无法凑近去看他的衣服。他脚步不稳地慢慢穿过车厢。他身上的气味就像一个力场，击退了旁边的一切。当地铁终于停下来，车门打开时，新的乘客踏进一只脚后立马转身去了另一节车厢。已经在车厢里的人们陆陆续续地离开了。

但是有些人留下了，决定忍着。他们因为太累而不想起身，或者被手里的设备分心，或者他们不想放弃自己的座位。他们的站马上就要到了。无论如何，那都是他们所选的车厢，这一次都是他们所面对的。他们不去看他，害怕会引起他的注意。

她是唯一从大方向上看向他的人，所以他直接向着她走来。他站在那里，在她面前摇晃着，他身上的气味刺激得她想流眼泪。他连一个罐子或别的什么都没有。他伸出一只脏兮兮的手。

她从口袋里拿出三枚美分硬币放在他的手心里，当她这么做的时候，她的手指擦过他的手，她抬起了头。他的眼睛是焦糖色的，瞳孔明亮，边缘稍微暗些，而凝视着它们，仿佛在看一个双日食。他的睫毛很浓，上面有着烟灰。他眨眨眼睛。

"嘿，谢了，姐们儿。"他说。

"不客气。"

他的脸似乎向前倾，他的需求和希望鲜明地刻在脸上，仿佛这么久以来，他一直在等候着她来注意到他。

保罗在第一年掉了二十磅体重。他在监狱里被推来挤去，仿佛是地上的一张纸片不停地被泥泞的靴子踩来踩去。他无法入睡，他会躺在上铺，呼吸着角落里马桶里的尿味，听着监狱里滴水、打鼾和叫喊的声音。他不知道是不是其他犯人从梦中尖叫着醒来，还是他们因自己的痛苦而被迫清醒着，就如他。除此之外，是汤米·克劳福德永不停歇地从井底叫喊他的回声。他在很久之前就不再试图不去想汤米·克劳福德了，他的所作所为都渗透在监狱衣服的细线和水泥砖之间的水泥浆以及那无处不在的猫尿味之中。有时候，他仍然希望能够回到过去，并做出完全不一样的行为，但是他不能。另外一些时候，他思考着为什么人生会那样：你做了一些蠢事，不管你是多么想改正，却再也无法将之收回，没有第二次机会。他曾经有一次这么跟他的律师说过，而那个女人噘起嘴，隔着桌子看着他，仿佛是某个伤心人的母亲。她已经五十多岁了，瘦削，浓密的灰金色头发用橡皮筋扎着，那双蓝色的眼睛看上去总像是她为他担心了一晚上。他不知道她为什么会做那样的事，当他甚至都跟她没有任何关系时，但是他很感激她的服务，他总有一天会出狱，虽然到那时他都快三十岁了。

在过了差不多一年之后的某天，他被告知，他有位来访者。

他想，那一定是他的律师或妈妈。

警卫带他走过了长长的通道，来到了摆放着桌子的房间。

当他看清是谁之后，他很想退出那个房间，但是为时已晚。她正坐在那里，等候着他。她的头发比审讯的时候更灰了，但是她的脸没有变，当她的目光转向他时，她的眼神就如汤米·克劳福德在犹豫要不要和他一起去树林里射击时的眼神。

他多希望他能藏到桌子底下去。

她从磨损严重的玻璃的另一边拿起话筒，他也拿起了。"我收到你的信了。"她说。

他看着她，不知道该说些什么。

他写过一封信，表达对汤米的遭遇感到无比抱歉。他曾多么喜欢汤米，并希望汤米还活着，而他死了。他所写的每一个字都是真心的。他的律师曾认为如果他们上法庭的话可能会有帮助，但是后来他们签了认罪协议，而他还是寄了那封信，想着汤米的父母永远都不会回复。为什么会呢？

"你在信里说你酗酒。"她的声音很低。隔着玻璃，她没有对上他的目光，"这是真的吗？"

"嗯，"他咕哝道，然后强迫自己说出来，"是的。"他现在已经习惯承认了，在经历了监狱里的那些酗酒者互诚协会之后。

"但是你现在戒酒了？"

他点点头，然后便意识到她那样低着头是看不见他点头的，于是说："是的。"

"是这个原因才发生的吗？因为你喝醉了？"她盯着前面桌子上自己的双手。

他咽了口唾沫，他的喉咙很干，那里没有水。他说："不是。"

"那为什么？"她抬头看他。她的眼神很忧伤，但并没有怒气。

"那是一次意外，"他说着，并看到了那丝怀疑的神情，那向下抽搐的嘴唇。自从他认罪后，他已经见过太多这样的神情，"但那不是原因。"他补充道，"那是因为我是个懦夫。一个懦夫和一个白痴。"他也低下了头。他向下看着他们的双手，两只修长的棕色的手，两只短胖的、指甲被啃掉一半的白手。

她在电话的另一端发出一个声音。他无法辨别那是什么声音。

"我很抱歉我杀了你的儿子。"他对着电话里说。那句话说得有些混淆，因为他的喉咙又肿又干。他将头放在手臂上，并希望警卫不会认为他在哭。他确实哭了，但是那无关紧要。

他感觉她在等他说些别的。他不确定是什么，然后他便知道了。他将电话夹在胳膊里，并说了剩下的话："我知道你不会原谅我。"

原谅！这个词是他最近才开始使用的。乞求原谅成为他现在的一部分，他渴望原谅，就如同他渴望酒精。

有很长一段时间的沉默。

"这很好笑。"她最后说，虽然保罗觉得这整个世界都没有什么是好笑的了。他抬头看着，她的表情镇定，"我一直在想那个。"她的语气仿佛一位老师，一个明白一些道理的人，"《圣经》里说'原谅他人，而你也会被原谅'……当然佛教徒相信憎恨只会导致更多的憎恨和折磨。对我来说——我不知道。我不想再抓住憎恨不放了。我不能。"

她的视线都留在他的脸上，仿佛她在判断他是否面目可憎。他突然想到乞求原谅就意味着你必须也原谅他人。他知道他还因为一些事而没有原谅他的爸爸。他无法相信他会那样做。

"汤米每天都在教我。"她继续说，而他几乎从椅子上滑下去。汤米怎么可能教会她什么？"他在强迫我放他离去，"她说，"他不想屈服于现有的时光。那里有欢乐。如果你能做到的话。"

他不敢相信她就坐在那里说着一些从她死去的儿子身上学到的事物，对他谈论着欢乐。对着他！也许他逼得她发疯了，而他良心上也将背负这个。

"里面怎么样？"她安静地问，"很糟糕吗？"

他无法判断她是想听到他说糟糕还是不糟糕。

"我猜这是我应得的。"他简单地说。

她没有争辩，但是她似乎对这个回答也不太满意。"我希望你能写信给我。"她说，"你愿意那么做吗？我想知道里面是什么样的以及你过得怎么样。我想知道真相。"

"好吧。"他想，他也会告诉她的，即使是她疯了。他可以告诉她，他在这里所经历过的一切，那些他都不愿让自己的妈妈所知道的事情。

"所以我们说好了？"她说。他点点头。她站了起来，将外套从腰间系紧——她很瘦，仿佛两秒钟就会折断，但与此同时，他感觉她也许比他所想象的要坚强得多。她向他挥手告别，一丝微笑浮现在脸上，转瞬而逝，如此之快，以至于他以为那是他的想象。

在这次来访之后，他的状态稳定了一些。他不再厌恶身上的制服让皮肤发痒的感觉，以及下一秒紧接着上一秒，完全让人无法挣脱——除了他从监狱图书馆里拿出来的小说，他参加的普通教育开发课程和他妈妈的来访。他给克劳福德太太写信，告诉她真实的情况。他每天早上从沉重、无梦的睡眠里醒过来，对自己身处狱中仍然感到惊讶。

他所读的小说中的人物住在雾中丘陵地带用泥炭和石头搭建的房子里，他们会养龙，会学魔法。他们的秘密由母亲传给儿子。

安德逊感到温暖的海水荡漾在他的脚边。

他缓慢地走进去，清楚地知道每一刻他都可以掉头回去。海水逐渐包围了他的小腿、膝盖、大腿和胸膛。他本不确定自己要做什么，直到最后一刻沙子滑到他的脚下，他游了起来，而在那个时候他还回头望去，看见海岸近在咫尺，他的凉鞋和书就在那里，等着他。

沙滩空无一人。现在对游客来说太早，而在岛屿的这一边也没有渔民。仿佛他就是这整个世界里唯一醒着的人。周围散落着一些棕榈树，陡峭的山峰环绕着海水，标示水流的指示牌插在沙滩的中央。他无法再阅读文字了，无论他们标示的是哪种语言，但是他知道上面写的什么意思。

他游得越来越深，直到海水由绿色变成更暗的蓝色。他一直游到他的凉鞋变成沙滩上的两个小点，他的书变成模糊的一块蓝色。他享受着他的身体使出全力的感觉，在水流的帮助下。词语从他脑中浮现出来，而他抓住了。安静，海洋。足矣。

他应该告诉某个人的。比如他应该告诉那个给他发了邮件的女人——那个有儿子的女人。他对最后一个案例的想法就如一根线牵扯着他回到陆地——他和广阔的大海之间唯一的阻隔。他可以回去并再次尝试给她发邮件。他本来想写"再见"，但是打出来的词语却错了。他希望她能明白他的意思。

如果他不再去想，如果他让水流载着他，那根线会很容易地自行折断。

想想别的吧，他心想。他闭上眼睛。太阳在他眼皮下跳动着，在地上印上了深色的斑点。

希拉。

他遇到希拉的那天。

一个星期六，他很早就离开实验室，并搭上了他看到的第一列火车，坐到终点后，走路来到沙滩，坐在潮湿的沙子上，沉思着。外面有无边无际的世界，如此多的未知事物，为什么他要和笼子里的老鼠困在一起？

两个女孩坐在他旁边的沙滩上。一位金发，一位红发。两个傻女孩一边吃着冰激凌甜筒，一边笑话他。

金发女孩是胆子大的那个。她向他走来。

"你信教吗？"

"完全不。为什么？"

他瞥了她一眼。她的脸庞在阳光下粉粉的，也许她在脸红。她的头发向后扎着，但是有些松散了，一些金色的发丝散落在脸的周围。

"我们在想你那样的穿着肯定是信教的。你难道没有泳裤吗？"

他向下看着自己。他穿着平常的研究生服装，白色的长袖牛津衬衫，黑色裤子。

"没有。"

"哦，我明白了。你对于沙滩来说太过严肃啦。"她用轻松、取笑的口吻说。她有健美洁白的身体。看着她都让他眼睛疼。愚蠢的波点泳衣。

他对她皱起眉头："你在嘲笑我？"

"是啊。"

"为什么？"

"因为你对于沙滩来说太过严肃了。"她蓝色的眼睛既满怀感情，又充满嘲弄之意。他无法理解，她让他头晕目眩。

冰激凌在烈日下从她手指上滴落下来。他产生一股奇怪的冲动，想要去舔它。

为什么不呢，波点？

"你的冰激凌要化了。"他说。

她舔了舔甜筒，之后是她的手指，一个接一个，一边舔一边笑着。他以为她是一个爱笑的人，但是她的笑来自更深的地方，笑声传到空中，占据着空间。冰激凌，他想，眩晕感从他的白脚底上升到身体里。生活的秘密就是冰激凌。她的笑声回荡在他的耳边，并一直回响着。

他曾希望那笑声永远也不会停。

他现在感到累了。这踩水的运动量比他预想的更累人。他体内比他原以为的有更多的阻力。就停止移动吧，他想。放手。

他睁开双眼。水流作用得很快，他已经看不见他的凉鞋和书了，它们和海岸融为一体。

他感到自己的心在跳动。他计算了一下距离沙滩有多远。如果他想的话，他应该可以游回去。然后呢？回到那个很小的、越来越受局限的生活之中。不算糟糕的生活。但是放松下来……

他一点儿都不想念语言了，他喜欢眼下具体的新生活方式：他吃的蟹肉的咸味，女服务员害羞又好奇的面孔，当他走回自己的小屋时，沙子穿过他的脚趾。当他冥想时，他的呼吸让鼻子发痒。仿佛地球的目光在凝视着他，用手捧着他的脸。他感觉地球在用一种没有文字的语言对他悄声耳语，那种语言，他都遗忘了，直到现在才想起来。地球对着他讲述一个如此巨大的事实，即使他有能力，也无法将之传递给另外一个人。他几乎认不得镜中的自己了：棕色、淡漠、坚韧的脸庞，野性的、十分明亮的眼睛——这个男人是谁？他充满感激地接受了如今简单朴素的生活，但是他清楚，很快他将连最基本的事物都难以明白。他会被迫屈服于他唯一害怕的——无助感。

海岸成了远处的一个小点。他的书就在那里，在沙滩上。没有书，他感到一阵失落。在过去的这些天，他一直都带着他的书。起初是为了引领对话——将他的脸沉浸到他写下的如今却再也无法阅读的纸张中——但是最近他的书成了一个朋友。当他在晚上醒来后感到迷惑和害怕时，他打开灯，透过厚厚的盘旋着的飞蛾，找到了床头柜上的蓝色封面。它无言地和他说话，向他保证，他曾经活过。

也许一个游客在搜集贝壳的时候会看到他的书。也许那会改变他的一切。

他的腿发疼。他在阳光下遥望着不断向后退的海岸，直到它变成眼里的幻觉，一块想象中的绿洲。在这里，然后便消失了。当然身体会抵抗自身的终结。当然，人生就是这样的。他怎么会有别的想法呢？他反复学到的这个教训：无论你有多么缜密的计划或研究，未知的事物都会从深处升起并推翻一切。但那就是吸引他的地方，不是吗？我们未知的深度？

也许他会再次遇见希拉，她的脸庞，或者她的其他闪烁的地方。

也许他不会。

他环顾四周，看着广阔的天空，看着目之所及无尽的大海。海面波光粼粼，使他目眩。每一个分子都在这光芒四射的圆点世界里闪烁着。他感到自己的四肢放松了，他的身体在这美妙之中融化了。

蔚蓝的天空，蔚蓝的海水，没有其他。

他听到希拉在说："从这样的角度看待生活，杰里，现在你将要获得一些答案。"他一这样想，便感到好奇心在击打着他，比心跳还有力。

谢　词

这本书是被来自美国弗吉尼亚大学医学院的感知研究部门的已故的伊恩·史蒂文森博士和吉姆·塔克博士的作品所启发的。

我尤其要感谢塔克博士的意见，请允许我将他杰出的非小说作品《轮回转世：儿童对于前世的记忆》中的部分内容引用到这本杜撰的小说中。安德逊对为什么儿童可能会记得前世人生的想法，有很大一部分来自塔克博士的《前世今生：关于记得前世的儿童的杰出案例》。

对于那些想更深入地了解伊恩·史蒂文森博士的读者，汤姆·施罗德所写的《老灵魂》对此人及其作品提供了引人入胜的资料，可以借鉴阅读。而史蒂文森博士所写的《那些记得前世的儿童》中概述了他的研究方法。

我同时还想感谢以下众人：

感谢才华横溢的编辑艾米·埃因霍恩，她指导这本书历经多次草稿修订，较之原来有了很大的提高。感谢熨斗书籍优秀的团队，包括莉兹·基南、马列娜·比特纳和卡洛琳·布列克。

感谢我的经纪人杰里·托马，他为我忙里忙外，而我总能接受他明智的建议。感谢作者之家的西蒙·利普斯卡和安德烈·莫里森所提供的所有帮助。感谢知识产权集团的杰里·卡拉简努力让这个故事得以出版。

感谢我的顾问丽贝卡·德雷福斯对我无限的耐心、关爱和信任，以及无论大小的好主意；布莱恩·格鲁夫，他总是能帮我厘清思路；马特·比亚勒，他惊人的宽宏大量让一切都与众不同。

感谢布利斯·布洛亚德、丽塔·佐伊·琴、肯·陈、米金·阿姆斯壮、Youmna Chlala、萨沙·阿尔珀、内尔·默明和茱莉娅·斯特罗姆阅读了这本小说的草稿，并给了中肯的建议。感谢凯瑟琳·钟帮助我将这本书集中在一个关键的时刻。

感谢弗吉尼亚中心的创造艺术和水源之家，感谢那里完美的工作环境。

感谢已故的杰罗姆·巴德内斯，他曾时常激励着我。

感谢亲爱的朋友们在这本书成形的过程中给予我的建议和支持，尤其要感谢莉兹·卢登、苏·爱普斯坦、玛莎·索斯盖特、塔米·埃福罗斯、丽萨·曼、斯蒂芬妮·罗斯、沙丽·莫特罗、拉缇·高夫恩、苏珊娜·路德维格、伊蒂·梅达夫、卡罗尔·沃尔克和卡拉·德拉斯代尔。

感谢我的老师们，尤其是已故的彼得·马西森，他点亮了我的文学之火，以及卡达姆·莫顿·克劳森，他的冥想课和非凡的教学帮助我在这起起伏伏的过程中保持镇定，并最终改变了我的人生。

感谢我的父母艾伦和朱蒂·加斯金，他们一直都相信我。感谢我最棒的姐妹安德莉亚·加斯金和嘉莉·拉歇尔。感谢我的继母洛伊斯·拉歇尔，她对我才能的坚信从未动摇过。感谢我的继父马丁·罗森塔尔，一位真正的原创者。感谢我非凡的亲家西尔维娅·科莫、乔治和琼，以及科莫家的兄弟姐妹——我很自豪，能成为你们家的一员。

感谢我的丈夫道格·科莫对我无尽的爱和支持，以及我的孩子们——伊莱和本，你们是如此善良和有趣。语言都无法描述我有多幸运能和你们三位共度此生。